안녕, 지금 이 순간

안녕, 지금 이 순간

이태형 소설

교유서가

차례

승마교본
007

안녕, 지금이순간
041

그림 속의 화재
077

단지, 그는 피곤했을 뿐이에요
111

스위치백
143

검은 얼음 속에서
175

숨, 기다리는 죽음
209

죽음이 우리를 갈라놓을 때까지
241

질병보고 2—코로나 레거시
275

해설 | 무저갱의 악몽, 탈정의 상상력
고영직(문학평론가)
311

작가의 말
324

승마교본

당신은 지금부터 승마를 배운다.

당신은 소문을 듣고 찾아왔다. 여길 당신에게 말해준 사람도 나에게 승마를 배웠을 것이다. 누가 당신에게 이곳에 대해 알려주었는지 묻진 않는다. 당신은 한 이름을 말한다. 그 이름이 기억나지 않지만, 고개를 끄덕인다. 이것은 형식적인 반응이다. 어차피 당신이 진짜 소개받았는지는 중요하지 않았다. 그렇게 나는 당신을 만났다.

나는 한 번에 한 사람만을 가르친다. 당신은 운이 좋았다. 만약 다른 손님이 있었다면, 당신은 발길을 돌려야 했을 것이다. 나는 당신을 훑어본다. 키는 남자라면 작고, 여자라면 크게 느껴진다. 남자라면 장발, 여자라면 단발인 머리를 하고 있다. 체형도 헤어스타일도 평소 자기 모습이 아닌 것마냥 옷차림이 어색해 보인다. 당신은 스물아홉이라 말한다. 서른이 되기 전 지금까지 못 해본 것에 도전해보고 싶었다고 한다. 당신은 나이보다 훨씬 어리게 보인다. 면접은 아니었지만 나는 당신의 말을 경청한다. 당신은 내가 돌려보낼까봐 걱정한 것일까. 물론 그러한 말과 겉모습으로 우리가 서로 어떤 사람인지 알 리 없다. 당신은 짐이 별로 없었다. 캐주얼복에 운동화, 그리고 여분의 옷가지가 전부였다. 당신의 피곤해 보이는 눈을 잠시 바라본다. 나는 당신을 가르치기로 결심한다.

승마장은 외진 산속에 있다. 버스가 다니는 큰길에서 도보로 1시간이 넘게 걸린다. 이 계절이면 승마장으로 들어오는 길에 철쭉이 만발하다. 당신도 그 철쭉이 이어진 길을 하염없이 걸어들어왔을 것이다. 중간부터는 자동차가 들어올 수는 없는 길이다. 실제로 존재하지 않을지도 모르는 승마장을 찾아 걸으며, 당신은 의심했을 것이다. 이 길의 끝에 과연 승마장이 있을까. 당신을 골탕 먹이려 한 건 아닐까. 하지만 철쭉길이 끝나 숲에서 빠져나오면 넓은 벌판이 당신의 의심을 모두 날려버린다. 벌판을 둘러싸고 있는 숲을 따라 사유지라는 팻말이 걸린 울타리가 있다. 길에 이어진 문은 닫혀 있지만 잠겨 있진 않다. 벌판에는 세 마리의 말이 한가하게 풀을 뜯거나 뒹굴고 있다.

그 벌판 중앙에 커다란 나무 한 그루와 오두막이 있다. 거리가 가늠되지 않는다. 당신은 오두막을 향해 걷는다. 각자 시간을 보내던 말들은 당신의 출현과 함께 당신에게로 시선을 집중한다. 눈앞에 보이는 오두막은 가까워지기는커녕 오히려 멀어지는 것 같다. 잠시 멈춰 서자 모든 것이 그림처럼 느껴진다. 사진을 찍고 싶다 생각했지만, 소개해준 사람 말로는 촬영 금지라고 들었다. 휴대폰을 꺼내 사진을 찍는다면 어떨까. 사실은, 나와 사진에 관해 이야기한 적 없으니. 모든 것은 짐작이다. 나의 이야기처럼. 타인을 바라보는 것은 각자의 시각일 뿐이다. 이해라는 것은 오만의 다른 이름이다.

당신의 방은 오두막 2층이다. 사면에 창문이 있으며 얇은 커튼이 달려 있다.

"자물쇠는 가져왔어요?"

당신은 고개를 끄덕인다.

"문은 항상 잠그세요. 저는 2층에 올라오는 일이 없을 겁니다. 청소는 직접 하시면 되고요. 본인 물건은 스스로 챙기시면 됩니다."

"저……."

당신은 질문한다.

"본인 물건 외에 1층의 모든 물건은 공용물품이라 생각하셔도 됩니다. 심지어 제 방에 있는 것도요. 다만 쓰고 나서 제자리에만 원위치해주세요."

"알겠어요."

나는 내려와 1층에서 식사를 준비한다. 당신은 여기에서 한 달간 머물 것이다. 그 시간에 당신이 단지 말을 탈 수 있게 되거나, 아니면 말에 대해 이해하려 노력하거나. 단지 여기에서의 생활을 견디지 못하고 포기할 수도 있다. 아니면 당신을 여기 소개해준 누군가처럼 다른 결과를 얻을 수도 있을 것이다.

나는 식사를 하며 당신에게 말한다.

"이곳에는 얼마 전 태어난 당세마 한 마리를 포함하여 세 마리의 말이 있습니다. 보면 알겠지만 당세마는 탈 수 없으니, 사실상 두 마리의 말이 탈 수 있는 말입니다."

당신은 알았다는 듯 고개를 끄덕인다. 원래 말수가 적은 것일까. 잠시 감기는 눈꺼풀 위로 속눈썹이 유난히 길게 느껴진다.

"그런데 당세마라 했나요? 저 어린 말은 왜 머리에 저런 걸 쓰고 있는 거죠?"

마방굴레를 쓴 작은 말을 보고 당신이 묻는다.

"저건 마방에서 평상시에 씌워놓는 굴레예요. 마방굴레라 부르고요. 일반적으로 굴레가 승마 시 씌우는 재갈굴레를 칭한다면, 구분하기 위해 마방굴레라 부릅니다."

먼저 용어에 대해 설명해준다. 용어의 통일은 서로의 오해를 줄여준다.

"혼자 쓰고 있는 이유는 어릴 때부터 익숙해지기 위해서예요. 다 커서 굴레를 씌우면 당연히 쓰지 않으려 합니다. 그래서 태어났을 때부터 익숙하게 만들어주는 거죠. 혹시 개나 고양이를 키워보셨나요?"

당신은 고개를 젓는다.

"개나 고양이도 태어났을 때부터 목에 실을 감아주면 나중에 목걸이를 하기 쉽지만, 성체가 된 후에 목걸이를 해주면 어떻게든 벗어버리려고 합니다. 이렇게 익숙하게 만드는 것을 '순치'라 합니다."

하지만 그것이 운명에서 벗어날 수 없게 만드는 굴레란 이야기는 하지 않는다. 다 큰 말들은 눈에 보이지 않는 굴레를 쓰고 있는 것과 다름없었다.

"그럼 오늘부터 식사하고 자는 시간 빼고 말을 관찰하고 친해지세요. 하나만 말씀드리자면 말을 놀라게 하지 마세요. 특히 뒤에서는 절대. 그리고 항상 근처에 본인이 있다는 것을 알리고 접근하세요. 잠도 서서 잘 정도로 겁이 많은 녀석들입니다."

조언은 그것이 끝이다. 당신은 그동안 찾아왔던 사람들과 달랐다. 질문을 더 하지 않았고, 말에게 무리하게 다가가지도 않았다. 이틀 정도 오두막 앞의 의자에 앉아 느긋하게 말들을 바라보았다. 당신은 이미 알고 있었을지 모른다. 무리해봐야 다가갈 수 없다는 것을, 말들은 당신이 다가간 거리보다 조금 더 멀어질 것이다. 당신이 그들을 풍경처럼 바라보듯, 말들에게 하나의 풍경이 되려 한 것은 칭찬할 만하다.

3일째 해가 저물기 전 당신에게 밥을 주는 것을 알려준다. 오늘부터 당신이 해야 할 일 중 하나다. 사료 포대를 뜯는 법부터. 어느 밥통부터 각각 어느 정도의 양을 부어야 하는지까지. 말들은 사료를 부은 당신이 조금 거리를 둘 때까지 기다린다. 당신은 천천히 멀어진다. 당신이 보고 있는 말은 '달그림자'다. 녀석은 당신에게 무관심한 척하지만, 당신의 움직임을 이 자리 누구보다 유심히 관찰하고 있다.

달그림자는 당신이 충분히 멀어졌다고 생각했는지 밥그릇에 다가간다. 당신은 그 자리에 멈춰 있다. 나는 당신이 어떤 선택을 할지 조용히 바라본다. 당신은 아주 천천히 앞으로 몸을 움직인다. 나는 다음 장면을 쉽게 상상할 수 있다. 당신이 다가가는 그 말은 자신을 만지도록 쉽게 허락해주지 않을 것이다. 붙임성 좋은 다른 녀석을 선택하지 않은 것은 운이 나빴던 것일까. 아니면 운이 좋았던 것일까. 당신이 말들을 관찰한 선택의 결과일까. 이제 손만 뻗으면 닿을 거리에 달그림자가 있다. 당신은 조심스럽게 손을 뻗는다. 달그림자는 화들짝 고개를 들어 당신에게서 물러난다. 당신은 놀라 뒤로 넘어진다. 달그림자는 멀리 도망가지 않고 그 자리에서 당신을 내려본다. 당신은 일어나지 못한다. 이렇게 큰 동물이 자신을 내려

보는 경험을 해본 적 있을까. 당신은 가만히 그 자리에 멈춰 있다. 다시 손을 내민다. 허공의 공기라도 잡으려는 듯. 나는 당신의 용기에 놀란다. 위험하진 않을 것이다. 땅에 있는 사람을 밟지 않게 훈련된 말이기 때문이다. 어떤 식으로든 방어 이상의 행동을 할 리 없다. 그렇게 이미 순치되었으니. 이 자리에서 당신만 그 사실을 몰랐다. 당신이 손을 드는 것과 동시에 달그림자는 '새벽안개'에게 달려가 입질을 하며 성질을 부린다. 밥그릇을 뺏긴 새벽안개와 그 자마는 사료통에서 조금 떨어져 달그림자와 당신을 번갈아 바라본다. 새벽안개와 눈이 마주친 당신은 뻗었던 손을 내린다. 새벽안개는 당신 근처의 사료통으로 다가와 머리를 들이민다. 함께 따라온 자마는 어미보다 경계심이 덜하다. 하지만 오히려 더 위험할 것이다. 나는 고민한다. 하지만 내가 어떤 행동을 하기 전에 당신은 자리에서 일어난다. 천천히 손을 뻗어 새벽안개의 복에 손을 댄다. 복을 조금 푸르르 떨었지만, 당신을 위험하다 판단하진 않은 듯했다. 나는 어느덧 당신에게 다가와 있다. 당신의 머리가 바람에 날린다. 난 당신이 마음에 들었다.

"처음 녀석은 달그림자라고 하는데, 보다시피 좀 예민해요. 사교성이 좀 부족하다고나 할까요. 그리고 이 녀석은 새벽안개라고 하는데. 보신 거처럼 저 녀석보다 서열이 낮아요. 그렇다고 사이가 나쁜 건 아닌데, 둘이 움직일 때 항상 뒤에 서죠. 둘의 얼굴을 구분할 수 있겠어요?"

당신은 고개를 젓는다. 하지만 당신이 오늘부터 계속 밥을 준다면, 언젠가는 당신이 사료 포대만 들어도 말들은 당신을 따라다닐 것이다. 먹을 것으로 상대를 길들이는 것은 가장 기본적인 전략이다.

"이제 우리도 저녁을 먹으러 가죠."

당신이 두 말의 얼굴을 구분하는 것은 그리 오래 걸리지 않았다. 당신이 말을 조금 안다면 말을 구분하기 위해 어디부터 볼까. 우선 양말을 신고 있는지 볼 것이다. 새벽안개는 발목 아래 털이 하얀색이었다. 몸은 얼핏 둘 다 갈색으로 보이지만 새벽안개는 밤색에 가까웠다. 밤그림자는 그야말로 진한 갈색에 꼬리는 흑갈색이었다. 물론 이는 말에 익숙한 사람들이 그런 것이고 아무것도 알려주지 않았을 때, 발목부터 보는 초보자는 없을 것이다. 당신은 관찰력이 좋았고, 두 말의 차이를 쉽게 구분했다. 물론 개체의 구분에서 끝나지 않고 얼굴을 구분하기 위해 노력한 것을 알 수 있었다. 당신은 단지 구분에 멈추지 않고 정면에서 말들의 얼굴을 한참 바라보고 있었으니 말이다.

며칠이 지나 당신이 밥을 줄 때 다가와 장난을 치기도 한다. 물론 밥을 줄 때뿐이지만 말들은 당신이 만지는 걸 허락한다.

"둘 중 마음에 드는 녀석이 있나요?"

당신은 초원에서 풀을 뜯는 말들을 바라보며 말한다.

"아직 잘 모르겠어요. 이 아이들이 어떤 아이들인지 아직 모르겠거든요."

나는 당신의 대답이 마음에 든다. 당신과 같은 대답을 하는 사람을 가르치는 것은 행운이다. 하지만 그렇게 깊은 의미를 둘 필요는 없다. 단지 털의 색, 얼굴 모양, 사료를 먹을 때의 습관. 그런 사소한 것들로 생기는 것이 호감이다. 물론 대부분의 사람과 사람, 생명체와 생명체의 관계가 그런 얄팍한 호감들이 겹겹이 쌓이며 만들어지는 것일지 모르지만 말이다.

당신은 사료를 뿌리는 시간 이외에는 오두막 앞 나무 그늘에 의자를 가져다놓고 앉아 있다. 그렇게 1주일이 지났을 때 새벽안개가 당신에게 먼저 다가왔다. 당신의 머리에 자신의 머리를 비볐다. 당신은 일어나 새벽안개의 목을 쓰다듬고 힘껏 껴안았다. 나는 새벽안개에게 다가가 말솔로 털을 손질하기 시작한다. 새벽안개는 기분이 좋은 듯 몸을 조금씩 돌리며 흙이 뭉치거나 가려운 곳을 들이댄다. 당신이 오고 한 번도 손질하지 않았으니 꽤 더러웠다. 그 모습을 보던 달그림자도 다가와 머리를 들이민다. 새벽안개의 자마도 합류하여 우리를 둘러싼다. 당신은 나의 사소한 동작도 놓치지 않고 지켜본다. 당신에게 솔을 넘긴다.

"오늘부터는 매일 손질해주도록 하세요."

당신은 솔을 받고 달그림자의 털을 손질하기 시작한다. 나는 당신을 지켜본다. 당신은 섬세하고 조심스럽게 털을 쓸어내린다. 너무 조심스러워서 약하기도 했다.

"조금 더 세게 해도 돼요. 이 녀석들 가죽은 우리 생각보다 두꺼워서, 상처가 난 곳만 아니라면 우리 생각에 약간 세다 싶어야 좀 긁어주는구나 싶을 겁니다."

당신은 고개를 끄덕이고 솔을 힘껏 잡는다. 등과 목을 털어낸 당신은 배와 다리를 보며 조금 망설인다.

"내가 여기에 있다, 라는 것만 확실하게 알려주면 당신을 밟거나 차지 않을 거예요. 그 이야기는 당신을 일부러 공격할 리는 없다는 거죠. 그리고 일어나는 사고 대부분은 사람과 말 쌍방 실수입니다. 말에게 복수나 증오라는 감정은 없어요."

나는 당신이 보는 앞에서 달그림자의 배 아래에 앉아 당신에게 손짓한다. 당신은 내 옆으로 쪼그려 앉아 배를 손질한다. 나는 그런 당신을 보다 일어선다. 당신은 성실한 학생이다. 배 손질이 끝나자 나는 당신에게 손을 내민다. 당신은 내 손을 잡고 일어선다. 당신의 손은 너무나 차갑다. 나는 예상하지 못한 당신의 냉기에 놀란다. 나는 그 놀람을 숨기고 웃음으로 당신을 칭찬한다. 당신도 웃으며 새벽안개의 자마에게 간다. 나는 당신을 말들 사이에 두고 집으로 돌아온다. 이제 말들은 사료뿐 아니라 솔만 들고 있어도 당신에게 모일 것이다. 그리고 이제 차차 당신이 솔을 들고 있지 않더라도, 나중에는 굴레를 들고 있더라도 당신을 믿고 따를 것이다. 길들이는 당연한 과정이지만, 항상 새로운 사람이 이 과정을 거칠 때 조금은 슬픈 느낌이 들었다.

"왜 미디어나 여러 곳에서 보면, 말 뒤에 서지 말라고 하잖아요. 뒷발로 찬다고. 그건 만들어진 이미지인가요?"

어느 날 밥을 먹다 당신이 묻는다. 나는 잠시 생각한다.

"물론 말의 신체구조상 뒤에 있으면 뒷발에 차일 수 있겠죠."

"단지 그뿐인가요?"

"예, 일부러 차진 않아요. 놀랐거나 피해야 하거나 등 어떤 이유로 실수는 하겠죠. 아, 그런데 말들끼린 뒷발질해요. 다만 사람을 차진 않아요. 자라면서 그렇게 훈련합니다."

어떤 훈련을 통해야 그렇게 될지 당신은 상상할 수 있을까.

당신은 더욱 말의 입장에서 행동하려고 노력한다. 그렇게 2, 3일이 지났다. 나는 당신을 부른다. 손에는 마방굴레를 들고 있다. 당신이 보는 앞에서 달그림자에게 굴레를 씌운다. 나는 굴레에 리드줄을 걸며 말한다.

"이 리드줄은 라스깡이라 부르기도 하는데. 여러 가지로 말에게 지시할 때 사용할 수 있습니다."

나는 잠시 지시가 아니라 소통이라는 단어를 쓰려다 만다. 그것은 너무나 위선적으로 느껴졌기에. 굴레를 씌우고 리드줄을 끌자 달그림자는 자연스럽게 내 보폭에 맞춰 따라온다. 당신은 그런 나를 본다. 어떤 상황에서도 서두르지 않는 것은 당신의 미덕이다. 나는 달그림자를 끌고 벌판을 크게 돌기 시작한다. 당신은 곁에서 함께 걷는다. 그 뒤를 새벽안개와 그 자마가 따르고 있다. 우리는 기차놀이를 하는 것처럼 따뜻한 햇볕 아래서 걷는다. 반쯤 걸었을 때 나는 리드줄을 당신에게 넘긴다. 이것은 명령을 듣게 하는 마법의 줄이다. 우리는 초원을 크게 돌아 다시 집 앞에 선다. 나는 달그림자에게 씌운 마방굴레를 벗긴다.

"말을 끌어보니 어때요?"

당신의 표정은 미묘하다.

"신기해요. 이렇게 착한 아이가 되다니. 마치 다른 말 같았어요."

틀린 말은 아니다. 굴레를 쓰면 다른 말이 되는 것은 사실일지 모른다. 사람이 정장을 입고 넥타이를 매는 것처럼. 아니 굴레는 그보다 더한 입장의 강요다.

"이제 굴레를 씌우는 법을 배울 거예요."

나는 당신 앞에서 시범을 보인다. 아까는 대충 굴레를 가져가 씌웠지만, 지금은 천천히 과정을 보여준다. 왼팔로 목을 감싸안는다. 자연스럽게 왼쪽으로 돌며 오른쪽 어깨가 달그림자의 턱을 받친다. 도는 과정에서 오른손에 들고 있던 굴레는 왼손으로 옮겨 잡는다. 오른손으로 목덜미를 안으며 살짝 당긴다. 달그림자는 자연스럽게 고개를 숙이고, 그 순간 왼손에 있던 굴레를 얼굴로 가져가며 오른손으로 굴레 이마 부분을 잡아 씌운다. 마지막으로 목을 쓰다듬는다.

"보셨죠?"

당신은 고개를 끄덕인다.

"처음이 어렵습니다. 한 번만 하고 나면 어려운 건 아니에요."

당신은 굴레를 들고 달그림자에게 접근한다. 하지만 평소와 다르다. 달그림자는 당신을 경계한다. 굴레를 들고 있는 당신을 호락호락 따르진 않을 것이다. 도망가진 않지만 머리를 높게 쳐들고 내릴 생각은 없어 보인다. 당신에게서 풍기는 굴레를 씌워야겠다는 강한 의도는 그 누구보다 달그림자가 크게 느낀다. 달그림자에게 당신은 조금은 친구가 되었을지도 모른다. 하지만 그 이상의 관계는 되지 못했다. 당신은 결국 달그림자의 머리를 낮추지 못했다. 당신과 달그림자는 제자리를 빙글빙글 돌기만 한다. 나는 잠시 생각한다. 그리고 질문한다.

"당신은 말과 친구가 되고 싶어요? 주인이 되고 싶어요?"

당신은 잠시 고민한다.

"어려운 질문이네요. 현실적으로는 둘 다 어려울 것 같지만요."

나는 웃는다. 현실적으로는 주인이 되는 것은 쉬운 길이고, 친구가 되는 것은 어려운 길이다. 친구가 재갈을 물리고 억지로 등에 타려고 할까. 물론 승마라는 것이 친구나 주인이라는 이분법적인 단어로 정의될 것은 아니다.

나는 당신에게 굴레를 넘겨받고 다시 달그림자 옆에 선다.

"이미 이 아이들은 교육이 된 아이들입니다. 만약 우리가 평등한 관계라면 이들은 과연 사람을 태울까요? 이건 답이 아니라 질문의 시작입니다."

사실 이 질문은 중요한 부분이 생략되어 있다. 그 질문의 공백을 알게 되는 것은 그리 먼 날의 일은 아니다.

"지금 내가 무엇을 할 건지 확실하게 인식시켜줄 필요가 있어요. 내가 지금 여기에 있고 무엇을 할 거야, 라고 알려주는 거죠. 그러면 자연스럽게 동작을 따라오게 됩니다. 어차피 힘으로는 이길 수 없거든요."

그러자 당신이 묻는다.

"친밀도에 따라 다를 수도 있지 않나요? 누가 하느냐에 따라."

당연한 질문이다. 나는 당신에게 말한다.

"물론이죠. 아마 저는 적어도 여기 있는 녀석들에게는 딱히 당신에게 시범 보이는 것처럼 하지 않고 굴레를 대충 머리에 가져다대기만 해도 알아서 쓸 겁니다. 하지만 동작을 연습하는 것은 어느 특정한 개체에게만 사용하려는 건 아닙니다. 어떤 말에게도 그 말이 굴레를 쓰는 것이 훈련된 말이라면 씌울 수 있어야 하는 거죠."

당신은 머리를 끄덕인다.

나는 리드줄을 달그림자의 목 위로 걸친다.

"잘 보세요. 이 행동은 올가미랑 비슷한 거예요. 너는 이제 묶였고 도망갈 수 없어, 라는 의미죠. 하지만 이 행동은 루틴은 될 수 있어도 필수는 아닙니다."

그리고 이후의 동작은 조금 전과 같다. 다른 것은 고삐를 목에 걸치고 있다는 것. 걸친 줄을 묶인 것이라 생각한다는 것. 도망칠 수 없다는 체념. 굴레를 씌우고 마지막으로 목을 쓰다듬는다.

"어쩌면 목을 쓰다듬어주는 것이, 중요해요"

당신은 다가와 달그림자의 목을 쓰다듬는다. 그날 당신은 굴레를 씌울 수 있게 되었다. 굴레를 쓰자 당신은 말들이 자신을 대하는 태도가 확실히 변한 것을 느낀다. 당신은 혼자서 달그림자를 인솔해 산책을 시작했고, 자연스럽게 새벽안개와 자마도 줄지어 따랐다. 며칠이 지나자 나는 당신에게 달그림자가 아닌 새벽안개로 말들을 인솔하게 한다. 줄은 처음에 어수선했지만 날이 갈수록 정돈된다. 달그림자가 당신을 더 높은 서열로 인정하게 되는 과정이다.

당신이 여기에 온 것도 어느덧 2주나 지났다. 이제 한 단계만 더 거치면 당신은 말 등에 오르게 될 것이다. 내가 당신에게 전달한 것은 재갈과 안장이었다. 재갈과 안장을 본 당신이 어떤 생각을 했는지는 알 수 없다. 대부분은 이제야, 라며 기뻐했을 것이다. 그만큼 말을 타는 데에 있어서 재갈과 안장에 달린 등자는 편자와 함께 상징적인 물건 중 하나였으니 말이다.

"요즘에는 좀 조심스러운 비유지만 이해를 위해 예를 들자면 흔히 사귀는 사이는 아닌 친구였을 때랑, 사귀고 난 뒤 연인일 때랑 전혀 다른 경우가 많죠? 말도 연애랑 비슷해요. 인솔해서 끌고 다닐 때랑, 등에 올랐을 때 성격이 완전히 다릅니다. 미리 말씀드리자면 달그림자는 굴레를 씌우기는 힘들지만 일단 쓰고 나면 순종적이죠. 반면 새벽안개는 굴레를 씌우긴 쉽지만 끌고 가려면 습관적으로 버텨요. 새벽안개는 짧은 거리를 가는 것도 끄는 것보다 타는 게 더 편하죠. 반면 달그림자는 자신의 등에 탄 사람의 간을 많이 봅니다. 경마장에서 은퇴한 지 얼마 안 되어 재갈에 민감하면서 재갈을 물고 습보로 뛰는 습관이 아직 남아 있죠. 반면 새벽안개는 안장을 올릴 때 배에 힘을 주는 악벽이 있어요. 어차피 세세한 부분들은 타면서 느껴야 할 것들이에요. 기승자의 성향에 따라서도 많은 차이가 있거든요. 다만 보고 있는 것, 옆에서 끄는 것 마지막으로 등에 타는 것. 각각 친구, 직장 상사, 연인 등 서로의 관계가 변한 상황이라 생각하시면 됩니다."

당신이 말에 오를 때가 다가오자 자연스럽게 당신이 알길 바라던 것도 미리 설명하게 된다. 당신이 이미 알고 있을 사실도 알아야 할 사실도. 그건 말 등에 올라간 당신의 안전을 위한 것이면서 말에게 나쁜 습관이 주입되지 않게 하려는 방어적인

의미도 있었다.

"저 질문이 있는데요."

"예 말씀하세요."

"먼저 숙보? 숩보? 그게 어떤 건가요?"

"아 그건 습보라고, 스에 비읍 받침이고요. 경마장에서 뛰는 전력질주를 말합니다. 이건 승마에서 배우진 않을 겁니다."

"아 또 하나는 배에 힘을 주는 나쁜 습관이 있다 했는데, 그건 왜 그러는 건가요?"

"그것도 안장 올릴 때 다시 설명드리겠지만 복대를 채울 때 힘을 주면 그만큼 복대에 공간이 생겨 느슨하게 되거든요. 그만큼 덜 조이고 편하게 느끼겠죠. 그러면 안장이 돌아갈 수 있어요. 능숙한 사람이야 안장이 돌아갈 일 없겠지만, 초보자들은 위험한 상황이 충분히 올 수 있죠."

당신에게 굴레를 건넨다.

"말의 치열에는 이빨이 없는 치극이 있어요. 거기에 재갈을 물리고 그 자극으로 말을 조종하는 거예요."

나는 말의 턱을 잡고 양쪽으로 손가락을 넣어 입을 벌리며 당신에게 보여준다.

당신은 이미 마방굴레를 능숙하게 씌울 줄 알기 때문에, 재갈굴레를 씌우는 것은 어렵지 않았다. 다른 점은 왼손으로 턱을 잡고 치극에 손을 넣어 입을 벌려주는 것이었는데, 손이 작아 힘들어 보였다. 오히려 재갈만 먼저 물리면 나머지는 마방

굴레보다 수월했다. 입만 벌리면 대부분의 말들은 재갈을 알아서 물고 이빨과 혀로 자연스럽게 치극에 재갈의 위치를 잡았다.

"아파하진 않나요?"

당신은 걱정스러운 눈으로 질문한다. 나는 순간 말을 멈춘다. 그런 질문을 한 것은 당신이 처음이다.

"아마 재갈을 처음 물 때는 거부감이 강하겠죠. 그런데 이 녀석들은 이미 익숙합니다."

당신의 질문에 만족할 만한 답은 없다. 재갈은 자극을 주는 도구다. 자극을 넘어 통증을 호소하는 말도 있다. 예민한 말들이 그런 경우가 많다.

"안장을 올리기 전, 털 손질은 무척이나 중요해요. 행여 안장과 피부 사이에 흙이 뭉쳐져 있는 정도로도 등이 까지거나 복대상을 입을 수 있거든요."

말 등에 패드를 올리고 안장을 위에 올린다. 패드에 등이 쓸리지 않게 패드의 앞부분을 위로 들어준다. 반대쪽에 늘어진 복대를 잡아당긴다.

"복대를 한쪽에서만 당기면 피부가 쓸릴 수 있으니 조이고 나서 반대편에서도 당겨줘야 해요. 그리고 아까 이야기한 것처럼 복대를 당길 때 배에 힘을 주는 경우도 있어서, 복대 끝이 충분히 조여졌는지 반복해서 확인해야 합니다. 복대가 헐렁하면 안장이 돌아가서 낙마를 할 수 있는데. 이 경우 등자에 발이라도 걸리면 끌려가면서 크게 다칠 수 있어요. 그런 상황이라면 안장도 등자도 도움이 되는 게 아니라 오히려 방해가 되는 거죠."

당신은 복대를 조이며 힘을 주는 것이 익숙하지 않다. 그것은 어쩌면 연민의 한 표현일지 모른다.

"복대를 올리는 건 힘보다 요령이에요. 할수록 익숙해지겠지만, 너무 조이는 건 아닐까, 사정을 봐주면 안 됩니다. 이 녀석들은 다리를 제외하면 인간보다 훨씬 튼튼하고 강합니다."

그동안 말과 친해지면서 각 말의 습성도 무의식적으로 몸에 체득되었을 것이고, 사료를 주고 산책하면서 체력도 늘었을 것이다.

당신은 이제 간신히 말을 탈 준비가 되었다.

나는 새벽안개의 등에 오른다. 좋은 자세를 배우는 것은 좋은 자세를 보는 것에서 시작한다. 당신의 앞에서 평보로 걷기 시작한다. 허리를 수직으로 세우고 어깨와 골반 그리고 발끝이 나란히 떨어지게 유지한다. 네 박자의 걸음에 따라 골반을 좌우로 흘려준다. 평보는 지루한 작업이지만 가장 여유로운 걸음이며, 말과 교감을 시작하는 기본 걸음이다. 평보를 통해 등에 오른 당신이 편한 존재라는 것을 말에게 알려주어야 한다.

당신은 달그림자의 등에 오르려 시도한다. 나는 당신에게 등자에 너무 몸무게를 싣지 말라고 조언한다. 당신은 그 말의 의미를 머리로는 이해했지만, 몸은 따르지 못한다. 나는 말에서 내려 다시 오르는 모습을 보여준다.

"일단 높이 뛰어야 해요. 등자는 밟고 올라간다기보다는 균형을 잡아준다고 생각하시면 돼요."

몇 번의 시행착오 끝에 당신은 어렵게 말에 오른다.

"아직 고삐는 잡지 마세요. 고삐를 잡으면 앞으로 가라는 신호인 줄 알고 출발할 겁니다."

처음으로 오른 말 등은 당신이 상상한 것보다 훨씬 높다. 나는 말에서 내려 당신의 자세를 다시 잡아준다. 엉덩이가 너무 뒤로 빠지지 않게 골반을 양손으로 잡아 앞으로 밀어주고, 허리를 펴 어깨의 위치를 잡아준 뒤 등자의 길이를 조정한다.

"처음에는 이 자세를 유지하는 것이 힘들고 불편할 거예요. 하지만 기승자가 불편하면 말도 불편해하고, 기승자가 불안해하면 말도 불안해합니다. 감정이 전달된다고 생각하세요. 서로를 믿는 것이 중요합니다."

나는 다시 새벽안개의 등에 올라 당신의 앞으로 다가가 평보로 걷는다. 달그림자는 약속한 것처럼 뒤를 따른다. 당신은 말의 움직임이 볼 때보다 크게 느껴지는 것에 놀란다. 균형을 잡는 것이 어색할 것이다.

"고삐는 잡지 마시고 허리 펴고 자세 유지에 신경쓰세요. 시선은 먼 곳을 향하세요. 한곳을 집중해서 보지 말고 넓게 범위를 본다 생각하세요. 머리는 진행 방향을 향하고 시야만 넓게 보세요. 땅은 보지 마시고요. 나중에 고삐를 잡으면 다시 이야 기하겠지만, 지면은 말이 스스로 선택할 수 있게 해주세요. 기 수는 큰 방향성만 잡아주면 됩니다. 세세한 부분은 말을 믿으 세요."

고삐 대신 안장 손잡이를 잡고 자세를 유지하는 것은 사실 어려운 일은 아니다. 하지만 어렵지 않은 것과 익숙한 것은 다르다. 우리는 그렇게 이틀간 평보로 걷기만 한다. 몸에 새 기는 작업은 지루하면서도 가장 어렵다. 하지만 말에 처음 오 른 당신은 평소 볼 수 없었던 시야를 얻은 것에 새로움을 느낄 것이다.

"특히 등자는 발을 얹기만 하고 힘을 주지 마세요. 한쪽에 힘이 실리면 안장이 돌아갈 수 있습니다. 기본적으로 자세는 허벅지 힘으로 유지하는 겁니다. 허벅지로 말을 끌어안는다 생각하세요."

어느덧 당신의 자세가 안정되어갔다. 하지만 당신의 허벅지 에는 근육통이 점점 심해질 것이며, 나중에 당신이 직접 고삐 를 잡으면 그 자세는 다시 무너질 것이다. 그렇기에 지금의 자 세는 더욱 중요하다.

슬슬 당신에게 고삐를 쥐게 한다. 당신의 팔은 재갈이 물린 입의 위치와 일자가 되게 유지해야 한다.

"고삐를 잡으면 그 말의 통제권은 고삐를 잡은 사람에게 넘어가요. 재갈은 너무 물리면 멈추라는 신호로 알고 앞으로 가지 않을 거예요. 그렇다고 너무 풀어주면 달리라는 신호로 알아들을 겁니다. 물론 제가 앞에서 걷는 이상 저를 따라오겠지만, 당신이 힘을 준 방향으로 갈 확률이 높아지고, 당신이 통제권을 잃으면 자기가 가고 싶은 곳으로 가겠죠. 최악의 경우에는 실수인 척하면서 사람을 떨어뜨리는 악벽을 가진 말도 있습니다."

당신은 그 이야기를 듣다 슬픈 얼굴을 한다. 그만큼 누군가를 태우기 싫은, 떨어뜨릴 수밖에 없는 심정을 이해한 것일까.

"재갈이 치극의 양쪽에 가하는 힘은 방향을 전환할 때가 아니라면 동일하게 작용해야 해요. 그리고 고삐를 당기면서 박차를 넣는다거나 상반되는 명령을 내려서도 안 됩니다. 그러면 이제 서로 간의 약속을 하나씩 배워가도록 합시다."

당신이 어떻게 고삐를 잡아야 하는지 모양을 만들어주기 위해 당신의 손을 잡고 양손으로 감싸 주먹 모양을 만든다. 당신의 손은 무척이나 차고 작았다. 당신의 엄지를 세우고 새끼손가락을 살짝 편다. 고삐는 당신의 새끼와 약지 사이로 들어가 엄지와 검지 사이로 빠져나왔다. 엄지가 위로 가도록 당신의 손을 마주보게 세운다.

"손에 너무 힘을 주지 말아요. 양손의 간격은 주먹 하나가 여유 있게 들어가도록 지금 간격을 늘 유지해야 해요. 익숙해질 때까지는 팔뚝이 서로 수평이 되게 재갈까지 직선을 이루는지도 항상 신경쓰고요. 재갈을 물리거나 풀어줄 때도 자연스럽게 유지되어야 합니다."

고삐를 잡자 당신의 몸은 자꾸만 앞으로 쏠린다. 온몸에 힘이 너무 많이 들어가고 있기 때문이다. 당신과 달그림자 서로가 불편해하고 있을 것이다. 나는 달그림자의 굴레를 잡고 걷는다. 손등에 말의 볼이 닿는다. 당신이 고삐를 잡고 있지만 달그림자는 나를 따른다. 천천히 걸으며 당신의 자세를 수시로 고쳐준다.

당신의 자세가 안정되자 나는 때가 되었다고 생각한다. 당신은 잘할 수 있을 것이다.

"허벅지로 몸통을 꽉 끌어안으세요. 힘을 빼지 마세요. 놓을 겁니다."

나는 잡고 있던 굴레를 놓는다. 그 순간 달그림자의 통제권은 당신에게 넘어간다. 당신은 재갈을 느슨하게 잡고 있었고, 달그림자는 그것을 달리라는 신호로 받아들인다. 당신이 상황을 파악하기도 전에 달그림자는 구보로 달린다. 놀랐지만 자세가 무너지지 않았다. 하지만 엉덩이를 들썩거리며 안장 위로 달그림자의 등을 수직으로 내리쩍었다. 달그림자는 벌판을 크게 한 바퀴 돌고는 마방으로 터벅터벅 들어가 멈췄다.

당신의 표정에는 희미한 두려움과 흥분이 함께하고 있었다. 떨어지지 않은 것은 당신이 그동안 얼마나 열심히 했는가에 대한 연습 결과다.

"달그림자라면 뛸 수도 있을 거라 생각했지만, 중간에 세우지 못한 것은 좀 아쉽네요. 그래도 낙마하지 않은 건 잘하신 거예요. 자세가 무너졌으면 떨어졌을 겁니다. 언젠가 한번은 떨어져보는 것도 좋은 경험이 되겠지만, 일부러 그럴 건 없죠. 잘못하면 크게 다칠 수 있으니."

나는 당신이 내리는 것을 도와준다. 안장을 내리고 당신이 엉덩이로 찍은 부분을 확인한다. 안장 없이 달그림자 위에 오른다. 행여 당신으로 인해 나쁜 버릇이 들었을지 몰라 평보, 속보, 구보로 속도를 올렸다가 내리며 마무리 운동 중 부조를 정리한다. 마방으로 돌아와 달그림자의 굴레를 벗긴다.

"이 녀석은 오늘 쉬어야겠어요. 오늘은 이만하죠."

새벽안개도 달그림자의 굴레를 벗기는 것을 봤는지 마방에 돌아와 있다.

"퇴근시간인지 알고 왔나보네요."

새벽안개의 굴레를 벗기며 말한다.

"고삐를 잡는 건, 쉽게 배우는 사람도 있고 어렵게 배우기도 해요. 말에 따라 워낙 달라서 말이 바뀌면 또 그 감을 다시 찾아야 하기도 하고요. 처음에는 조금 당기다가 천천히 풀어주는 식으로 감을 잡을 수도 있겠죠."

당신은 습득이 빠른 학생이지만, 나는 당신이 되도록 천천히 배웠으면 좋겠다. 빨리 배운 것은 그만큼 빨리 잊어버리기 때문이다.

당신은 관찰력에 비해 고삐에 대한 감이 그리 좋다고 말할 순 없다.

"평보로 걸을 때, 그렇게 재갈을 물리면 안 돼요. 조금 풀어주도록 하세요. 조금 더 조금 더."

당신은 다시 뛰어나가는 것을 두려워하는 것일까.

"방향을 바꿀 때 더 천천히 당기세요. 당기는 쪽 말고 반대쪽이 느슨해져도 안 돼요."

섣불리 판단하는 것일지 모르지만, 아마도 당신은 인생의 대부분을 타인과의 관계보다 자기 일만 잘하면 문제가 없다는 자세로 살아왔을지 모른다. 어쩌면 회사에서도 연인을 만날 때도 내가 이렇게나 노력하는데 왜 따라오지 못하냐고, 생각하면서도 말하지 않고 속으로 삭인 경험이 있을 것이다. 물론 당신의 태도가 틀린 것은 아니다. 당신이 왜 승마를 배우려고 했는지는 알지 못하지만, 어쩌면 당신이 원한 것이 지금 여기에 있을지 모른다는 생각은 내 착각이었을까.

당신은 재갈에 대한 감을 다음날까지 찾지 못했고 그래서 다음 단계로 넘어갈 수 없었다. 급기야 달그림자는 당신이 등에 올라도 제자리에 서서 꼼짝하지 않았다.

'난 네가 뭘 원하는지 알지 못하겠어', 그런 시위가 아니었을까.

결국 당신이 연습할 말을 달그림자에서 새벽안개로 바꿀

수밖에 없었다. 까다로운 말로 배우면 성격 좋은 말은 비교적 쉽게 탈 수 있지만, 성격 좋은 말로 먼저 배우면 까다로운 말을 만났을 때 고생한다. 하지만 지금 당신에겐 일단 쉬운 방법부터 감을 익히는 게 중요해 보였다.

말을 바꾼다는 이야기를 들었을 때 당신은 침울해 보였다. 그날은 하루 쉬었다. 자신이 거부당했다는 기분이 들었던 것일까.

"과몰입하는 것은 좋지 않아요."

당신은 대답하지 않았다. 하지만 당신도 알고 있을 것이다. 이 말들은 본인 소유도 아니고 연습이 끝나면 다시 볼 수 있을지조차 모를 동물이라는 것을.

새벽안개는 눈치가 빠른 녀석이었고 재갈 부조에 무딘 편이라 당신이 원하는 만큼은 아니더라도 훈련에 진전이 있었다. 하지만 여전히 당신은 상반된 명령을 내렸다. 재갈을 물리고 박차를 넣거나. 왼쪽에 힘을 주고 고개를 오른쪽으로 돌리거나. 이는 당신의 성향일 수 있으나 말에게는 안 좋은 영향을 줄 수 있는 습관이었다.

필시 당신은 애인의 손을 놓지 않으면서 오늘은 일찍 들어갈 거야, 라고 말하거나. 오늘은 집에 아무도 없어서 하루종일 잘 거라 말할지도 모르겠다. 사람과 달리 말은 그 이면의 뜻을 알지 못했다. 아니 어쩌면 사람도 그럴 것이다.

당신은 이제 슬슬 속보를 배워야 한다. 속보는 승마에서 가장 중요한 움직임이다. 원래 자연의 말에게 있던 동작이 아니라, 인간의 편의에 따라 교육한 동작이다. 두 발씩 교차하며 통통 뛰는 두 박자의 걸음은 기승자에게 특별한 움직임을 요구한다.

"엉덩이를 박자에 따라 들어줘야 하는데요. 위로 든다기보다는 앞으로 민다고 생각하면 쉬워요."

나는 달그림자를 타고 당신에게 시범을 보인다. 속보에서 기승자의 움직임을 말에서 내려 흉내내면 음란한 동작을 연상시킨다. 그것은 후배위를 하는 남성의 동작 같다. 고삐를 쥔 손은 여자의 허리를 잡은 듯하고, 엉덩이를 말의 박자에 맞춰 부드럽게 밀어야 한다. 시범 후 새벽안개에 탄 당신이 내 뒤를 따르게 한다. 달그림자가 속보로 뛰자 뒤따르던 새벽안개 역시 속보로 뛰기 시작한다.

"제 엉덩이에서 눈을 떼지 마세요. 말마다 독자적인 리듬이 있으니, 똑같이 따라 하기보다는 리듬을 느끼도록 하세요."

돌아보니 역시나 박자를 못 맞추고 있다. 이는 당연한 일이다. 속보는 두 박자임에도 우리가 살면서 쉽게 접해보지 못한 이질적 느낌이다. 말 등 위에서 엉덩이가 통통 튀며 말 등을 찍어눌렀다. 나는 새벽안개의 등에 피로가 누적되지 않도록 일정 시간마다 휴식을 취했다.

당신은 이제 혼자서 평보에서 속보로 바꿀 수 있게 되었다.

갑자기 구보로 뛰어도 속도를 줄일 수 있게 되었고, 고삐를 통한 움직임은 좋아졌다. 하지만 속보의 리듬은 찾지 못했는데, 그것은 천천히 알게 되는 것이 아니라 어느 순간 할 수 있게 될 것이다. 마치 갑자기 자전거를 탈 수 있게 되는 것처럼 말이다. 종종 의도치 않게 구보로 속도가 바뀌었기 때문에 구보 시 엉덩이를 세 박자에 맞춰 앞으로 미는 동작도 가르쳐주었다. 당신은 속보보다 구보의 동작을 먼저 익혔다. 습보는 사용할 일이 없으니 이제 속보에서 화음의 해결이 이루어지는 날 수업은 마무리된다.

나는 그 이후 당신이 알아야 할 것들을 준비하기 시작했다.

4, 5일 정도 지났을까. 어느 날 아침 당신은 말 등 위에서 마치 액체처럼 유연하게 하반신을 움직이고 있었다. 당신은 나를 발견하고 바로 앞으로 새벽안개를 몰고 와 자연스럽게 멈췄다.

"저 이제 찾은 거 같아요. 지금 동작 어땠어요?"

당신이 여기에 온 이후 그렇게 흥분된 모습으로 활발하게 이야기하는 것을 처음 본 것 같다. 조금은 감동적이었고 놀라웠다. 지금 모습이 당신의 본 모습일까. 당신에게 말하진 못하겠지만, 당신은 무척이나 멀리 돌아왔다. 남들은 비교적 먼저 배우는 속보를 마지막에 배운 것이다. 하지만 당신의 속보는 1, 2주에 한 번 속성 승마 레슨으로 배운 다른 사람들의 속보와 다를 것이다.

우리는 오늘 말을 타고 조금 멀리 나가기로 한다. 숲을 지나 도로에 있는 슈퍼에 들러 먹을 것을 사고 산을 넘어 호수에 왔다. 딱히 이유는 없었다. 언덕을 넘으며 석양 아래로 열리는 호수를 보여주고 싶었다. 이제 승마를 할 수 있게 된 보상으로 이 풍경은 부족할까. 돌아올 때는 당신이 앞장선다. 길을 모르지만 내가 뒤에서 알려주기도 하고, 무엇보다 새벽안개가 집으로 가는 길을 알고 있으니 크게 걱정할 건 없었다. 새벽안개를 바라보는 당신의 눈빛엔 애정이 담겨 있다.

"이제 교육은 끝났고요. 남은 기간은 최대한 익숙해질 정도로 자유롭게 타시면 됩니다."

당신의 교육에 거의 한 달 가까이 걸렸다. 남은 5일간 당신은 이제 자유 승마를 할 것이다.

"한 1주일 더 머물러도 되나요? 돈은 더 내겠습니다."

"돈은 더 안 내셔도 돼요. 원하시면 며칠 더 있으셔도 됩니다."

하지만 나는 알고 있다. 당신은 더 머물지 않을 것이다. 돈을 더 받지 않는다는 것이 거절의 의사는 아니었다.

나는 아침 일찍 일어나 당신에게 외출 준비를 시킨다.

"오늘 경마장에 갈 거예요."

"평일에도 시합이 있나요?"

"아뇨 경마를 보러 가는 게 아니라. 조마교육을 볼 거예요."

우리는 말을 타고 출발한다.

"경마장까지 말로 갈 수 있나요?"

당신은 놀라 묻는다.

"설마요, 어제 갔던 슈퍼까지 갈 거예요. 걸어가기에는 멀잖아요."

호수에 갈 때 들렀던 동네 슈퍼 뒷마당에 말을 묶는다. 차를 빌려서 경마장으로 향한다. 나는 의식적으로 침묵을 유지한다. 당신은 한 달간의 경험으로 오늘 분위기가 다르다는 것을 쉽게 눈치챘다. 당신도 조용하다. 그 점이 오히려 편하다. 나는 차를 돌려 '이제 수고하셨으니 짐을 싸세요' 또는 '이제 원하시는 만큼 있다가 떠나시고 싶을 때 가시면 됩니다'라고 말하고 싶다. 하지만 그날은 유난히 안개가 심했고, 나는 그 안개 속으로 숨고 싶어진다.

우리는 2시간 정도 걸려 경마장에 도착했다. 나는 미리 양해를 구해둔 조마교육 일정에 늦지 않게 도착했다. 딱 좋은 타이밍이다. 말이 사람을 태우기 위해 어떤 교육을 받을까. 거기에 의문을 품어본 적은 있을까.

아직 어린 말들, 기둥에 짧게 묶인 고삐. 마치 물에 들어갔다 나온 듯 온몸이 땀으로 범벅이 된, 움직이지 못하게 만들고 공포를 느끼게 만드는. 중앙 말뚝부터 줄을 팽팽하게 유지하고 끝없이 뒷발을 차며, 원을 그리며, 같은 자리를 돌고 있는 장면들이 지나간다.

그 장면들은 당신이 와서 보고 느낀 풍경들과 섞인다. 동물에게 감정이 있을까. 눈동자는 누가 봐도 공포와 절망이었고, 이제 당신은 승마장 말들의 눈을 보고 체념과 상실을 떠올릴까. 당신은 충격을 받은 듯하지만, 시선을 피하진 않는다.

"이건 어디로도 도망갈 수 없고, 사람을 태울 수밖에 없다는 것을 가르치는 과정이에요."

나는 묻지도 않은 것을 대답한다. 그리고 다음 장소로 이동한다.

그곳에 있는 말은 앞다리가 부러져 곧 떨어져나갈 것처럼 덜렁거렸다. 당신은 결국 고개를 돌린다. 그 말은 숨쉬는 것도 힘든 듯 연신 푸룩푸룩 소리를 낸다. 당신은 밖으로 나가고, 이제 내가 당신 뒤를 따른다.

"저 말은……."

"경주중 기수가 떨어졌고, 밟지 않으려다 다리가 꺾인 거예요."

"그럼 어떻게 되죠?"

"고깃집에 팔겠죠. 아마도."

당신은 내 말을 듣지 않고 주차장으로 향한다. 난 더 설명하지 않는다. 이제 사람을 태울 수도 없고, 수술을 한다 해도 세 발로 자기 몸무게를 이겨내지 못해 오래 살지 못할 상황이라는 것은 당신에게 중요한 일이 아닐지 모른다. 아니 그건 설명이 아닌 변명일까. 이제 돌아갈 시간이 온 것이다. 우리는 그곳에 더이상 머물 이유가 없다. 돌아오는 길에 우리는 한마디도 하지 않았고, 이번 침묵은 당신이 주도하고 있었다.

우리가 돌아와 묶어놓은 말을 찾았을 때 당신이 말했다.

"슬픈 일이군요."

"그렇죠."

"전 내일 떠나겠어요."

나는 당신이 그 말을 할 것이라 생각했다.

"고생하셨어요."

"아니요. 감사했어요."

나는 새벽안개에 올랐다. 당신은 말에 오르지 않았다.

"먼저 들어가서 저녁 준비할게요. 오시는 길은 아시죠?"

나는 이미 철쭉이 다 떨어져 양쪽으로 가지만 앙상하게 남은 길로 향한다. 당신에게는 달그림자와 함께 천천히 걸어올 시간이 필요할 것이다.

안녕, 지금이순간

얇은 옷을 겹겹이 껴입고 컨테이너 숙소를 나왔다. 외벽의 스위치를 켰다. 오후 7시가 조금 지났을 뿐이지만 이미 캄캄했다. 며칠간 폭설이 내렸다. 쌓인 눈 위로 거센 바람이 불며 눈보라를 만들었다. 멀리 떨어진 한라산에서부터 불어온 눈가루가 유릿조각처럼 날카롭게 얼굴을 스쳤다. 무월광의 풍경 아래 외등의 불빛에 반사되어 반딧불처럼 정신없이 움직였다. 얼굴이 단단하게 굳었다. 목에 걸린 마스크를 끌어올렸다. 입김에 젖어 금세 입술에 달라붙었다. 일부러 입김을 세게 뱉어 얼어붙은 마스크를 녹였다. 무릎까지 쌓인 눈이 발목을 잡아채 장화가 벗겨질 것 같았다. 장화 목으로 눈이 파고들었다. 한기가 옷의 겹겹 사이에 자리잡았다. 곧 '지금이순간'을 실은 트럭이 도착할 것이다. 주차장 초입의 오르막에 눈이 너무 많이 쌓여 트럭은 마방까지 올라오지 못할 것이다. 그러나 눈을 치우는 것보다 마방에 자리를 만드는 것이 더 급한 일이었다.

사료 창고 옆에 붙어 있는 작은 마방의 문을 열었다. 잠시 멈춰 캄캄한 실내에 눈이 익숙해질 때까지 기다렸다. 작은 마방은 몽생이들이 어미젖을 떼면 격리하는 곳이었다. 어미를 따라다니며 젖을 먹는 지금 같은 시기에는 창고로 쓰고 있었다. 앞쪽에 쌓인 물건을 안쪽으로 쌓아올렸다. 중간 칸막이를 고정시켜 말 한 마리가 들어갈 수 있는 공간을 만들었다. 건초를 가지러 사료 창고로 향했다. 창고에 있는 블루그래스 한 덩이를 집어들었다. 사료 창고를 나오자 건초 더미에서 마른 풀가루가 바람에 날려 눈에 들어갔다. 눈을 반쯤 감자 건초가 유난히 무겁게 느껴졌다. 마방에 건초를 던졌다. 두세 조각으로 갈라지며 풀가루가 날렸다. 점퍼와 바지에 지저분하게 붙은 블루그래스를 털며 좀더 부드러운 볏짚이 있었으면 좋겠다고 생각했다. 건초 한 덩이로는 부족할 것이다. 더 가지고 와야 할지도 모른다. 건초 비축량을 생각하며 담배를 하나 꺼내 물었다. 마방 천장과 벽 사이에 뚫린 틈으로 바람이 들어와 요동치고 나갔다. 라이터 불이 춤을 췄다. 담배를 입에 문 채로 반쯤 부서진 건초를 뜯어내 마방에 골고루 깔았다. 날리는 블루그래스 부스러기와 담배 연기가 눈에 들어가 눈물이 고였다.

마방 문을 열어서 고정시켰다. 바람 방향을 방해한 듯 떨어져나갈 듯 덜컥거렸다. 승마장 입구를 내려봤다. 입구부터 길을 따라 올라온 바람은 마방으로 들어와 요란하게 천장과 벽을 때렸다. 당장이라도 바람에 들려 하늘로 날아올라갈 것만 같았다. 바닥이 없으니 오즈의 마법사에 나오는 집처럼 여행을 갈 수는 없을 것이다. 하늘에서 산산조각이 나 널빤지 비가 내리는 상상을 했다. 넉가래를 가져와서 입구 쪽 눈을 조금이라도 치워야 할지 고민했다. 하지만 거세게 부는 바람은 눈을 다시 제자리로 돌려놓을 것이 뻔했다. 시간 여유가 조금 있었지만 눈을 치우지 않았다.

과장에게 지금이순간이 다쳤다는 전화를 받은 것은 해가 떨어지기 직전이었다. 경마장에서 전국 규모의 아마추어 경마 대회가 열렸다. 과장은 평소 개인적으로 승마복을 지원하던 의류점 사장에게 개인 소유인 지금이순간을 빌려주었던 참이었다.

"야, 순간이 다쳐서 지금 싣고 가거든. 거기 작은 마방에 칸막이 치고 건초 좀 깔아놔."

과장은 어느 정도 다쳤는지 말하지 않았지만, 급히 승마장으로 싣고 온다는 것으로 보아 상태가 심상치 않음을 짐작할 수 있었다.

지금이순간은 몸통 색이 연갈색에 배는 하얗고 꼬리랑 갈기가 검은 유마(騮馬)였다. 다리에 아무런 이상이 없으면서도 힘이 들거나 사람을 태우기 싫을 때 습관적으로 오른쪽 앞다리를 절었다. 그렇게 파행하는 악벽만 없었다면 경마장에서도 크게 되었을 놈이었다. 과장은 아쉬운 듯 입버릇처럼 말했다.

"저거 엄살만 아니면 크게 될 놈이었는데."

결국 지금이순간은 경마장에서 좋은 성적을 낼 수 없었다. 조마사들은 지금이순간의 악벽을 고치려고 노력했지만 실패했다. 교육의 강도가 강해지자 등에 사람이 오르기만 해도 다리를 절었다. 그 결과 경마장에서 일찍 퇴역할 수밖에 없었다. 경마장에서 성공을 하려면 말 스스로 자신의 앞에 다른 말이 달리는 것을 참을 수 없어 해야 한다. 지금이순간에게는 투쟁심이나 경쟁심이 없었다. 그런 녀석을 대회에 내보낸 것에 막연한 불안감이 있던 참이었다. 하지만 과장의 개인 말이고 겉보기에 멋졌으며, 무엇보다 무리하지 않는 성격 때문에 기수가 위험할 일이 없었다. 과장은 그런 종합적인 판단하에 지금이순간을 선택했을 것이다. 하지면 의류업체 사장의 성격은 정반대였는데, 성미 급한 말에게도 채찍부터 들고 보는 사람이었다. 어쩌면 지금이순간은 느긋하게 풀을 뜯고 천천히 평보로 산책하며 발굽으로 흙바닥이나 긁는 생활을 즐기고 싶었을지도 모른다.

오랜 시간이 지났다. 몸이 덜덜 떨렸다. 컨테이너에 들어가서 기다려야 하나 싶은 마음이 들 때쯤 갑자기 입구에 헤드라이트 불빛이 눈바람을 뚫고 나타났다. 자리에서 일어나 승마장 입구 쪽으로 발걸음을 옮겼다.

예상대로 지금이순간을 태운 1톤 트럭은 주차장으로 올라오는 눈 쌓인 오르막에서 헛바퀴만 굴렀다. 하지만 그 사실보다 1톤이라는 점에 더 놀랐다. 다리에 부담을 주면 안 되기 때문에 정말 가까운 거리가 아니라면 무진동차까지는 아니더라도 1톤에 짐처럼 싣고 경주마를 나르는 경우는 드물었다. 액셀을 밟을 때마다 트럭에 실린 지금이순간은 크게 휘청거리며 선명하게 뜨거운 입김을 토했다. 진한 입김은 내뱉는 것과 동시에 수증기가 되며 눈바람 속에 섞였다. 지금이순간은 균형을 잡지 못하고 오뚝이처럼 휘청거렸다. 미끄러운 짐칸에서 당장 쓰러진다 해도 이상하지 않았다. 조수석 문이 열리며 과장이 내렸다. 운전석에는 바로 옆 목장에서 일하는 형이 타고 있었다. 키가 190이 넘고 이수마까지는 힘으로 잡아누르기도 하는 괴력을 가진 사람이었다. 그래서 몽고에서 온 사람들도 형을 무시하지 않았다.

"여기서 내려서 끌고 가야겠는데."

형은 액셀 밟는 것을 포기하고 후진으로 내려가 차를 돌렸다. 말이 조금이라도 내리기 쉽게 높은 쪽으로 차 후미를 댄 뒤 철창을 열었다. 철창이 열리자, 가장 먼저 지금이순간의 부러진 오른쪽 앞다리에서 하얗게 빛나는 무릎뼈가 눈에 들어왔다. 관절 아래로 뜯겨나간 피부 사이로 뼈가 튀어나온 채 덜렁거리고 있었고 조금씩 피가 떨어지고 있었다. 트럭 안의 고무

깔판에도 피가 얼룩져 있었다. 붕대를 감거나 제대로 응급조치조차 하지 않은 것 같았다.

"야, 라스깡 풀어서 내려."

과장의 말과 동시에 철장에 묶어놓은 매듭을 풀어 천천히 당겼다. 하지만 지금이순간은 내리지 않으려고 고개를 돌리며 완강히 버텼다. 한쪽 앞다리가 부러진 채로 트럭에서 내리는 것은 불가능해 보였다. 눈이 쌓여 있는 바닥에 한 발만으로 내리다가는 자칫 꼬꾸라질 수도 있었다. 녀석은 바람을 피해 고개를 숙이고 계속해서 하얀 숨만 토해냈다. 조금이라도 빨리, 바람을 막아줄 수 있는 마방으로 녀석을 데려가고 싶었다. 하지만 트럭에서 내리고 난 뒤 과연 지금의 다리로 마방까지 갈 수 있을지도 의문이었다.

"야 그렇게 해서 내리겠냐. 아, 답답하네. 비켜."

형은 망설이는 나에게서 고함을 치며 라스깡을 뺏고 거칠게 잡아당겼다.

"아따 씨발년아 좀 내리자. 여기서 밤샐 거냐. 들어가야지."

지금이순간은 내리지 않으려고 뒷걸음질을 쳤고 깔판은 구겨지며 앞으로 밀려났다. 깔판이 밀려나자 철판으로 된 트럭 맨바닥이 들어나 넘어질 듯 휘청거리면서도 머리만 줄에 당겨진 채 뒤로 물러나며 버텼다. 편자가 철판에 갈리는 소리가 섬뜩하게 울렸지만 곧 바람이 삼켜버렸다.

"야, 넌 뭐 하냐. 뒤에 가서 좀 몰아라. 거기 평생 서 있게?"

형의 말에 지금이순간의 뒤로 가서 손을 들고 워워 소리를 내며 몰았음에도, 세 발로 미끄러질 듯 휘청거리면서 완강히 버티기만 했다.

"아 씨발 답답하네. 넌 여기서 일한 게 몇 달인데 아직도 어설프냐."

형은 소극적으로 말을 몰고 있는 나에게 짜증을 냈다. 도살장에 도착해서 내리지 않으려는 우마의 모습이 겹쳐 보이기도 했다. 지금이순간의 엉덩이를 향해 손을 세게 휘둘렀다. 장갑을 낀 손이 푹 들어갔다. 뜨거운 체온에 녹은 눈이 땀과 섞여 면장갑 속으로 축축하게 스며들었다.

"야, 내가 당길 게 너도 몰아."

뒤돌아 담배만 피우던 과장이 보다못해 가세해 지금이순간이 넘어지든 말든 신경쓰지 않고 거칠게 차에서 끌어내렸다. 끌려나오던 지금이순간은 점프를 뛰듯 앞발 하나를 내딛으며 바로 뒷발로 착지했다. 조금 휘청거리며 미끄러지긴 했지만 다행히 넘어지지는 않았다. 차에서 뛰어내리는 순간 부러진 오른쪽 다리가 떨어져나갈 것같이 회전하며 덜렁거렸다. 몸무게를 생각하면 다른 앞발에도 무리가 갔을 것이 뻔했다. 눈밭 위에 서자 부러진 다리가 더욱 선명하게 보였다. 상처 사이로 튀어나온 하얀 뼈가 눈에 반사되어 검붉은색 얼룩 사이로 유난히 밝게 빛났다. 선혈이 하얀 눈 위로 여전히 한 방울씩 천천히 떨어졌다.

"야, 마방에 건초 깔아놨지? 순간이 데려다놓고 사료 좀 뿌려줘라."

과장은 같이 온 형과 트럭을 타고 승마장을 빠져나갔다. 마방까지는 못해도 300미터 이상을 걸어야 했다. 지금이순간은 평소에도 눈보라를 싫어했다. 눈보라 치는 날에 손님을 태우면 아예 자리에 멈춰서 꼼짝도 하지 않아 결국 다른 말로 바꿀 수밖에 없었던 적도 있었다. 그런 성격을 알고 있었기 때문에 더욱 조심스러웠다. 역시나 한 발자국도 움직이려 하지 않았다. 라스깽을 잡은 손이 뒤늦게 떨리고 있음을 알았다. 차가 들어왔을 땐, 얼마나 다쳤는지 몰랐기 때문에 부러진 다리를 보고 적잖이 놀랐다. 다리가 이런 상태라는 것을 알았다면 오르막의 눈을 조금이라도 치워 트럭이 마방까지 올라올 수 있게 노력했을 것이다. 움직이려 하지 않는 지금이순간의 눈을 바라봤다. 내가 불안해하기 때문에 지금이순간도 더욱 불안했을 것이란 생각이 들었다. 라스깽을 놓고 지금이순간에게 다가가 목을 감싸안았다. 지금이순간의 목덜미는 뜨거웠고 땀에 축축하게 젖어 있었다. 장갑을 벗고 천천히 지금이순간의 목을 쓰다듬으며 괜찮다고 아무 일도 없을 것이라고 말했다. 한참 뒤 지금이순간은 코로 뜨거운 숨을 소리 내어 내쉬며 자신의 얼굴을 내 머리에 비볐다. 아랫입술을 꽉 깨물었다.

지금이순간이 끌려오는 듯한 기분이 들지 않게끔 줄을 느슨하게 늘어뜨렸다. 어깨를 지금이순간의 눈 옆에 위치시키고 천천히 걸었다. 지금이순간은 그런 내 마음을 알겠다는 듯 넘어질 듯 절뚝거리면서도 천천히 따라왔다. 작은 마방으로 가는 길은 아무리 걸어도 가까워지지 않았다. 바람은 눈을 뿌리며 자꾸만 길을 늘이고만 있었다. 지금이순간은 머리를 왼쪽으로 돌리고 걸었다. 몇 번 휘청거리며 미끄러질 뻔했지만 의외로 잘 걸었다. 마침내 마방에 도착했을 때 기쁜 마음이 들기도 했지만 근본적으로 변한 건 없었다. 손으로 지금이순간의 몸에 쌓인 눈을 털었다. 큰 마방에서 솔을 가져와 남은 물기를 털어주며 털을 손질했다. 지금이순간은 몸을 움찔거렸다. 상처의 아픔보다 세 발로 서 있어야 한다는 것이 더 불편해 보였다. 이제 다시는 사람을 태우지 못할 것이다. 그 이전에 적지 않은 돈이 드는 수술을 해줄지도 의문이었다. 응급조치조차 되어 있지 않은 지금이순간의 다리를 압박붕대로 지혈이라도 해주고 싶었지만, 어떻게 행동해야 할지 알 수 없었다. 혼자 힘으론 붕대를 감아줄 수 없다고 스스로에게 변명하며 지금이순간 옆의 건초에 기대 잠이 들었다.

옷 속에 새벽 한기가 가득차며 잠에서 깼다. 온몸이 차갑게 식어 떨렸다. 고개를 들자 지금이순간은 초점 없는 눈으로 나를 내려다보고 있었다. 밤새 움직이지 않은 듯 보였다. 전혀 잠들지 못했을 것이다. 옷을 갈아입고 따뜻한 물로 씻기 위해 컨테이너 숙소에 돌아가보니 과장은 어젯밤 돌아오지 않은 듯했다. 여느 때와 다름없이 개장 준비를 위해 큰 마방에 사료를 뿌리고 방목장으로 향했다. 방목장으로 가는 길엔 눈이 무릎까지 쌓여 있어 더욱 걷기 힘들었다. 방목장 입구에는 말들이 아침밥이 있는 큰 마방으로 가기 위해 모여 있었다. 방목장 문은 눈에 파묻혀 밤새 얼어 있었다. 고정쇠도 얼어 쉽게 열릴 것 같지 않았다. 울타리 뒤로 말들이 마방으로 가기 위해 줄을 서 있었다. 그중에는 지금이순간의 어미인 '쾌속비행'도 있었다. 쾌속비행과 눈이 마주쳤다. 녀석들의 눈은 문을 빨리 열라고 재촉하는 듯했다. 평소 같았으면 천천히 얼어 있는 부분을 흔들어 녹인 뒤 문이 열리게 만들었겠지만, 오늘따라 쉽사리 열리지 않는 방목장 울타리의 입구에 유난히 짜증이 났다. 더구나 장사 준비를 혼자 해야 하기 때문에 여기서 느긋하게 얼음을 녹이며 시간을 보낼 수는 없었다. 굳이 눈바람을 뚫고 창고에서 오함마를 가져왔다. 얼음을 때려 쇠기둥째 뽑아버렸다. 평소와 다른 소동에 놀란 말들은 문이 열렸지만 서로 눈치를 보고 좀처럼 마방으로 들어갈 생각을 하지 않았다. 함마를 높이 들어 휘두르며 큰 소리로 말들을 몰았다. 쾌속비행이 큰 마방으로 뛰기 시작하자 나머지 말들도 앞다투어 뛰기 시작했다. 어미 말마다 아직 젖을 완전히 떼지 않은 몽생이들이 꽁무니를 따라 뛰었다. 빨리 가는 말이 더 많은 사료를 먹을 것이다.

쾌속비행은 지금이순간보다 조금 더 진한색의 유마로 경마장에서 현역으로 뛸 때부터 명마로 이름이 자자했다. 한때는 경마장에서 3연승을 한 적도 있었으며 그 어느 말보다 전속력으로 달리는 것을 좋아했다. 하지만 경마장이 아닌 승마장에서는 반대로 골칫거리기도 했다. 승용마로 쓰려면 가장 먼저 습보를 잊게 만들어야 하는데 쾌속비행은 좀처럼 습보를 잊으려 하지 않았다. 단지 빨리 달리려고만 하는 말은 처음 타는 초보자들에게 절대 좋은 말이 아니었다. 더구나 쾌속비행은 특유의 경쟁심으로 종종 서열 싸움을 하기 일쑤였다. 얼마 전에는 손님을 태우는 도중 대열에서 앞의 말에게 시비를 걸다 손님의 발을 물어버린 적도 있었다. 쾌속비행은 손님이 고삐를 잡는 순간 전력질주를 해서 손님을 낙마시키는 일도 잦았다. 어설프게 고삐를 잡으면 우리가 아닌 손님에게 통제권이 넘어가니 절대 잡으면 안 된다고 말해도 호기로운 사람들은 당당히 고삐를 잡았다. 그들은 말에서 떨어지고 나서 사무실에 항의했다. 쾌속비행은 고삐를 잡으며 재갈을 느슨하게 풀어준 것을 달리라는 신호로 받아들인 것뿐이었다.

쾌속비행의 뒤로 작년 겨울 태어난 몽생이 한 마리가 어미를 따라 뒤뚱거리며 뛰어갔다. 쾌속비행의 새끼는 '쾌속비행 자마'라고 불러야겠지만 승마장 뿐 아니라 인접 목장 사람들도 그냥 '고기'라고 불렀다. 다리가 역관절로 태어난 녀석은 사람을 태우기는커녕 정상적으로 자라지도 못할 게 분명했다. 사람들은 고기를 보며 세 살을 넘기기 힘들 것이라 했다. 사장은 고기를 비육마처럼 살을 찌워 잡아먹으려고 생각했겠지만, 고기는 좀체 살을 찌우지도 못했다.

옆 목장에서 일하는 형은 승마장에 놀러 올 때마다 고기를 괴롭혔다. 커다란 덩치로 헤드록을 걸거나 등을 올라타듯 잡았다. 건강한 몽생이들도 힘으로 찍어누르는 사람이었으니 고기가 도망칠 수 있을 리가 만무했다.

"아니, 형님, 고기라 부르는 건 좀 너무하지 않습니까?"

쾌속비행자마를 고기라고 부르는 것이 못마땅해서 불만을 표한 적도 있었다.

"아니, 고기를 고기라고 하지 뭐라 하냐. 이건 애초에 잡았어야 했어. 사료만 축내고. 이거 어차피 살도 안 쪄. 갈수록 고기가 아니라 그냥 거죽이 될 거다. 너도 괜히 여기다 정붙이지 마라."

누구보다도 고기에 정을 주고 있는 것처럼 보이는 형의 말이라 모순처럼 느껴졌다.

"이 녀석 이대로 살지는 못합니까?"

"그건 왜, 살려서 뭐 하게. 어차피 사람도 못 태우고 경마장도 못 들어가고 이름도 못 받을 놈인데. 이놈 어차피 기형이라 더 나이 먹으면 구절(球節)에 뼈가 튀어나와. 그러면 어떻게 되는지 알아? 뼈가 튀어나오면 그리 상처가 감염되고 썩어. 그 뒤에 잡으면 먹지도 못해. 이거 키워봐야 불쌍하기만 하지. 이렇게 두는 것 자체가 못 할 짓이야."

형의 말에 동의하지 못하면서도 어렴풋이 그것이 나름대로 무뚝뚝한 형의 쾌속비행자마에 대한 자기 방식의 애정표현이라고 생각하고 싶었다. 단지 내가 이곳에서 일하는 동안은 살아 있기를 바랐다.

마방으로 뛰어가는 말들과 무리에서 뒤처진 녀석을 보며 지금이순간이 함께 생각나 마음이 착잡했다. 어미는 저렇게 훌륭한데. 자마들이 자꾸 잘못되는 것이 안타까웠다.

마방으로 돌아와 사료를 먹고 있는 말들을 각각 자기 위치에 재갈을 물린 뒤 털 손질을 시작했다. 마음 같아서는 한 마리 한 마리 정성스럽게 시간을 들여 손질해주고 싶었지만 9시 이전에 장사 준비를 마쳐야 했기 때문에 1순위로 먼저 안장과 복대가 닿는 곳을 깨끗이 털고 손님들 눈에 잘 띄는 부분은 2순위로 대충 털었다. 사모는 손님들 잘 보이는 곳 좀 신경 쓰라고 매일 잔소리했지만 그러기에는 시간도 일손도 부족했다. 장사 말들은 하루종일 안장을 지고 사람을 태워야 했기 때문에 작게 뭉쳐져 남은 흙먼지로 등상이나 복대상을 입을 수 있었다. 지금이순간처럼 외승말로 따로 빼놓은 말들은 승마를 배우는 회원들이 올 때만 안장을 올리고 돌아오면 안장을 풀어줬지만 나이가 좀 든 장사 말들은 단체를 주로 상대하다 보니 일일이 안장을 올리고 풀 수 없었다. 더구나 엉덩이로 사정없이 말의 등을 찍어버리는 초보들을 하루종일 태우니 휠씬 더 힘들 것이었다. 장사 말 대부분이 등이나 복대가 닿는 배에 가죽이 벗겨진 상처를 하나 이상 가지고 있었다. 억지로 하루종일 여러 사람들을 태워야만 하는 장사 말들을 보면 가끔은 일종의 포주가 된 것만 같았다. 단 한 명의 교감할 대상을 얻을 기회를 갖지 못한 말들을 볼 때면 언제나 안타까움이 늘어갔다.

안장을 올리며 하루하루 복대가 짧게 느껴지는 것을 느끼고 산달이 거의 가까워졌음을 실감했다. 늦은 봄 짝짓기를 한 말들은 겨울이 다가오자 하루가 다르게 배가 불러왔다. 자마들 젖을 뗄 시기가 다가오자 이제는 산달이 가까워온 것이다.

9시가 가까워지며 장사 준비를 끝내자. 사무실에서 일하는 사람들이 속속 출근했다. 사장은 다른 일을 하느라 승마장을 별로 신경쓰지 않았고 사모가 총괄을 했다. 아침을 먹으면서 지금이순간에 대해 아무도 묻지 않았다. 밥해주는 이모만이 과장은 어디 갔냐고 물었을 뿐이었다. 나 역시 지금이순간에 대해 먼저 말을 꺼내지 않았다. 아침을 다 먹었지만 과장은 아직도 승마장에 나오지 않았다. 과장은 전화를 받지 않았다.

과장 없이 9시에 출근한 아르바이트생과 둘이 일을 해야 하니 힘든 하루가 될 것이었다. 바람은 여전히 거세게 불고 있었다. 맑은 하늘 아래 눈보라가 치고 있었다. 이 눈들이 저 멀리 보이는 한라산에서 날아오는 것은 아닐까 생각했다. 말은 워낙 예민한 동물이라 바람을 싫어하는 녀석, 비를 싫어하는 녀석, 안개를 싫어하는 녀석 등등 성격이 제각각이었다. 물론 날씨를 잘 가리지 않는 성격의 무난한 녀석들이 일을 더 많이 하게 되는 것은 어쩔 수 없는 일이었다. 오늘 같은 날씨라면 바람에 유난히 민감한 쾌속비행은 정말 손님이 붐비지 않는 이상 사람을 태우지 않는 것이 좋을 것이다. 손님이 좀 적게 왔으면 좋겠다고 생각했다. 하지만 기대와는 달리 대기실 난로에 장작불이 붙기도 전에 사무실 쪽에서 커플 두 명이 안전모를 쓰고 걸어오고 있었다.

"미친것들 이런 날씨에 외승을 나가냐. 야, 바가지다. 내가 다녀올게."

관광객들도 사모에게 외승을 설득당했을 것이 분명하지만, 괜한 짜증을 내며 대기실을 나섰다.

"형님 눈 많이 오는데 조심하십쇼."

동생은 평소와 달리 예민한 내 등에 조용히 대답했다.

영내에서 체험만 하는 손님과 외부로 나가는 손님은 모자로 구분했다. 안전모는 외승, 카우보이모자는 내승 손님이었다. 우리는 안전모를 쓴 손님을 바가지라 불렀다. 물론 중의적인 표현이기도 했다. 내승과 달리 외승은 인솔자가 같이 말을 타야 했기 때문에 오늘 같은 날씨라면 기수와 관광객은 물론이고 말까지도 평소보다 위험할 것이 분명했다. 사무실에서 안전교육과 책임을 기수에게 모두 전가한 것이 마음에 들지 않았다.

"우리 기수님이 다 알아서 해주시니 걱정하실 거 하나도 없습니다. 그냥 기수님 따라 말에 타고 초원을 달리다가 오시면 돼요."

사모는 위험하다는 말은 쏙 빼고 무조건 기수님만 믿으면 안전하다는 것만 강조했다. 하지만 이런 날씨에 말을 타는 것이 절대 안전할 리 없다는 것을 알고 있었다. 솔직히 말하면 이런 작은 관광승마장에 전문교육을 받은 기수가 있을 리도 만무했다.

마방에 들어가 어떤 말들을 끌고 나갈지 고민했다. 일단 나이가 많아 할망이라고 부르는 흰색에 가까운 회색 총마 '레인보우'와 레인보우의 짝인 적다마 '전사의후예'를 골랐다. 직접 타고 나갈 말로는 쾌속비행을 골랐다. 나쁜 날씨에 손님을 태우는 것보다 직접 타는 것이 훨씬 도움이 될 것이다. 그게 쾌속비행 입장에서도 편한 일이었을 것이다. 레인보우와 전사는 백마나 적토마에 대한 이미지 덕에 인기 있는 색의 말이었다. 하지만 둘 다 뛰는 것을 너무나 싫어하고 장사할 때 요령만 피웠다. 영내에서 단체를 태울 때는 느릿느릿 걸어서 대열을 끊어먹기 일쑤라 장사하기 힘들었지만 외승을 나가게 되면 다른 돌발행동을 하는 말보단 훨 안심이 되었다. 쾌속비행처럼 초원에서 돌발적으로 질주하기 시작한다면 승마 체험 손님은 십중팔구 떨어지기 때문이었다.

남자 손님은 바람을 막기 위해 손을 들어 얼굴을 가리고 아무 말 없이 인상을 쓰고 있었다. 하지만 여자 손님은 너무나 기대된다는 듯 대기시키고 있는 말의 옆으로 와서 어린아이처럼 말했다.

"만져봐도 돼요? 어머! 어머!"

레인보우의 머리에 손을 댔다 뗐다를 반복하며 감탄사를 내뱉으며 촐싹거렸다.

"나 여기 백마 탈래. 너무 이뻐."

레인보우는 설경 때문에 더 멋지게 보였다. 여자부터 레인보우에 태우고 등자끈 길이를 조절해줬다. 등자는 원래 살짝 길게 해서 발끝만 걸쳐야 하지만, 손님들에겐 등자를 조금 짧게 조절해서 등자 깊숙이 발을 집어넣게 만들었다. 균형을 잃고 한쪽 등자에 몸무게를 싣게 되면 안장이 돌아갈 염려가 있긴 했지만 등자에서 발이 빠져 균형을 잃고 떨어지는 것보다는 더 나았다. 그렇게 우리는 최선이 아닌 최악을 피해 기준을 세웠다. 둘의 안장과 등자를 체크하는 와중에도 여자는 끊임없이 말을 했다.

"얘 이름도 있어요? 이름은 뭐예요? 나이는요? 예? 많은 거죠? 나보다 많네. 어쩜 좋아. 여자애예요? 남자애예요? 나보다 언니네. 언니 미안해."

"당연히 있죠. 레인보우예요. 스물다섯이구요. 거의 할머니죠."

미안하면 이런 날씨에 타지 말던가. 일일이 대답해주면서도 속으로는 불평을 했다.

"여기 옆에 우리 오빠 말 이름은 뭐예요? 쟤도 나이 많아요? 어머 넌 어린이구나. 둘이 친해요? 그럼 수놈이에요?"

"전사예요. 아뇨 한 열댓 살 됐어요. 둘이 짝이에요. 아뇨 암놈끼리 짝이에요. 그래야 더 친하게 지내거든요."

"우리 막 달리기도 하나요?"

여자에게 보라는 듯 과장된 몸짓으로 주위를 한번 둘러봤다. 바람에 눈이 날려 한 치 앞도 보이지 않았다.

"이런 날씨에 달리면 아마 바람에 날리는 눈이 얼굴에 부딪쳐 엄청 아프실 텐데요."

"아, 그래도 좀 뛰고 싶다."

이런 날씨에 아무 지식도 없는 사람을 태울 수밖에 없는 말들에게 미안했다. 쾌속비행에게 다가가 목을 쓰다듬으며 혼잣말처럼 말했다.

"그리고 말들도 별로 뛰고 싶지 않을걸요."

여자는 들었는지 입을 삐쭉 내밀었고, 남자가 여자를 달래주었다.

"나중에 날씨 좋을 때 다시 오자. 그때 뛰면 되지."

"잉, 그래도."

"그런데 이거 정말 위험하지는 않나요?"

남자는 여자를 달래며 나에게 물었다.

날씨가 이런데 당연히 위험하죠, 하지만 생각을 그대로 이야기할 수 없었다. 만약 잘못 말했다가는 외승을 취소할 것이고 가격 차이가 큰 만큼 장사 말아먹을 생각이냐는 사모의 잔소리를 감당할 자신이 없었다.

"제 말만 잘 들으시면 별일 없을 거니 걱정하지 마세요."

사고가 빈번한 것은 아니지만 신혼여행을 와서 말을 타다가 정말 운이 없어서 불구가 되거나 그보다 더 낮은 확률로 송장이 된 사람도 있으니 위험하지 않다는 말은 거짓말이었다. 솔직한 심정으로는 각서라도 받아놓고 태워야 하는 건 아닌가 생각할 정도였다. 마음 같아서는 준비운동부터 시키고 싶었다. 더구나 이렇게 추운 날 낙마한다면 크게 다칠 수도 있었다.

"오늘 날씨가 안 좋으니 출발하면 소리는 절대 지르시지 마시고요. 발끝보다 허벅지에 힘을 주고 다리로 말을 꼭 껴안으세요. 고삐는 절대 잡으시면 안 됩니다. 고삐 잡으시면 제가 어떻게 못 해드려요. 고삐 잡는 순간 직접 책임져야 합니다. 중간에 나뭇잎이라든가 뜯어먹으면 그때만 손잡이에 걸어 둔 채로 반대쪽으로 당겨서 머리만 돌려주세요. 그럼 출발합니다."

출발하기 전 주의사항을 말하며 쾌속비행의 등에 올랐다. 앞장서 출발하려 했으나 평소의 성격답지 않게 쾌속비행은 좀체 앞으로 갈 생각을 하지 않았다. 박차를 넣어봤지만 버티고만 있을 뿐이었다.

"여기 채찍 하나만 가져와라."

대기실의 동생에게 소리쳤다.

"형님, 쾌속비행 채찍 들고 타시려고요?"

동생은 채찍을 들고나오며 걱정스러운 표정으로 말했다. 습보의 습관이 남아 있는 말을 탈 땐, 보통 채찍을 들지 않았기 때문이었다.

"출발을 안 하려고 해서. 겁만 줄 거야."

쾌속비행의 왼쪽 시야에 채찍을 들고 때리는 척 보여주기만 했는데 앞으로 가기 시작했다. 하지만 레인보우와 전사는 여전히 따라올 생각을 하지 않고 나란히 바람 반대 방향으로 고개를 숙인 채 눈바람을 피하고만 있었다. 어젯밤 트럭에서 고개를 숙인 채 내리려고 하지 않던 지금이순간의 모습이 겹쳐 보였다.

"아, 얘 안 가요. 왜 안 가지. 내가 싫은가? 내가 너무 무거워서 그런가?"

"무겁기는요. 엄청 무거운 남자들도 다 태워요. 바람이 너무 불어서 그래요. 날씨에 민감하거든요."

살짝 짜증이 섞인 투로 말하면서 여자가 타고 있는 레인보우의 안장에 걸려 있는 고삐를 벗겨 오른팔에 걸었다.

'그러니 죄송합니다만 조금만 조용히 해주실 수 없을까요?'

말들이 예민하다는 말은 속으로 삼켰다. 대신 변명하듯 말을 이었다.

"말들이 놀라면 위험해서 그래요."

레인보우가 고삐에 끌려 따라오자 전사도 자연스럽게 레인보우를 따르기 시작했다.

초보들이 말을 타고 나면 운동이 되기는커녕 엉덩이에 멍만 잔뜩 든다. 말이 달리기 쉽게 속도에 따라 기승자의 자세를 바꿔서 말에게 최대한 무리를 주지 않아야 하지만, 관광승마라는 것은 그런 체계화된 스포츠와 거리가 멀었다. 관광승마는 승마의 기본자세는커녕 말등에 처음 오른 사람들이 말의 성격조차 모르고, 그저 말이 가는 대로 올라앉아 있는 것이다. 하지만 집에 돌아가서는 서로 자신들이 말을 얼마나 멋지게 탔는지 자랑할 것이다. 물론 승마를 몇 년 배웠다는 사람들도 말의 성격을 파악하고 말에 자신을 맞추려는 것보다 자신이 배운 지식에 말을 맞추려 하기 때문에, 마음에 들지 않았다. 하지만 적어도 그 사람들은 말등을 엉덩이로 찍어누르지는 않았다. 반면 관광객들은 연신 말등을 찍어눌렀고 엉덩이가 아프다고 투덜거렸다. 그러면서 위에서 찍어누르는 자신의 엉덩이보다 아래에서 찍히는 말이 더 아플 것이라고 생각하는 사람은 단 한 명도 없었다.

평소 말을 타고 손님을 이끌게 되면, 전방은 완전히 말에게 맡기고 고개를 돌려 시선은 뒤에 따라오는 손님을 보며 방향과 속도만 조절했다. 쾌속비행의 경우 달리 채찍이나 박차를 쓸 필요도 없이 자세와 고삐만으로도 컨트롤이 될 정도로 예민한 말이었다. 하지만 오늘은 날씨도 좋지 않고 출발도 불안했기 때문에 뒤에 따라오는 손님보다 지금 타고 있는 쾌속비행에게 더 신경이 쓰였다. 그런 지점에서 의도와 달리 외승 말을 잘못 선택한 셈이 되었다. 더구나 이런 악천후가 되면 말도 평소보다 더 기수에게 의지하게 된다. 시야와 청각이 모두 제한받기 때문에 말의 입장에서도 믿을 수 있는 건 등에 탄 기수밖에 없는 것이다. 따라서 말이 예민해지는 것만큼 기수도 예민해진다. 하지만 되도록 지면은 말이 직접 선택하는 것이 좋다. 지면을 말에게 강요하게 되면 기수도 피곤하고 말도 스트레스를 받기 마련이다. 어떤 부분에서 쾌속비행의 예민함은 오히려 도움이 될 것이 분명했다.

오른팔에 걸고 있던 레인보우의 고삐를 제자리에 걸어줬다. 어느 정도 나왔으니 준비운동도 얼추 되어 몸이 녹았을 테고 무리에서 이탈하지 않을 것이다. 더구나 레인보우는 늙은 말이라 걱정하지 않아도 될 것이다.

뒤에서 여자가 달리자고 자꾸 보챘기 때문에 속보로 속도를 올렸다. 말들은 눈바람을 피해 고개를 비스듬하게 숙이고 속도를 높였다. 말들이 평보에서 속보로 보법을 바꾸며 2박자로 통통 뛰기 시작하자, 여자는 온몸이 들썩이기 시작하는 것과 동시에 비명을 지르며 좋아했다. 여자가 비명을 지르면 말이 자극받을 만도 하지만 노련한 레인보우는 동요 없이 평보에서 박자만 바꿔 속도는 평보 그대로 유지한 채 뛰는 척하며 따라왔다. 평소 같으면 답답했겠지만 이런 날씨에는 오히려 안심이 되며 레인보우가 고맙기까지 했다. 악천후에는 말과 기수가 서로 의지해야 하다보니 손님에게 신경을 덜 쏠 수밖에 없었다. 미안하지만 뒤의 손님은 레인보우에게 맡기는 것이 더 안전할 것이다. 감각이 예민해졌기 때문인지 쾌속비행이 아주 미세하게 파행을 하고 있는 것을 느낄 수 있었다. 평소라면 눈치채지 못할 정도로 미세했고 어느 다리를 저는지도 잘 알 수 없었다. 쾌속비행이 어느 쪽 다리를 저는 것인지 신경을 쓰고 있을 때 덤불에서 노루가 튀어나왔다. 겨울에 먹이가 부족해 여기까지 내려온 것일까. 그와 동시에 쾌속비행은 고개를 오른쪽으로 돌리며 급정거를 했고 쾌속비행의 다리에 신경을 쓰고 있던 나는 균형을 잃었다. 뒤에서 여자가 날카롭게 비명을 질렀다. 다행히 그 순간엔 떨어지는 것을 모면했다. 노련한 레인보우는 앞에서 쾌속비행이 멈추는 것을 보고 서서히 속도를 줄이며 쾌속비행의 왼쪽으로 지나치려 했다. 그에 맞춰 쾌속비행의 머리를 오른쪽으로 돌리는 순간 오른손에 들고 있던 채찍이 쾌속비행의 시야에 들어갔다. 쾌속비행은 채찍을 보고 놀라 머리를 왼쪽으로 크게 틀었다. 레인보우는 쾌속비행의 옆구리를 어깨로 살짝 들이받으며 지나쳤다. 다행히 여자는 손잡이를 꼭 잡고 떨어지지 않았다. 레인보우가 크게 놀라지 않은 덕이 컸다. 하지만 나는 이미 균형을 잃었던 자세에서 그대로 쾌속비행의 왼쪽어깨를 타고 땅으로 고꾸라졌다. 떨어지는 것과 동시에 쾌속비행은 나를 밟지 않기 위해 다시 오른쪽으로 고개를 틀며 엉덩이를 반대로 돌렸다. 순식간에 몇 번이나 방향을 바꾸다보니 남들이 보기에는 제자리에서 팔짝팔짝 뛰는 것으로 보였을 것이다. 쾌속비행의 오른쪽 디딤발이 미끄러지며 균형을 잃었다. 쾌속비행은 오른쪽으로 넘어지며 큰 소리를 냈고, 그 소리에 맞춰 까마귀들이 일제히 날아올랐다. 까마귀가 날아오르는 소리에 다시 놀란 쾌속비행은 버둥거리며 일어나 승마장을 향해 전력질주하기 시작했다. 레인보우와 전사가 쾌속비행을 따라가지 못하게 빠르게 일어나 레인보우의 고삐를 잡았다. 남은 말들이 쾌속비행을 따라 전력으로 뛰게 된다면 손님들이 크게 다칠 수도 있었다. 레인보우와 전사의 고삐를 잡고 나서 왼쪽 발목이 욱신거림을 알았다. 하지만 손님들 앞에서 떨어진 것이 민망해서 엉덩이를 털며 혼잣말처럼 말했다.

"아, 하여간 겁은 많아서."

발목이 욱신거리는 것보다 손님 앞에서 떨어진 것이 창피했다. 하지만 속으론 쾌속비행이 넘어지며 다리를 다치지 않은 것에 안도했다. 말들은 사람을 밟지 않게 훈련되어 있기 때문에 사람을 피하려다 다리가 부러지는 경우가 많았다. 그때 지금이순간을 생각했다.

여자는 괜찮으시냐고 호들갑을 떨었고 그런 여자의 호들갑이 더 창피하게 느껴졌다. 남자는 이것이 기회다 싶었는지 크게 다치셨을지도 모르니 이만 돌아가자고 했다. 발목이 부어오는 것을 느낄 수 있었다. 떨어질 때 등자에 발이 걸리며 충격을 받은 것 같았다. 승마장까지 말을 끌고 가는 것은 무리였다. 동생에게 전화를 걸었다. 단체라도 들어왔는지 동생은 전화를 받지 않았다. 사무실에서도 전화를 받지 않았다.

다리를 절며 승마장을 향해 천천히 걸었다. 한참을 걸었지만 동생에게서 전화는 좀처럼 오지 않았다. 쌓인 눈은 무릎까지 빠졌고 체력이 점점 떨어졌다. 여자는 다치지는 않았냐고 계속 말을 걸었지만 괜찮다고만 대답했다. 돌아가는 길이 끝나지 않을 것 같았다.

더이상 걸을 수 없을 것 같을 때, 동생에게서 전화가 왔다.

"형님 무슨 일이십니까. 쾌속비행 혼자 왔던데요."

멋쩍은 듯 말했다.

"떨어졌어. 말 한 마리 끌고 여기 와줄 수 있나?"

"어디신데요. 지금 중국인 버스가 몇 대 들어와서 가기 힘들 것 같아요. 일단 사모랑 얘기해볼게요."

여자와 남자에게 말했다.

"죄송하지만, 시간이 좀 걸리겠네요."

시간이 지나도 사람은 오지 않았다. 손님들은 추위에 떨기 시작했다. 남자는 다음 일정에 대해 불평하기도 했다. 지금은 내가 손님들의 발목을 잡고 있는 셈이었다. 결국 해결책을 찾을 수밖에 없었다. 레인보우나 전사는 그리 큰 말이 아니라서 남자 둘을 태우긴 힘들 것이다. 가장 합리적인 방법은 내가 여자를 뒤에 태우고 나를 꽉 끌어안게 하는 것이었지만, 남자가 좋아할 리 없었다. 그렇다고 둘을 같이 태우기에는 너무 위험했다. 결국 방법은 하나였다. 그게 최선인지는 모르겠지만. 당장 어쩔 수 있는 것도 아니었다.

"제가 두 분에게 너무 피해를 주는 것 같아서요."

레인보우의 목덜미를 쓰다듬으며 말을 이었다.

"이 녀석 이름은 아까도 말했듯이 레인보우라고 하는데, 나이도 많고 아주 노련한 녀석이에요. 말에서 떨어진 저보다 믿을 만할 거예요. 지금부터 이 녀석이 두 분을 승마장까지 모셔다 드릴게요."

사모는 절대로 말과 손님만 두지 말라고 말했다. 사고가 벌어졌을 때, 무슨 일이 있어도 기수가 옆에 있어야 손님이 다른 억지를 부리지 않는다는 것이 이유였다. 하지만 지금 더이상 걷는 것이 어려웠고 손님들을 이 눈보라에 계속 방치할 수도 없는 노릇이었다. 다른 말이라면 몰라도 나이가 많은 레인보우라면 충분히 믿을 수 있었다.

"그게 말이 됩니까? 그러다가 이상한 데 가서 우리도 떨어지고 사람들이 찾지도 못하게 되면 어쩌라고 말입니까?"

남자는 말도 안 된다는 듯 따졌다. 남자 말처럼 말도 안 되는 일이었다.

"지금 타고 있는 말들을 믿으세요. 충분히 믿을 만한 애들입니다."

남자가 고삐를 잡는 것이 나을지 잠깐 고민했지만, 지금 모습으로 봐서는 여자가 더 나을 것 같았다. 그렇게 잡고 있던 레인보우의 고삐를 여자에게 넘겼다.

"너무 빠르다 싶으면 고삐를 당기세요. 머리를 뒤로 젖힌다 생각하시지 마시고 턱을 아래로 당긴다 생각하시면 됩니다."

위험한 경우에 대해서는 일부러 말하지 않았다. 위험한 일이 없기만을 바랄 뿐이다. 오히려 걱정은 사람을 더 위험하게 만들지도 몰랐다. 레인보우는 여자가 고삐를 잡았지만 돌아가려고 하지 않고 나를 기다리고 서 있었다.

"꼭 잡으세요. 분명 집으로 돌아갈 거예요."

그렇게 말하고는 들고 있던 채찍으로 레인보우의 엉덩이를 약하게 때렸다. 레인보우는 속보로 그러나 너무 빠르지 않게 승마장을 향해 뛰기 시작했다. 돌아가면 손님만 말에 태워 보냈다고, 사모가 며칠 동안 난리칠 것이 눈에 선하게 그려졌다. 하지만 분명 무사히 돌아갈 것이고, 관광객들에게는 오히려 좋은 무용담으로 남을 것이다.

아주 천천히 걸었다. 큰 바위 위에 눈을 털어내고 잠시 앉아 쉬었다. 피곤이 몰려오며 나른하게 졸음이 왔다. 하지만 졸면 안 된다고 입술을 깨물었고 다시 일어나 걷기 시작했다. 이 모든 게 꿈이었으면 좋겠다고 생각했다.

정오가 훨씬 지나 간신히 승마장에 도착할 수 있었다. 영지에 들어서자마자 절뚝거리는 다리를 끌고 쾌속비행의 상태를 보기 위해 마방으로 들어갔다. 마방에서 쾌속비행은 자리에 주저앉아 있었다. 앉아 있는 모양이 잠시 쉬고 있는 것은 분명히 아니었다. 쓰러진 쾌속비행에게 다가가 손바닥으로 엉덩이를 강하게 내려쳤다. 쾌속비행은 힘들게 비틀거리면서 일어났다. 넘어진 말은 어떤 수를 써서라도 다시 일으켜야 한다. 그리고 다시 넘어지게 하면 안 된다. 평소 산통(疝痛)에 걸려 말들이 너무나 허무하게 죽는 것을 많이 봐왔기 때문에 걱정이 앞섰다. 바닥을 보니 피가 섞인 끈적끈적한 액체가 흘러 있었다. 쾌속비행의 꼬리를 위로 젖혔다. 엉덩이에 피와 양수가 지저분하게 묻어 있었다. 산통(疝痛)이 아닌 산통(産痛)이라 안도의 숨을 내쉬었다. 먼저 복대를 풀고 안장을 내렸다. 쾌속비행이 교배를 한 날짜를 생각하면 말마다 차이는 있겠지만 조금 일렀다. 하지만 이미 양수가 터진 것으로 보아 새끼가 곧 나올 것이다. 새끼를 낳을 산실을 만들어야 했다. 하지만 지금 밖에는 눈이 쌓여 있었고 작은 마방에는 지금이순간이 있었다. 선택의 여지는 없었다. 지금이순간의 반대편에 짐을 더 정리했다. 칸막이를 치고 건초를 깔았다. 지금이순간에게도 그랬듯이 블루그래스는 거칠어서 산실에 깔기에 최적은 아니지만 이제 와서 달리 볏짚을 구할 곳도 없었다. 지나친 경쟁으로 승마요금의 반 이상은 관광가이드에게 갔고 승마장은 언제나 가난했다. 말 사료가 아닌 소 사료를 먹일 때가 더 많았다. 자꾸만 거친 블루그래스에 신경이 쓰였다. 하지만 없는 것보다는 훨

나을 것이 분명했다. 쾌속비행을 작은 마방으로 끌고 왔다. 지금이순간은 쾌속비행이 자신의 어미라는 것을 아는지 모르는지 가만히 서 있는 것만으로도 힘들다는 듯 반쯤 감긴 눈으로 정면만 바라보고 있었다. 쾌속비행의 굴레를 편하게 풀어주고 지켜보기 시작했다.

한두 시간이 지났지만 쾌속비행은 좀처럼 새끼를 낳지 못했다. 난산이었다. 동생 혼자에게 일을 시키는 것이 미안하긴 했지만 쾌속비행의 곁을 지키고 있을 수밖에 없었다. 쓰러져 앉아 숨만 헐떡이는 쾌속비행의 상태를 지켜보다 십중팔구 이미 새끼가 죽었다는 확신이 들었다. 창고에서 가는 로프를 길게 잘라와 매듭을 지었다. 이러다가 쾌속비행까지 죽을 수도 있었다. 손을 씻고 왔다. 손가락이 금방이라도 얼어 깨질 것 같았다. 꼬리를 젖히고 손을 쑥 집어넣었다. 깨질 것 같은 손은 금방 따뜻하게 녹았다. 손을 깊게 집어넣어 머리를 찾았다. 다행히 머리가 뒤로 젖혀 있지는 않았다.

말머리를 잡고 밖으로 끄집어내기 위해 쾌속비행이 새끼를 낳으려 힘을 주는 것에 맞춰 당기기 시작했다. 손이 미끄러지며 머리를 계속 놓쳤다. 한참이 지나서야 머리가 아닌 앞다리가 먼저 보이기 시작했다. 대략 1시간가량 씨름한 끝에 간신히 머리를 밖으로 끄집어낼 수 있었다. 온몸이 땀범벅이 되었다. 새끼는 역시나 숨을 쉬고 있지 않았다. 눈꺼풀을 열었지만 동공도 풀려 있었다. 머리에 이어 앞다리 하나를 더 빼는 데 성공했다. 미리 준비한 로프로 몽생이의 머리와 앞다리를 같이 묶었다. 그리고 쾌속비행이 주는 힘에 맞추어 줄다리기를 하듯 잡아당겼다. 머리와 앞다리에 로프가 감기자 생각보다 수월하게 쑥하고 빠져나왔다. 가위를 가지고 와 탯줄을 잘랐다. 발굽은 굳지 않아 노란색으로 말랑말랑했다. 유산을 보는 것이 이번이 처음이 아니라 수월하게 조치할 수 있었다. 자칫하면 어미도 위험했을 것이다. 이전에도 그랬던 것처럼 큰 고무대야를 하나 가져와 담았다. 죽은 새끼는 아직 따뜻했다. 뼈가 굳지 않고 피조차 돌지 않은 몽생이는 약으로 쓰기 위해 서로 웃돈을 주고라도 가져가려고 할 것이다. 창고로 옮기고 쥐가 뜯어 먹지 못하게 무거운 철판으로 덮었다. 땀이 식으며 옷 안쪽으로 냉기가 퍼졌다. 끈적한 손은 빨리 식지 않았지만 비린내가 진동했다. 씻어도 며칠간은 지워질 것 같지 않았다.

쾌속비행은 주저앉은 채로 새끼를 찾으며 계속 울었다. 같은 마방에 있는 지금이순간도 덩달아 울음소리를 냈다. 동물은 제왕절개로 새끼를 낳으면 새끼를 낳았다고 생각 안 하고, 죽은 새끼라도 직접 낳으면 살아 있는 새끼를 낳았다고 생각한다고 했던가. 쾌속비행에게 새끼와 이별할 시간을 좀더 줘야 했던 것은 아닐까. 아니다. 쥐가 꼬일 수도 있고 감염 위험도 있으니 빨리 치우는 것이 옳은 조치였다. 과장에게 전화했지만 받지 않았다. 몇 번이나 다시 걸자 늦게서야 과장은 전화를 받았다.

"어제 술 좀 마셨다. 이해하지?"

"쾌속비행, 방금 유산했습니다."

과장은 아주 잠깐 침묵했다.

"그래, 알았다. 잘 처리해놨지?"

"예, 다라이에 담아서 창고에 넣어놨습니다."

"그래, 잘했다. 미안하다. 금방 갈게."

쾌속비행에게 다가가 엉덩이의 피 얼룩을 솔로 손질했다. 잠시 울음을 멈췄다. 그것은 나에 대한 신뢰일까. 새끼를 다시 데려오리라는. 하지만 그럴 수 없었다. 단지 털을 손질해주는 것만이 내가 할 수 있는 유일한 일이었다.

1시간이나 지났을까. 과장보다 먼저 온 사람이 있었다.

"몽생이 죽었다메, 가지고 가라던데."

그 사람은 시내에서 이 악천후를 1시간도 안 걸려 뚫고 왔다. 콧노래를 부르며 왔을지도 모르겠다. 남자는 트렁크를 열었고 트렁크에 고무대야째로 실어줬다.

"다라이는 다음에 올 때 가져다줄게."

처음 본 남자는 반말로 그 이야기만 하고 떠났다. 남자가 떠나고 대야를 들었던 손을 씻어보지만 물은 손에 남은 비린내를 타고 미끄러져 흘러내릴 뿐이었다. 다시 쾌속비행의 우는 소리가 바람을 뚫고 들려왔다.

뒤이어 1톤 트럭이 한 대 승마장으로 들어와서 마방 앞에 차를 세웠다. 그와 동시에 과장에게서 전화가 왔다.

"거 트럭 갔지? 순간이 실어 보내라."

지금이순간이 어디로 갈지, 상처에 응급조치가 되어 있지 않았을 때 이미 짐작은 했었다. 지금이순간에게 마방굴레를 씌우려고 하자 평소와 달리 고개를 쳐들며 거부했다. 하지만 앞다리로 지탱하지 못해 머리를 높게 들진 못했다. 머리를 오른팔로 감싸안아 어깨 위로 당기며 왼손으로 굴레를 강제로 씌웠다. 굴레가 씌워진 지금이순간은 순순히 밖으로 따라나왔다. 트럭 앞에 멈춰 서서 트럭에 오르려 하지 않고 완강히 버텼다. 자신이 어디로 가게 될지 알고 있을 것이다. 지금이순간은 바닥을 바라보고만 있었다. 다가가 목을 감싸안았다. 몸은 싸늘했다. 이번엔 얼굴을 나에게 비비지 않았다. 품에 안긴 지금이순간은 이미 너무나 먼 곳에 있었다. 차에 태우기 위해 라스깡을 잡아당겼지만 지금이순간은 여전히 꼼짝도 하지 않았다. 결국 트럭을 타고 온 사람이 바쁜데 지금 뭐 하는 거냐고 화를 내며 직접 뒤에서 거칠게 몰아 트럭으로 욱여넣었다. 지금이순간은 울음소리조차 내지 않았다. 단지 덜렁거리는 오른쪽 앞다리에서 튀어나온 하얀 뼈만이 시선에 남았다. 차는 출발했고 지금이순간은 돌아보지 않았다. 잠시 안아준 내 손이 유난히 차갑게 느껴졌다. 작은 마방에서는 여전히 쾌속비행이 죽은 새끼를 찾으며 울고 있었다. 왼쪽 발목이 더욱 욱신거렸다.

지금이순간이 떠나자마자 바람이 잠잠해졌다. 허공에서 날리던 눈들이 바닥으로 가라앉았다. 산너머로 해가 지며 노을을 만들고 있었다. 뒤돌아 눈보라가 그친 승마장을 돌아봤다. 멀리 관광객들이 버스로 돌아가는 모습이 보였다. 마방 앞에 오직 고기만이 묶이지 않고 노을 아래 자유롭게 뒤뚱거리며 돌아다니고 있었다.

그림 속의 화재

1시간 전

눈이 내린다. 오두막이 불탄다.

준희는 오두막에 갇혀 있다. 창문으로 다가가 밖을 내다본다. 오두막 밖에 캔버스를 올려둔 이젤이 서 있다. 누군가 캔버스에 그림을 그리고 있다. 캔버스에 가려 얼굴은 보이지 않는다. 짐작해보건대. 불타는 오두막을 그리고 있거나 아예 다른 무엇인가를 그리고 있을 것이다. 준희는 마치 자신이 그림을 그리는 사람이 된 듯 오두막을 바라본다. 불타는 오두막은 문이 없고 창이 철판으로 막혀 있다. 철판에 불길 속에서 일렁이는 물체가 비친다. 막힌 철판 사이로 준희는 어떻게 밖을 내다보고 있는 것일까.

그의 뒤로 멀리서 거대한 나무가 하나씩 수직으로 하늘에서 천천히 떨어졌다가 다시 하늘로 올라간다. 나무가 떨어지는 위치는 점점 가까워진다. 준희는 하늘을 올려본다. 마치 UFO같이 둥근 형체가 숲 위에 떠 있다. 나무라고 생각했던 것은 둥근 형체에 달린 다리였다. 사방팔방으로 뻗은 여덟 개의 다리는 몸통보다 높은 곳에서 수직으로 한 번 꺾여 지면을 향하고 있었다.

거미가 다가온다. 다리 하나하나는 소나무보다 굵고 길다. 아니다. 저렇게 큰 것이 거미일까? 거대한 몸통이 거미인지는 알 수 없다. 마치 어떤 비밀의 세계에서 누군가의 실수를 알아버린 것처럼.

준희는 생각했다.

'나는 왜 여기 있을까. 세계를 구하기 위해서? 그런 건 망상이다.'

불은 하나 있었다. 거미도 하나 있었다. 낡고 먼지 쌓인 커튼에 불이 붙어 타고 오른다. 오두막 벽과 바닥에 다닥다닥 붙은 거미알이 불탄다. 아주 작은 거미들에게도 불이 붙어 흩어진다. 오두막은 거미가 알을 낳는 둥지였을까. 눈이 내린다. 준희는 밖에 있는 것이 자신인지, 안에 있는 것이 자신인지 알 수 없었다.

4일 전

누군가 화나 있었다.

"아 진짜 미친 사람인가봐."

민원을 담당하는 소방사가 전화를 끊으며 답답하다는 듯 혼잣말을 했다.

"왜 또 무슨 일이야? 소란스럽게 왜 그래?"

모두 못 들은 척 조용히 있는 가운데. 안쪽 사무실에서 주임이 나오며 말했다.

"아뇨, 그게 왜 서울에서 자꾸 민원 넣는 그거 있잖아요. 또 그거예요."

"그거, 왜? 또 출동해야 하나?"

"아무래도요. 신고가 들어왔으니. 가봐야겠죠?"

주임이 한숨을 쉬었다.

"저번에 한참 난리였지? 그때 경찰은 뭐라 했지?"

"문 부수고 들어가면 절대 안 된다고만. 문 부수지 말라고만 말하고 뭐 딱히 다른 건. 뭐 지들도 딱히 답이 있겠어요. 아직 지들 책임도 아니니 서로 피곤할 일 만들지 말자는 거죠."

"뭐 걔들도 민원 계속 받고는 있을 거야. 그런데 거기 불법 건축물 아니었어? 임도가 없는데."

"시청에도 신고가 들어갔겠지요?"

"가족이 했으려나. 진짜 거기나 신고하지 뭐 하는 거야."

"여기든 저기든 만만한 게 우리죠."

"쓰잘데기없는 소리 하지 말고. 그만 투덜거립시다. 우리는 우리 할일만 잘하면 돼."

주임은 사무실을 한번 둘러보다가 준희를 불렀다.

"김준희씨. 김준희씨!"

준희는 1주일째 수면장애로 고생하고 있었다. 멍하니 앉아 있느라 주임의 말을 듣지 못했다. 주임은 젊은 나이에 7급 간부직으로 들어온 사람이라 준희보다 열 살 정도 어렸는데, 준희가 나이와 경력 때문에 일부러 자신을 무시하는 것은 아닌가 최근 벼르고 있었다.

"김준희씨. 정신 안 차려요?"

주임이 사람들 앞에서 자신의 권위를 세우려는 듯 더 큰 소리로 말했다.

"예? 예. 아닙니다."

"아니긴 뭐가 아니야. 여기가 안이지 밖이겠어요? 그러다 정작 밖에서 사고 나겠어. 정신 좀 차립시다. 사고 나면 자기 자신뿐 아니라. 동료에게도 피해를 주는 거예요."

준희는 화재조사관이라 다른 사람들에 비해 사고가 날 일은 적긴 했다. 물론 그렇다고 완전히 마음놓고 살 순 없었지만 말이다.

"그럼, 거긴 이번에 준희씨가 혼자 다녀오지 그래?"

이제 모두 남의 일인 양 다들 자기 할일을 찾아가거나 사무실을 벗어났다.

"예? 어디를요?"

"아니 다들 이야기할 때 뭘 했어. 진짜 답답하네. 요즘 뭐 안 자고 밤새 게임하는 건 아니야? 요즘 계속 민원 들어온다는 거기 말이에요. 준희씨 거기 처음 출동할 때부터 같이 갔다며? 그 산속에 있는 오두막."

"아 거기요. 거기 제가 혼자 가도 뭐 할 게 있을까요?"

"아니 그럼 그렇다고 신고가 들어왔는데 쌩까? 불이 난 것도 아니고 그러다가 불내면 악성 민원인 줄 알고 쌩깠습니다, 이럴 거야? 생각을 좀 하고 삽시다. 그렇지 않아도 얼마 전에 도계에서 비슷한 오두막 불난 거 몰라요? 다행히 비 오는 날이라 집만 타서 다행이지, 요즘 같은 겨울에 비라도 안 왔으면 산 하나로 안 끝나요. 화재는 예방입니다. 예방. 그걸 생각하셔야죠. 1, 2년 일한 것도 아닌 분이 왜 이래. 척하면 감이 와야지."

"그럼 소방차가 안 가면, 저기 순찰차로 다녀와야 할까요?"

"저기 순찰차는 무슨, 답답한 소리 하네. 아니 오늘 뭐 잘못 먹었어요? 그러다 다른 데 불나서 화재 출동하게 되면? 지금 공무용 차량도 다 나가 있으니 자가로 다녀오고 유류비 영수증 첨부해요."

공무용 차량은 누가 타고 나간 것인지 모르겠지만, 지휘차가 있으니 순찰차가 화재 출동에 쓰일 일은 없는데도 단지 준희를 괴롭히기 위해 말을 갖다대는 것뿐으로 보였다. 영수증을 처리하려면 또 총무과에서는 무슨 용도냐 왜 업무를 자가로 다녀왔냐 이런저런 잔소리를 할 게 뻔했다. 준희는 주임이 시키는 대로 일어났다. 그리 먼 거리도 아니니 차라리 영수증이야 그냥 처리 안 해도 그만일 것 같았다. 하지만 관내 출장이라도 나갔다 왔는데, 차비도 유류비도 청구 안 하면 그 또한 문제가 되려나, 이러나저러나 골치 아픈 일이었다.

"정신 차리고 운전해요. 멍때리다 사고 내지 말고."

뒤에서 주임 목소리가 뒤늦게 들렸지만, 준희는 못 들은 척 대답하지 않고 그냥 나왔다.

7일 전

'도와줘 문제가 생겼어.'

준희는 스팸 편지함을 일괄 삭제하려다 그 제목을 발견했다. 보낸 사람은 기하였다. 반년 전 뜬금없이 찾아와 같이 저녁을 먹었다. 기하는 작업을 하기 위해 산에 좀 들어가서 살아야겠다고 말했다. 산속에 살 만한 곳은 있냐는 질문에, 기하는 '지으면 되지'라고 대답했다. 그때는 농담이겠거니 하고 웃어 넘겼다. 그 이후 몇 달이나 연락이 되지 않았다. 이전에도 기하가 홀연히 사라지는 일은 빈번했기 때문에 딱히 신경쓰지는 않았다. 언젠가는 전국일주를 떠나겠다며 오토바이에 이젤을 고정하고 1년 동안 사라졌다가 거지꼴이 되어 돌아온 적도 있었다.

'사람들이랑 같이 쓰던 작업실이 없어졌더라고', 그렇게 찾아와서는 적당히 서로 불편해지고 눈치를 좀 주게 될 정도가 지나자 또 사라졌다. 기하가 나타났다 사라지는 것은 불편하면서도 익숙한 그런 상황이었다. 그는 항상 그림을 그렸는데, 떠날 때면 그 그림들을 모두 두고 갔다. 기하는 가진 것이 없고, 가지지 않으려고 했기 때문에 그렇게 떠돌 수 있었던 것일지도 모른다. 준희의 집에는 기하의 그림이 10여 개 있었다. 하지만 어느덧 처치 곤란이라 생각하게 되었다. 준희는 그림들을 화구통에서 꺼내본 적은 없었다. 기하가 어떤 그림을 그리고 있는지 알지 못했다. 숨겼다기보다는 준희 쪽에서 관심이 없었다. 어쩌면 기하는 그 그림들을 준희에게 준 것이라고 생각했을지 모른다. 숙식에 대한 대가를 그림으로 지불했다고 말이다. 하지만 당연하게도 기하는 그림으로 비용을 지불한다고 말한 적이 없었고, 준희는 그 그림들이 자신의 것이라고 생각해본 적 없었다. 만약에 다른 사정이 생겨, 저 화구통을 쌓아둘 곳이 없어져 보관하기 힘들어진다면 어떻게 처분해야 할까. 준희는 가끔 기하가 자신의 생각보다 유명한 사람이라 그림을 처분하게 되면 돈이 좀 되지는 않을까 그의 이름을 검색해보곤 했다. 하지만 당연하게도 기하의 이름은 그 어디에서도 검색되지 않았다.

문자메시지나 전화가 아닌 메일로 연락을 한 것이 좀 이상하다 생각했지만, 별생각 없이 메일을 클릭했다. 우연히 기하라는 이름을 사용한 스팸 메일일 수도 있었다. 그 속에는 주소와 여섯 자리 비밀번호가 있었다. 그리고 단 하나의 문장이 쓰여 있었다.

'여기로 와줬으면 해. 내가 미쳤다고 생각할지도 모르겠지만, 세상을 구하기 위한 일이야.'

그 외 다른 내용은 없었다. 어릴 때부터 익숙한 지명이었지만 정확하게 어디인지는 알 수 없었다. 무엇보다 그 지역은 사람이 거의 살지 않는 산속이라 지나치게 넓었다. 아주 오래전에 화전민들이나 살았을까. 준희는 기하의 전화번호를 찾았다. 자리에서 일어나 사무실을 나서며 기하에게 전화를 걸었다. 미처 자리에서 벗어나기도 전에 연결이 되지 않는다는 안내음이 나왔다. 전화기가 꺼져 있는 것도 아니고 통화권 이탈 지역이 아직도 있다는 것이 놀랍게 느껴졌다. 아니면 방해 금지 모드나 항공 모드일지도 몰랐다. 준희는 자리에 다시 앉아 메일에 적힌 주소를 지도에 입력해봤다. 그들이 함께 학교를 다니고 어린 시절을 같이 보낸 소도시의 마을에서도 완전히 외곽에 떨어진 곳이었다. 거미줄처럼 끝없이 이어진 등고선을 보며 만약 그곳에 기하가 있다면 전파가 닿지 않을 수도 있다는 생각을 했다. 휴대폰 내비게이션에 주소를 찍어보았다. 준희가 있는 소방서에서 한두 개의 시군을 통과해야 하고, 대략

2시간가량 걸리는 거리였다. 차가 어디까지 들어갈 수 있을지는 알 수 없었다. 길 찾기 안내는 근처 산 아래까지만 되어 있었다.

언제 무엇을 어떻게 도와달라는 것일까. 메일은 잠깐 시내에 나왔을 때 보낸 것일까. 어쨌든 장은 봐야 먹고살 것이니 말이다. 준희는 메일로 답장을 보냈다. 무슨 일인지 무엇을 도와주면 되는지에 관한 내용이었다. 너무 사무적으로 답장을 쓴 것은 아닌가 조금 걱정이 들었지만, 그런 자잘한 부분들이 중요하진 않을 것이다. 하지만 메일을 보내면서도 기하가 언제 이 답장을 확인할 수 있을지 확신하지 못했다.

6일 전

준희는 지방 중소도시 화재조사관으로 오래 근무했고, 최근에는 좀더 외진 군으로 발령받았다. 인구는 5만이 넘지 않았고, 지역의 면적은 넓었지만 대부분 산간으로 이루어진 지역이었다. 근무는 당번, 비번, 비번으로 돌아갔는데, 주간과 야간을 오가는 형태보다는 나았지만, 피로가 늘 따라다니는 기분은 지울 수 없었다. 다행스럽게도 지금의 군이 위치한 산간지방에서는 겨울 산불 주의 기간만 조심하면 도시보다 위험하거나 바쁘지는 않았다. 위험도가 각자 다른 방향으로 쏠려 있는 느낌이랄까. 하지만 최근 한 민원이 문제가 되었다. 남자 혼자 산에 오두막을 지어놓고 사는 곳이었는데, 서울에 있는 가족들이 하루에 한 번 방화 신고를 했다. 남자가 집에 불을 지르려 한다는 것이 이유였다. 집은 소방서가 위치한 군의 중심에서도 남동쪽으로 멀리 떨어진 인접 군과의 경계 외진 곳의 산속에 있었다. 국도를 타고 한참을 간 후에, 좁은 산길을 따라 들어가야 했는데. 산의 비탈을 따라 이어진 좁은 길은 가장 작은 펌프차도 쉽게 진입하기 힘든 곳이었다. 보통 승용차는 경사 때문에 진입하기 힘들었고 SUV는 차의 크기 때문에 진입 시 나뭇가지가 온 방향에서 긁을 그런 산길이었다. 혹시 몰라 언제라도 소방 헬기가 뜰 수 있도록 지원 요청을 한 후 지휘차와 구급차만 먼저 산 깊은 곳으로 들어갔다.

인기척은 없었다. 집을 비운 것 같았지만 집 앞에 라보 한 대가 주차되어 있는 것으로 보아 외출한 것은 아닌 것 같았다. 신고자에게 연락하자 집안에 분명히 사람이 있다고 문을 부수고 들어가라고 재촉했다. 서울에 계시면서 어떻게 알 수 있냐고 물었지만 대답하지 않고, 의식이 없을 수도 있으니 문을 부수고 빨리 들어가야 한다고만 다급하게 소리쳤다. 지금 집안에 가족분이랑 통화가 되냐고도 물었지만 역시 대답은 하지 않았다. 남편의 연락처를 알려줄 생각도 없는 것 같았다. 마치 연습한 배우처럼 질문을 피하고 본인의 말만 계속 쏟아냈다. 소방관들이 집안으로 진입하게 하려는 목적 이외에는 아무것도 관심이 없는 듯했다. 아무리 집주인의 요청이라 해도 불이 난 것도 아닌데 근거도 없이 마음대로 문을 부수고 진입할 수는 없었기에 경찰에게 연락하자 사정을 들은 경찰은 주소를 확인하더니 출동할 생각도 없이 사정을 안다는 듯 절대 문을 부수지 말라고만 말했다. 말을 아끼고는 설명은 해주지 않았다. 그냥 자기들도 죄송하다고만 말하며, '문 절대 부수고 들어가면 안됩니다'라는 말만 반복했다. 소방관들은 문을 부술 수도 없고 그대로 돌아올 수도 없었기 때문에 몇 시간이나 대기하다 집주인이 돌아올 때까지 기다릴 수밖에 없었다. 그 와중에도 민원인은 계속 전화를 걸었다. 초로의 남자는 바구니를 들고 있었고 나물이나 버섯 등을 따서 오는 길로 보였다. 남자는 소방관들을 보더니 조금 당황했지만 공손하게 인사를 하며 말을 걸었다.

"아이구, 참 민망하게 되었습니다. 어떻게 안에 들어오셔서 차라도 한잔하시렵니까?"

소방관들은 어안이 벙벙했다. 출동팀장이 나서서 물었다.

"별일 없으신 거죠? 방화 신고가 들어왔습니다."

남자는 무슨 일인지 알겠다는 듯 죄송하다고만 말했다.

"이게 지금 무슨 일인지 설명해주실 수 있으신가요?"

"아니 딱히 뭐 숨길 일은 아니겠지요. 다만 이렇게 밖에서 이야기할 내용도 아닌 것 같기도 하고요."

"그럼 저랑."

준희는 남자가 걸어온 방향에 회색 고양이 한 마리가 있는 것을 보았다. 고양이는 감시하듯이 이쪽을 보고 있었다. 준희는 집 주위를 살폈다. 고양이에게 밥을 주거나 집을 지어준 흔적은 없었다. 오히려 산짐승을 막기 위한 장치로 보이는 흔적들은 조금 보였는데, 뱀을 막기 위한 담뱃가루라든가. 덫으로 보이는 물건들이 나무 사이 놓여 있었다. 고양이를 키우고 있다면 오히려 놓지 않을 것 같은 장치들이었다.

"거기 조사관님. 같이 들어가시죠."

팀장은 주위를 둘러보다 준희를 지목하고 남자에게 말했다.

"들어가 계시죠. 여기 정리해서 철수시키고 들어가겠습니다."

남자가 오두막 안으로 들어가자. 팀장이 준희에게 조용히 말했다.

"허위 신고 같긴 한데요. 뭔가 사정이 있는 것 같습니다. 안에 수상한 게 있는지 자연스럽게 살펴주세요."

1일 전

준희는 꿈을 꾸기 시작했다. 꿈속에서 준희는 거미에게 쫓겼다.

마지막에는 산속의 오두막이 불타는 꿈이었다. 꿈속에 불타는 집은 민원 때문에 찾아갔던 그 집이었다. 준희는 그 오두막에 갇혀서 탈출하지 못하고 있었는데. 그 장면을 마치 밖에서 지켜보고 있는 듯 불타는 집의 전체 모습이 보였다. 준희는 집 밖에 있으면서 동시에 집안에 있었다. 지붕이 무너지려는 순간, 준희는 땀에 범벅이 되어 깨어났다. 당직날 휴게실에서 쪽잠을 잘 때에도 비명을 지르며 깨어나기 일쑤였는지 주위에서 걱정했다. 준희는 꿈의 내용에 대해 주위에 이야기하지는 않았다. 소방관이 화재의 꿈을 꾼다는 것이 괜한 불안감을 전달할까 조심스러웠기 때문이기도 했지만, 꿈속의 그 집이 민원 때문에 찾아갔던 집과 똑같이 생겼다는 말은 절대 할 수 없었기 때문이다. 준희는 기하가 사라지기 전 이상한 꿈을 꾼다는 이야기를 했던 것이 기억났다. 자세한 이야기는 듣지 못했지만, 화재에 대한 꿈은 아니었다. 어떤 지하도에 대한 이야기였는데, 마치 디아블로 같은 RPG 비디오게임에서나 나올 법한 카타콤을 연상시켰다. 아마 이 나라에서 그런 시설물을 볼 일이 없었기에 기하가 유럽에 유학을 갔을 때나 미디어에서 익힌 이미지에 심취한 것이라 생각했다. 그 이야기를 들으면서도 준희는 카타콤 안에 화재가 난다면 어떤 형태로 발생하고, 진압할 수 있을까에 대해 생각했다. 아마 확실한 건 이산화탄소중독으로 생명체가 살아나오기는 힘들 것이라는 점이었다.

기하는 준희의 답장을 읽지 않았다.

준희는 휴대폰 내비게이션에 기하가 보낸 주소를 다시 찍어보았다. 경로에 따라서는 도의 경계를 나갔다가 다시 들어오는 게 빠를 수도 있을 듯했다. 자가용으로 대략 2시간 반에서 3시간 정도 걸리는 것으로 나왔다. 분명 이전에 검색했을 때는 2시간이 안 걸렸던 것 같은데 시간이 늘어났다. 이상한 일이었다. 내일 아침 8시에 당직이 끝나면 이틀간 비번이었다. 집에 가서 조금 수면을 취하고 해당 주소지로 출발하기로 마음을 먹었다.

2일 전

준희는 계속 그 민원에 시달리고 있었고 직접 오셔서 문을 열어주시면 진입하겠다 했지만 민원인은 이런저런 핑계를 대며 서울에서 오지 않았다. 현장에 도착해서 휴대전화로 전화했던 게 실수였는지, 그때 이후 소방서에서 대충 전화를 받으면 준희에게 직접 전화했다.

준희는 점점 말라갔고 꿈과 현실을 구분하지 못했다. 어떨 때는 고양이가 되기도 했고, 거미가 되기도 했다. 숲 위를 부유하며 나무 사이로 도망치는 또 다른 자신을 쫓기도 했다. 그는 누구일까. 기하나 또는 다른 남자는 아닐까. 몽롱하게 앉아 있는 시간이 늘었다. 주임은 그런 준희가 못마땅했고, 잔소리를 해봐야 듣는 둥 마는 둥 했기 때문에 더더욱 벼르고 있었다.

오늘

　아침에 눈이 많이 내렸다. 하늘에는 먹구름이 단단히 화가 났는지 소용돌이 모양으로 산을 둘러싸고 있었다. 2, 30분 전에 해가 이미 떴어야 했지만, 햇빛은 전혀 보이지 않았고 마치 한밤중 같았다. 원래 계획은 집에서 한숨 자고 출발할 예정이었지만, 집에 가도 전혀 잠이 올 것 같지 않았다. 조금 전까지만 해도 쓰러질 듯이 피곤했는데, 운전석에 앉자 정신이 또렷해졌다. 휴대폰으로 내비게이션 앱을 실행시켰다. 어제 검색한 주소가 바로 맨 위에 떴다. 준희는 안내를 눌렀다. 가다가 피곤하면 갓길에 차를 세워놓고 조금 쉬어도 될 것이다.

　운전을 시작한 지 30여 분만에 피로가 몰려왔다. 역시나 실수였다. 졸음쉼터를 이용할까 생각해봤지만, 히터를 켜고 자면 배터리가 방전될 것 같았다. 어차피 한기에 잠이 오지 않을 것이다. 그냥 히터를 끄고 창문을 조금 열었다. 머리에 차가운 바람이 닿았다. 정신은 몽롱했지만 운전하다 잠들 것 같지는 않았다. 라디오 소리를 조금 더 키웠다. 중고등학교 학창시절 듣던 추억의 가요들이 나오고 있었다.

6일 전

팀장과 함께 집에 들어가자 남자는 포트에 물을 올리고 믹스커피를 꺼내고 있었다. 집안은 바람만 불지 않는다 뿐이지 마치 실외처럼 추웠다.

"커피는 괜찮습니다. 물이나 좀 주시죠."

팀장이 말했다.

"그래도 받으시죠. 이야기도 해야 하고."

남자는 싱크대 앞에 서서 스틱을 뜯고 가만히 기다렸다. 무슨 이야기를 해야 할지 생각하는 것 같았다. 팀장이 준희를 보며 눈치를 줬다.

"잠시 화장실 좀 다녀오겠습니다."

준희는 그렇게 말하며 일어나 집을 천천히 둘러보기 시작했다. 거실에는 진입로를 훤히 내다볼 수 있는 커다란 창이 있었고, 그냥 장식인지 작동이 되는지 알기 힘든 벽난로가 있었다. 벽난로에 불을 땐 흔적은 없었다. 나갈 때 지붕에 굴뚝이 있는지 봐야겠다고 생각했다. 티브이나 소파는 없었고 잠시 앉으라고 내어준 방석도 얇고 여기저기 기운 천이라 원래 용도는 다른 것일지 모른다는 생각이 들었다. 거실 구석구석에는 나무로 깎은 조각상들이 아무렇게나 잔뜩 쌓여 있었는데. 조금씩 기법은 다르지만, 거미를 표현했거나 거미를 연상시켰다. 남자가 어떤 조각상을 만들고 있든 업무와는 상관없는 일이었다. 화장실로 가는 통로에는 어떻게 만든 것인지 커다란 거미줄 모양의 정교한 조각도 있었는데, 거미는 없었다. 화장실에는 더더욱 의심할 만한 것이 없었다. 실내에 인화물질이라고 부를 만한 것은 구비되어 있지 않았다. 오히려 너무 없어서 난방은 어떻게 하는 것인지, 작은 오두막이라도 이렇게 천장이 높으면 난방이 쉽지 않을 텐데 의문이 들었다.

준희가 화장실에서 나올 때, 남자가 작은 반상을 펴고 있었다. 반상도 직접 깎아 만든 것인지 상다리마다 거미가 새겨져 있었다. 다만 상다리도 그렇고 조각들이 정교하기는 했지만, 예술에 문외한인 준희가 봐도 어딘가 딱히 잘 만들었다는 생각은 들지 않았다. 팀장이 준희를 봤고, 준희는 어색하게 고개를 좌우로 저으며 딱히 별것 없다는 표현을 했다.

"그래서 민원인분은 가족이 맞으신가요?"

팀장은 최대한 부드럽게 말하려고 노력했다.

"예예, 맞습니다, 법적으로는. 폐를 끼쳐서 죄송합니다."

남자는 그 이상 이야기하진 않고 입술만 움찔거릴 뿐 말을 이어가진 않았다. 그냥 커피잔을 양손으로 잡고 만지작거릴 뿐이었다.

"경찰에도 연락했는데, 사정을 아는 것 같더군요."

"아, 예 경찰에도 신세를 졌죠. 죄송합니다."

"아 저희에게 그것까지 죄송할 일은 아니고요."

말은 계속 헛돌고 있었다. 그때 준희가 끼어들었다.

"조각가이신가요?"

준희는 순간 남자의 동공이 흔들리는 것을 놓치지 않았다.

"아뇨 아뇨, 딱히 조각가라 말할 정도로 거창한 건 아니고요. 보시면 알겠지만, 그냥 취미로 하는 겁니다."

팀장이 별 쓸데없는 이야기를 꺼냈다는 듯 눈을 흘겼다. 하지만 남자는 오히려 입을 열고 가족 이야기를 시작했다.

"사실, 그게."

잠시 한숨을 쉬더니 말했다.

"가족들은 제가 귀향 후 재산에 대해 딴생각을 하고 있다고 생각하나봐요."

"딴생각이라고 한다면?"

"보시면 알겠지만 제가 여기 내려올 때 가족들은 따라오지 않았죠. 뭐 당연한 거라 생각했습니다만."

남자는 커피를 한 모금 홀짝이고 말을 이었다.

"서울에 있는 아파트도 아직 대출금이 많이 남아 있긴 하지만 제 명의로 되어 있습니다. 아내와 만나지 않은 지는 오래되었고요. 아내는 뭐, 서울에 있을 때도 저희는 딱히 우애 있는 부부는 아니었습니다만 시골에서 산다는 걸 끔찍하게 생각했고, 이 집에도 한 번 왔었는데 이런 곳에서 하루도 잘 수 없다고 바로 올라갔거든요. 이 집은 제가 하나하나 혼자서 직접 지은 집인데 나름 애착을 가지고 잘 지었다고 생각합니다."

남자의 말처럼 직접 지은 것이 사실이라면 그는 조각보다 집을 짓는 것에 재능이 있을지도 몰랐다. 분명 이 집은 상당히 잘 지은 집이라 볼 수 있었다. 이쪽 지방, 아니 우리나라에서 흔히 볼 수 있는 양식의 집은 아니었다. 건축에 대해서 잘 모르지만, 어디서도 보지 못한 독창성이 있었다. 집의 큰 형태야 결국 다 거기서 거기겠지만, 기둥이나 처마 아래 새긴 조각이나 무늬 등은 더욱 그러한 기분이 들게 만들었다. 지붕의 대들보는 혼자 힘으로 어떻게 올렸을지 궁금했다. 하지만 산속에서 집을 혼자 짓는 경우가 희귀하긴 하지만 아예 없는 일도 아니라 인터넷에서 의외로 쉽게 검색될지 모르니 딱히 신기할 건 없었다.

"굴뚝 청소는 언제 하셨죠?"

"그게 지금 무슨 상관이죠?"

갑자기 남자가 경계하듯 되물었다.

"직접 지으셨다고 해서요. 아무래도 목조건물이다보니."

"뭐 연통도 아니고 굴뚝인데 걱정이야…… 그보다 딴생각이라 하신다면?"

팀장이 끼어들어 말을 다시 원점으로 돌려놓았다.

"가족들은 제가 재산을 다른 사람에게 주려고 생각하고 있다고…… 생각하나봐요."

남자는 뭔가 말을 지나치게 고르고 있는 것인지, 특정 단어를 숨기려고 하는 것인지 말이 좀 꼬이는 것 같았다. 준희가 짐작하기에 아마도 그 단어는 불륜이 아닐까 생각했다. 대부분 가장 일반적이고 뻔한 것이 비밀인 경우가 많다. 딱히 사생활에 대해 물었다가 또 민원이 들어오면 골치 아프기 때문에 그 부분은 팀장도 준희도 더이상 캐묻진 않았다.

"그렇다고 왜 소방서에 신고를."

팀장은 말을 하다 잠시 멈췄다. 경찰에도 신고를 했다면 그때는 뭘로 신고를 했던 걸까.

"그게."

남자는 말을 잇지 않았다. 이렇게 동떨어진 곳에 사는 사람을 경찰에 신고했다면 또 경찰이 출동할 정도였다는 그 사유는 무엇이었을지 짐작이 가지 않았다. 간통죄는 폐지되었으니 그것은 아닐 것이다. 납치 같은 것으로 신고했을까? 가족이? 그것 역시 상상하기 힘들었다.

남자는 끝까지 입을 열지 않았다. 결국 알게 된 것은 아무것도 없었다.

"재산 때문이라니 무슨 일일까요?"

준희가 시동을 걸며 먼저 입을 열었다.

"내 생각에는 남편을 아마 방화 시도 혐의를 가지고 정신이상으로 몰아가려는 것 아닐까 하는데."

"정신이상요? 그게 저희랑 무슨."

"왜 민원인이랑 내가 아까 통화할 때 말이야."

팀장은 잠시 멈췄다가 말을 이었다.

"아주 집요하게 우리가 문을 부수고 들어가기만 바라는 것 같았거든. 아마 문을 부수고 들어갔다면 우리도 이유가 있어야 하고 근거가 남아야겠지. 즉 기록이 남는단 말이야. 방화 관련으로."

"그렇다고 그걸로 방화 시도 혐의가 가능할까요? 물론 우리가 문책을 당할 수는 있겠지만 말이죠."

"모르는 일이지 세상에는 기상천외한 편법을 쓰는 인간들이 많으니 말이야."

준희는 룸미러를 통해 굴뚝이 어디 있나 보려다가, 좀전의 고양이와 눈이 마주쳤다. 고양이는 그 자리에서 오랫동안 떠나는 차를 바라보고 있었다. 그리고 그 뒤로 남자가 고양이를 보고 있었는데 그 눈빛은 그리 우호적으로 느껴지지 않았다. 하지만 모든 게 짐작일 뿐이다. 눈에 담긴 감정을 읽는 것처럼 오해가 또 어디 있을까. 특히나 그것이 사람도 아닌 짐승이라면 말이다.

3일 전

이후로 준희는 민원이 들어올 때마다 한두 번 더 오두막을 방문했다. 나중에는 민원이 들어오면 남자에게 전화해 안부만 물었다. 팀장은 민원인을 다그쳤지만 민원인은 허위 신고가 아니라며 불이 나기만 해보라고 으름장을 놨다. 결국 관할 경찰서와 협력해 알아본 결과 민원인 뒤에 변호사가 있다는 것을 알게 되었다. 팀장의 생각이 맞은 셈이다. 변호사에게 연락해 이런 민원을 시키면 우리는 어쩌라는 거냐며 항의했다. 변호사는 자기가 그런 걸 시킬 리가 있겠냐며 발뺌했다. 우연일 수 있지만 이후 2일간 민원전화는 걸려오지 않았다.

오늘

준희는 내비가 안내를 멈춘 곳에서 망연자실했다. 그곳은 산간 국도에서 어느 장소라고 특정해 말할 수 없는 곳이었다. 왼쪽은 산등성이 오른쪽은 절벽이었다. 절벽을 쭉 지나 펼쳐진 풍경 산속 어딘가에 목적지가 있었다. 지도에서는 그 절벽을 걸어내려가 조금만 가면 된다고 안내하고 있었다. 애초에 사람이 갈 수 있는 길이 없었다. 여길 내려간다면 조난당할 것이 분명했고 소방관인 자신이 산에서 조난당해 119에 구조라도 요청하게 된다면 그 이후 일어날 일은 상상만 해도 끔찍했다.

지도 앱을 열어 주소를 다시 검색했다. 지도에서는 도보 검색이 안 됐다. 여기까지 보내놓고 무책임하다고 생각했지만, 프로그램이 그에게 미안함을 느끼진 않을 것이다. 지도상의 위치에서 도로가 이어진 곳을 찾아 지도를 움직였다. 지금 있는 위치가 아니라 정반대편인 국립공원 입구에서 찾아가는 것이 좋아 보였다. 그런데 언제부터 이 산이 국립공원이었지? 그가 어릴 때 도립공원이었던 산은 지도에서 국립공원으로 바뀌어 있었다. 직선거리는 얼마 되지 않았지만 내비게이션으로 다시 찍어보니 최소 30분 정도는 산을 돌아서 가야 했다. 준희는 다시 시동을 걸었다.

몇 번이나 내비를 다시 찍었는지 모른다. 준희는 계속 산 주변을 돌고만 있는 듯 느껴졌다. 안내를 꺼버렸다. 그냥 지도만 보고 가는 게 나을 것 같았다. 하천을 따라 내려가다 입구라 생각되는 다리를 건넜다. 초입에는 오랫동안 아무도 이용하지 않았을 것 같은 버스 정거장이 있었다. 오는 내내 반대편에서 오는 버스도 한 번 보지 못했으니 과연 버스가 다니는지도 알 수 없었다. 아마 다닌다 해도 하루에 두 번 정도 아침에 한 번 저녁에 한 번 운행할 것이었다.

다리를 건너자 내비게이션이 먹통이 된 듯 신호를 잡지 못했다. 라디오도 주파수가 잡히지 않았다. 계곡을 따라 들어갈수록 제설작업을 하지 않았는지 눈이 점점 많아졌다. 조금이라도 삐끗하면 하천으로 차가 굴러떨어질 것 같았다. 하천은 깊지 않았지만 조금이라도 바퀴가 걸린다면 단순히 혼자 힘으로는 빼내기 힘들 것이 분명했다. 계속 운전해 들어가야 하나 고민했지만 거의 다 왔다는 생각에 계속 앞으로 갈 수밖에 없었다. 좁은 길은 멈춰 서서 차를 돌릴 곳도 마땅치 않았다.

좁은 길을 간신히 통과하자 시멘트 벽에 슬레이트 지붕을 올린 집 몇 채가 나왔다. 내비게이션은 여전히 먹통이었지만, 라디오는 다시 잡혔다. 라디오에서는 이상한 노래가 흘러나왔다. 지금까지 들어본 적이 없는 노래였다. 모르는 노래라기보다는 모르는 장르의 노래라고 말하는 것이 맞을까. 아니 애초에 이 소음을 노래라고 규정할 수 있을까. 주파수를 돌렸지만 어디에도 정상적인 노래가 나오진 않았다. 준희는 라디오를 끄며 정상적인 음악이란 무엇일까 생각했다.

경로당이라고 나무 명판이 붙은 집이 보였다. 준희는 잠시 차를 세우고 내렸다. 안으로 차가 더 들어갈 수 있냐고 마을 사람에게 묻고 싶었지만 아무도 보이지 않았다. 집으로 다가갔다. 창문에는 모두 안이 보이지 않게 커튼이 쳐져 있었다. 회색 커튼이었는데 얼핏 봐도 안쪽은 검은색으로 된 암막커튼이었다. 마을에서 공동으로 쓰는 건물의 창을 암막커튼으로 가릴 필요가 있을까 생각이 들었지만, 만약 빔프로젝터 등으로 마을 영화관 용도로도 쓰고 있다면 이해가 전혀 가지 않는 것은 아니었다. 집들 간 경계는 담장이 없거나 아주 낮은 담장으로 마당이 표시되어 있었다. 이상한 점은 집마다 제멋대로 만든 것 같은 개집이 있었는데, 정작 개는 없었다. 준희는 행여 행인이 보이면 안쪽으로 더 들어갔을 때, 차를 돌릴 만한 곳이 있는지 묻고 싶었지만 사람을 만날 수 있을 것 같지는 않았다. 이런 마을에는 드나드는 차가 뻔해서 끝에서 차를 돌리려면 남의 마당에 들어갈 수밖에 없는 경우도 있었다. 마을이 끝나는 지점에 작은 다리가 하나 더 있었는데. 하천을 비스듬하게 가로지르고 있어서 왼쪽과 오른쪽에 다리가 시작하는 지점이 달랐다. 다리는 평행사변형처럼 생겼다. 하천은 얼어서 얼음 아래로만 흐르고 있었는데, 마치 얼음 표면의 모양이 하얗게 벌레가 고치를 틀어놓은 것처럼 보이기도 했다. 준희는 다시 차에 올라 안쪽으로 향했다.

다리를 건너자 잊을 만하면 드문드문 민가가 나타났다. 여전히 사람은 보이지 않았다. 그나마 반쯤 포장되어 있던 길은 완전히 비포장도로로 바뀌었다. 왼쪽으로 '산사태취약지역' 현수막이 걸려 있었는데. 몇 년 전에 건 것인지 오른쪽 아래 귀퉁이는 찢어져 떨어졌고 누더기처럼 간신히 매달려 펄럭이고 있었다. 전혀 관리가 되지 않은 것 같았다. 유령 마을처럼 느껴졌다. 얼마나 더 들어가야 할지 알 수 없었다. 지도 앱은 계속 위치가 잡히지 않자 잠시 로드하더니 그나마 표시하던 지형도 먹통이 되어 회색 격자 모양으로 바뀌었다. 준희는 차를 잠시 멈추고 앱을 다시 실행해보았지만, 지도를 불러오지 못했다. 그나마 표시될 때 스크린숏이라도 찍어놓을 것을 후회했지만 이미 늦은 일이었다. 지도에서 봤던 길을 다시 떠올려본다. 최소한 어떻게 생긴 집인지만이라도 안다면 좋을 테지만 어쩔 수 없었다.

길은 계속 이어졌지만 차단막이 나타났다. 노란색과 검은색의 전형적인 출입금지 표시였다. 준희는 가까이 다가갔다. 차단막이 왜 세워져 있는지에 대한 안내판은 없었다. 단지 오른쪽에 다 녹슨 표지판 부분 부분 페인트가 까진 글씨로 산불 조심, 입산 금지라고만 적혀 있었다. 왼쪽에는 용도를 알 수 없는 헛간이 있었다. 다 허물어져가는 헛간이었는데. 창은 없었고 문은 자물쇠로 잠겨 있었다. 최근에 잠근 것처럼 자물쇠만 새것에 가까웠다. 준희는 담배를 꺼내물었고 이제 어떻게 해야 할지 고민했다. 출발 전에 봤던 지도를 떠올려보았다. 눈앞에 차단막을 지나 조금만 올라가 오른쪽으로 돌면 기하가 말한 주소가 있으리라 생각했다. 하지만 지금 지도를 확인할 수 없으니 그야말로 짐작이었다. 어쩌면 이미 목적지를 지나쳤을지도 모를 일이었다. 마을로 되돌아가볼까도 생각했지만, 어차피 마을 사람은 전혀 보이지도 않았고 빈 개집들이 떠올라 얽히고 싶지 않았다. 기하의 집이 마을에서 좀 떨어진 위치에 있을 것이라 확신했고, 차단막 쪽으로 다시 다가갔다. 차단막 뒤로 이어진 오르막의 끝에 흰색에 검은색 줄무늬의 고양이가 앉아 있었다. 산에 고양이가 이리 흔했던가. 차단막은 자물쇠로 잠겨 있지는 않았다. 빼서 들면 충분히 올릴 수 있어 보였다. 만약 그냥 몸만 들어갔다 나온다면 별문제가 아닐 것이다. 산불 때문에 입산 금지라면 자신의 신분이 문제를 해결해줄 것이다. 하지만 차단막을 올리고 차를 끌고 들어간다면, 물론 친구 집으로 가고 있다 말하면 될 것이지만 찝찝함을 떨칠 수 없었다.

준희는 차로 돌아와 산악용 고어텍스 신발로 갈아 신었다. 이전 동계올림픽 때 지원받았던 롱 패딩을 트렁크에서 찾아 꺼냈다. 가지고 가야 할 것이 뭐가 있을까 살펴봤다. 지갑, 휴대폰, 보조배터리를 챙겼다. 연장통이 눈에 보였지만 들고 가기에는 무거웠다. 필요하다면 다시 내려와 가지고 가면 될 것이다. 어차피 이런 곳에 산다면 연장통 정도는 구비해놨을 것이다. 애초에 연장통을 보고 챙기려 생각하는 것 자체가 이상한 상황일지 몰랐다.

준희는 차단막 옆으로 들어가 길을 따라 걷기 시작했다. 줄무늬 고양이가 앞서고 준희가 따라가는 모양새였다. 15분 정도 걷자 왼쪽으로 길이 나 있었고 용도를 알 수 없는 저수지가 있었다. 자연적으로 있었던 호수는 아닌 것 같았으나 인공저수지라 하기에는 너무 대충 만든 것 같았다. 그곳에도 아래 입구 쪽에서 봤던 것과 동일한 모양의 헛간이 서 있었는데 역시나 문은 잠겨 있었다. 헛간을 등지고 서자 아래로 드문드문 보였던 마을이 한눈에 보였다. 아래에서 볼 때는 몰랐는데, 위에서 보니 제법 마을처럼 생겼다는 생각이 들었다. 다만 지역적 특색 때문에 집마다 거리를 크게 두고 드문드문 위치한 것은 어쩔 수 없었다. 준희는 다시 길을 따라 올라가기 시작했다. 그리고 20여 분 정도 더 올라갔을 때 나무로 만든 오두막이

나왔다.

준희는 오두막을 발견하자마자 그 자리에 멈춰 멍하니 집을 바라봤다. 그 집은 얼마 전 화재 신고로 다녀온 조각가의 집과 똑같이 생겼다. 단순히 비슷한 정도가 아니었다. 같은 도면을 가지고 지은 것이 아니라면 이렇게 같을 수 없을 것이다. 더구나 이런 형태의 집이 이 주변에서 흔히 볼 수 있는 건축양식이 아니라는 것을 생각해보면 더더욱 이상할 따름이었다. 심장이 크게 뛰었다. 마치 몇백 미터를 전력질주한 것처럼 숨을 쉬기 힘들었다. 다리가 후들거렸다. 그저 집이 비슷할 뿐이었다. 어디라도 걸터앉아 잠시 쉬고 싶었지만 눈 때문에 앉을 자리는 없었다. 어떤 징조나 암시처럼 준희는 집으로 가까이 걸어갔다. 다가가면 갈수록 집을 둘러싼 풍경까지도 그 집과 비슷했다. 마치 의도하고 똑같이 만들려고 한 것처럼 말이었다. 준희는 그 집에 들어가는 것이 옳은 판단일지 고민했다. 기하가 보낸 여섯 자리의 숫자는 문의 비밀번호일까. 문은 열려 있었다. 집에 들어가자 수많은 숫자의 커다란 거미 그림이 벽에 빈틈없이 걸려 있었다.

이 그림들은 모두 기하가 그린 것일까. 거미 조각상을 만들던 남자가 떠올랐다. 이들은 도대체 무엇에 홀린 것일까.

1시간 전

밤이 늦어진다. 어둠 속에서 바람소리가 들린다. 나무가 부러지는 소리, 눈 밟는 소리. 휴대폰 배터리는 나갔다. 보조배터리 역시 고장났는지 휴대폰이 충전되지 않는다. 오두막의 전기는 끊어졌다. 화목난로에 나무를 땐다. 언제 사용한 것인지 알 수 없다. 안에는 재가 가득하고 연통은 검게 녹슬어 있다. 지금이라도 돌아가는 것이 나을지도 모른다. 집을 뒤진다. 지도가 있다. 지도에는 여기 이외에도 두 곳이 표시되어 있다. 세 장소는 역삼각형 모양을 이루고 있다. 그중 하나는 며칠 전 출동했던 집과 위치가 비슷해 보였다. 다른 한 곳은, 놀랍게도 얼마 전 화재가 발생했다는 그 집의 위치였다. 바로 돌아가지 않고 자료를 좀 훑어보기로 한다. 그 이야기는 집단적 광기와 어떤 세계에 다녀온 여행기로 보인다. 종말이 찾아올 것이다. 영지주의적 세계관일까. 아니 그것과는 다르다. 토속신앙과도 다르다.

점점 정신이 이상해져간다.

밖에 누군가 있다. 이젤과 캔버스 뒤에 숨어 있다. 기하일까? 아니다. 그는 나다. 그와 마주치면 난 죽을 것이다. 누군가 부른다. 무엇인가 벽을 긁는다. 바닥에 지하로 내려갈 수 있는 문이 있다. 자물쇠가 채워져 있다. 여섯 자리 숫자를 입력한다. 자물쇠가 풀린다. 문을 열자 습하고 퀴퀴하고 어쩌면 썩은 것 같은 냄새가 훅 올라온다. 어디선가 나타난 고양이가 안으로 뛰어들어간다. 언제부터 있었을까. 문도 고양이도. 처음 들어왔을 때 발견하지 못한 것들이다. 준희는 나무에 헝겊을 감는다. 기름에 적셔 불을 붙인다.

미리 말하지만 불은 준희가 낸 것이 아니다. 그렇다고 내가 낸 것도 아니다.

현재

카타콤은 아니었다. 그냥 지하도다. 습기 가득한 지하도, 바닥이 질척거린다. 신발이 벗겨질 것 같다. 진흙이 발목을 잡는다. 발이 무겁다. 발목, 무릎, 골반, 허리, 어깨. 온몸이 잠긴다. 숨을 쉬기 힘들다. 연기가 안개가 준희의 몸을 감싸온다. 그와 동시에 준희가 걸어온 뒤편에서 이상한 소리가 들린다. 서걱거리는 듯. 생전 들어본 적 없는 소리. 횃불을 뒤로 비춘다. 벽이 일렁거린다. 마치 움직이는 것 같다. 수많은 점들이 벽을 타고 빠른 속도로 기어온다. 준희는 횃불을 휘두르며 옆으로 뛴다. 검은 점들이 그를 둘러싼다.

쓰러지려는 찰나 고양이가 그림자에서 튀어나와 허공으로 사라진다. 통로 중간에 위로 올라갈 수 있는 길이 나왔다. 사다리를 오른다. 아주 좁은 헛간 안이다. 문을 닫는다. 나무 틈 사이로 가느다란 절지동물의 다리가 무수히 삐져나온다. 밖을 내다본다. 저수지가 보인다. 반대편은 마을이 보이는 절벽일까. 알 수 없는 기계가 있다. 고정된 레버가 보인다. 고양이가 레버를 가리킨다. 레버의 안전 고리를 풀고 힘껏 내린다. 땅이 흔들린다. 뒤편 오두막에서 커다란 폭발음이 들린다.

미끄러지듯 아니 굴러떨어지듯 무너지는 저수지 반대편으로 내려간다. 바로 차단막 앞의 헛간이다. 문을 부수고 들어간다. 하나의 레버가 더 있다. 레버를 당긴다. 저수지가 무너진다. 마을이 사라져간다. 우리는 이 장면을 어디서 보고 있을까.

바로 앞에 차가 있다. 시동은 걸리지 않는다. 언덕 너머 오두막이 있는 자리에 불이 났는지 화재의 연기가 오른다. 연기 위로 커다란 검은색 형체가 뚜렷이 드러난다. 그것이 준희를 내려보고 있다. 화목난로에 불을 지펴놓은 게 떠올랐다. 하지만 눈이 많이 쌓여 산불로 크게 번지지 않길 바랄 뿐이다. 여기서 빨리 벗어나 신고를 해야겠다. 징계를 받을지도 모르겠다. 눈보라가 심해진다. 여전히 차에 시동은 걸리지 않는다. 저수지가 무너지는 소리가 들린다. 아무도 없는 것 같던 마을에 불이 하나둘 켜진다. 공기가 소란스럽다. 두려움의 공기가 산을 감싼다. 산비탈을 따라 물이 쏟아진다. 끝까지 시동은 걸리지 않았다. 차를 토사물이 덮친다. 깨진 창문으로 작은 거미들이 들이닥친다.

준희는 마지막에 생각했다.

나는 여기에 왜 있을까. 세계는 조금 변했을까. 그런데 그게 나와 무슨 상관이 있을까.

단지, 그는 피곤했을 뿐이에요

1.

스튜디오라기보다는 화실에 가까운 곳이었다. 가장 먼저 눈에 들어온 것은 검붉은 점액으로 범벅된 더러운 장갑이었다. 한창 작업중이었는지 장갑을 벗지도 않고 문을 연 것 같았다. 그는 무표정으로 나를 마주했는데, 이마와 볼이 파랗게 느껴질 정도로 창백했다. 생기 없는 눈동자였다. 준비해온 이야기를 한순간 잊어버리게 만들었다. 마치 종(種)이 다른 생명체의 표정을 읽는 시험대에 선 것 같았다. 표정을 읽기 힘든 동물은 어떤 것이 있을까. 포유류라면 염소나 조금 멀게는 파충류인 뱀 같은 것이 떠올랐다. 의도를 잘못 읽고 무방비로 공격당하는 상상을 했다. 그렇게 열린 문을 사이에 두고 우리는 잠시 멈춰 있었는데, 방문 약속을 잡고 찾아왔음에도 그와 나는 멀뚱히 마주보고만 있었고 입이 떨어지지 않았다. 불쑥 무례하게 찾아와 그가 원하지 않는 설명을 시작해야 하는 상황처럼 느껴지기도 했다. 그의 뒤로 컴컴한 작업실은 내부가 전혀 보이지 않았다. 아주 잠깐이지만 잘못 찾아온 것은 아닌가 생각이 들기도 했다. 나는 분위기를 반전시키기 위해 과장된 동작으로 주머니에서 명함을 찾았고 그 과정에서 명함지갑을 바닥에 떨어트렸다. 헛기침을 하며 명함지갑을 주워 그에게 명함을 건넸다. 그 순간 내 표정은 평소와 같은 영업직의 미소로 돌아왔으리라 확신한다. 그는 더러운 장갑을 낀 채 명함을 받았다. 이름 부분이 양각으로 처리된 하얀 명함에 검은색 손자국이 찍혔다. 그는 고개를 왼쪽으로 꺾으며 뒤돌았고 실내등을 켰다. 그 동작은 무례하게 보이기도 했지만 뒤따라 자연스럽게 문안으로 들어갈 수 있었다.

그의 작업실은 창문을 모두 가려놓아 빛이 전혀 들지 않았다. 좁은 실내에는 온갖 조형물과 그림으로 가득 차 있었다. 그를 목공예가로 소개받았지만, 정작 목공예 작품은 보이지 않았다. 그가 만든 작품들의 공통점이라고 한다면, 소재와 크기는 모두 제각각이지만 부정형의 점액질 크리처였다. 내가 그것들을 보며 슬라임이냐고 묻자. 우즈, 철자는 O, O, Z, E라고 하나씩 발음하며 정정해주었다. 사실 나 같은 사람들이 생각하기에는 우즈나 슬라임이나 상관없을 것이다.

그의 이름 역시 우즈였는데. 그의 이름이 우즈라 ooze에 집착하게 된 것인지. ooze에 집착하기 때문에 이름을 우즈라 개명한 것인지는 묻지 못했다. 처음에는 흔히 아티스트들이 그렇듯 예명 같은 것인 줄 알았다. 작품활동할 때 쓰는 그런 이름 말이다. 하지만 착수금을 지불할 때 운전면허증과 통장 사본을 그에게 받았는데 거기에 우즈라고 적혀 있었다. 성이 우고 한글 이름으로 즈였다. 이후 나는 그를 우즈 작가님이라고 불러야 할지, 즈 작가님이라고 불러야 할지 잠시 고민했으나 쓸데없는 고민이었다. 대부분 그를 부를 일이 있을 때 그냥 작가님이라고 불렀기 때문이다. 아마 주위에서 이름을 신경쓰는 것은 나뿐이었던 것 같다. 어찌되었든 우즈가 그의 본명이라는 것을 알게 된 후 뭔가 알지 말아야 할 것을 알게 된 것은 아닌가 고민했는데. 이 고민의 방향이라는 것도 어떤 근거나 맥락이 있는 것은 아니었으니 해소될 수 있는 부류의 성격은 아니었다.

그가 점액 괴물에 집착하고 있다는 것을 알게 된 것은 당연히 그의 스튜디오를 방문하고 나서였다. 통성명만 했을 때는 당연히 숲을 뜻하는 woods인 줄 알았다. 그를 목공예 작가로 소개받았기 때문이기도 했다. 우리가 그에게 의뢰한 작품이 무엇이었는지 여기에서 말할 필요는 없을 것이다. 우리, 라고는 했지만 나는 단지 중개인일 뿐이었고 그 기이한 형태의 조각상이 무엇을 위한 것인지는 알지 못했다. 그들이 그에게 의뢰한 작품이라는 말이 더 어울리겠지만, 나는 중개인으로서 나의 역할에 대해 항상 강조할 필요가 있었기 때문에 나 자신을 포함하는 단어를 자주 사용했던 것 같다. 더구나 우리라는 말은 책임을 나 혼자 지지 않는다는 말과도 같으니 얼마나 마법 같은 단어인가.

다만 의뢰인은 아주 큰 금액을 지불하면서도 내가 소개해준 그의 경력에 대해 달리 문의하지는 않았는데, 내가 그를 소개해준 후, 아마도 자체적으로 조사한 것 같았다. 어쩌면 그를 알게 된 것도 의뢰인이 자연스럽게 흘린 정보였을까. 나라는 존재는 단지 의뢰인이 그에게 자연스럽게 접근하기 위한 도구였을지도. 그런 생각이 든 것은 앞으로 일어날 일련의 모든 사건이 끝나고 나서인데 이는 단지 나만의 피해망상이거나 착각일 뿐일지도 모른다. 결과적으로 그 사이에서 내가 한 일은 거의 없었다. 물론 지금 기억나지 않는 다른 대부분의 의뢰들도 그랬을까. 대부분의 중개일이란 그렇다. 왜, 나에게 들어왔는지 알 수 없는 의뢰를 받는다. 아주 우연히 아는 사람과 몇 년만에 통화를 하며 장마에 대한 이야기를 하는 도중 사람을 소개받았으며, 반대로 우연을 빙자하여 누군가를 소개한다. 그는 자세한 설명도 듣기 전에 의뢰를 수락했고, 의뢰자는 그의 경력사항을 받기도 전에 중개비를 지급했다. 지금 생각해보면 확실히 부자연스러운 일이다. 마치 연극에서 이제 역할을 다했으니 그만 퇴장하라는 것처럼 느껴지지 않는가. 누가 그런 설명을 듣고 일을 수락하고, 자세한 계획 없이 그렇게 큰돈을 지급한단 말인가. 마치 어떤 모종의 절차에 따라 배역이 필요했고 내가 그 배역을 수행한 것뿐일지 모를 상황이다. 연출가도 무대에 오르면 배우가 된다고 했던가. 최근에는 내가 했던 일이 어떤 의식을 위한 절차였다는 생각이 점점 강해졌다. 하지만 대부분의 경우 이런 일들은 자의식과잉이다. 단순하게 생각하자 양쪽의 니즈가 맞은 아주 드문 경우였다고 봐야 할 것이다. 모든 일이 힘들게만 풀려서야 되겠는가. 어쩌다 이렇게 운 좋은 일도 한 번쯤은 찾아올 수 있는 것 아닌가. 조금 더 솔직해져보자. 그를 소개해준 후 의뢰인에게 무엇을 만들어줬는지는 전혀 들은 바가 없고 알려고 하지도 않았다. 어떤 형태의 조각상이었는데. 내가 받은 정보라고는 조각상 바닥에 내가 알지 못하는 언어의 문구가 새겨져야 한다는 점이었다. 사실 그 일은 거기서 끝났어야 했다. 아니 끝났다, 그 일은.

이어서 벌어진 일은 어쩌면 또 다른 이야기이다.

2.

그를 다시 만나게 된 것은 그때의 일과는 상관이 없었다. 아니 솔직히 의도하지 않은 우연이라고 봐야 할 것이다. 그때쯤

나는 아티스트를 연결해주는 중개업을 관둔 지도 5, 6년인가 지난 후였다. 블루오션이라 생각해서 시작했던 일이지만 생각보다 일거리가 없었고, 사실상 백수나 다름없었기 때문이었다. 무엇보다도 수입의 연속성을 확보하기에 수완이 부족했다. 한번 연결해주고 난 후 그들은 서로 직접 연락해서 일을 했고, 나를 통하지 않고 자기들끼리 소개를 주고받는 경우도 많았다. 단발성 이벤트 이후에는 내가 딱히 계속 관여할 역할 같은 게 없었기 때문이다. 조금 더 입지를 갖춘 일을 하려면 여러 예술가 풀을 관리하는 매니지먼트의 성격을 띠는 게 좋았겠으나 조형이나 미술 쪽 아티스트들은 매니지먼트에 소속된다는 것에 불신이 아니라도 딱히 필요성을 느끼는 것 같지는 않았다. 물론 규모에서 오는 신뢰의 문제도 있었으리라. 게다가 요즘 같은 시대에 시각예술 쪽은 자신의 작품을 SNS에 올리는 것만으로 충분하지는 않아도 최소한의 홍보가 되는 것일지도 몰랐다. 시각예술이 아닌 쪽은 이미 레드오션에 가까웠다. 물론 이는 단지 나의 사업 능력 부족일 수 있다. 결국 나는 경기 북부로 자리를 옮겨 공단 근처에 테이크아웃이 주력인 작은 카페를 차렸다. 형식적으로 음료를 주문한 사람들이 잠시 앉아 기다리는 용도의 오래 앉아 있기 불편한 의자 두세 개가 전부였다. 그나마 다행인 건 이전 사업이 망했어도 큰 빚을 지지는 않았다는 점이다.

그리고 그날이 왔다. 그는 늦은 시간 문을 닫기 직전 방문했다. 대략 5년 만이었을까. 물론 그를 알아보는 것은 그리 어렵지 않았다. 이전에도 그랬지만 창백한 피부를 빼면 아주 평범한 인상이었는데 이전처럼 공기가 서늘해지는 기분이 들진 않았다. 물론 그때는 그의 작업실이었고, 지금 이곳은 나의 카페기 때문일 수도 있었다. 다만 눈가 다크서클이 조금 더 넓어졌고 하얀 피부와 대비되어 분장처럼 느껴졌다. 그는 무척이나 피로해 보였다. 알은척을 할까 고민하는 와중. 그가 먼저 말을 걸었다.

그때, 실장님 맞으시죠?

당시 나는 1인 대표였지만, 직원이 없는 대표라는 직책이 민망해 실장이라는 직책을 사용했던 게 기억났다. 어쩌면 그리운 기억이었다. 그가 나를 알아본 것에 적지 않게 놀랐다. 나에게 그는 기억에 남을 만한 사람이었지만, 나는 그에게 그리 기억에 남을 만한 사람이 아니었을 것이란 생각 때문이었다. 대부분의 경우 중개인 또는 실무자라는 입장이 그랬다. 내가 아는 사람은 많지만 나를 주의깊게 기억하는 사람은 드물었다. 대부분의 경우 나와 같은 사람들은 단지 거기에서 일이 굴러가게 해주는 부품 같은 존재였을 뿐이다.

나는 웃으며 고개를 끄덕였다.

예, 저도 긴가민가했는데. 기억하시네요.

다행인지, 아니 아무런 의미 없는 일이지만 그는 이전에 하던 일에 대해 묻진 않았다. 오히려 내가 그때 일을 꺼낸 것은 지금 상황에 대한 변명이었을지도 모르겠다.

바로 경기가 안 좋아져서요. 하는 일에 비해 수지가 안 맞더라고요.

그는 납득한 듯 고개를 끄덕였다. 다만 정확히 말하자면 일에 비해 수지가 맞지 않았던 것은 아니다. 단지 일거리가 적었던 것이다. 일에 비해서 적게 버는 것은 아니었다. 그래서 그의 제스처가 내 말에 대한 것이라기보다는 그냥 다 알겠다는 듯 느껴져 조금 부끄러웠다.

아무래도 요즘 시대에는 불안이 너무 많이 전염되어 있어요. 그래도 실장님 같은 분이 계셔서 저도 나름 그쪽으로 돈벌이가 되기는 했습니다. 물론 돈 때문에 했다고만 할 수는 없지만, 하고 싶은 일을 하면서 돈까지 번다는 것은 생각보다 쉬운 일이 아니잖아요. 참 중요한 역할을 하시는 분이었는데 아쉬운 일이네요.

이야기를 짐작해보니 그쪽으로 알음알음 소개받아 꽤나 많은 기업과 작업을 한 것 같았다. 그렇게 규모가 큰 회사들과 작업을 했는데, 미디어에 노출된 작업물이 없는 것으로 보아서는 비밀리에 개인소장품 위주의 작업을 했던 것일까. 그래서 물어보았다. 물론 당시 비밀 서약서를 쓰긴 했지만, 이제 와서는 딱히 중요한 일이 아닐지도 몰랐다.

그런데 이걸 여쭈어봐도 되는지 모르겠습니다만 그때 만들어드린 게 무엇인가요?

그는 잠시 의외라는 듯 나를 봤다. 당연히 알고 있으리라 생각했던 것일까.

언제 한번 스튜디오에 초대할게요. 연락주세요.

그는 나에게 명함을 한 장 건넸다.

조형가, Ooze, **면 **리, 031-8**-2**9.

어쩌다보니 이전에는 명함을 주기만 했을 뿐 받지 않았었다. 어쩌면 받을 필요도 없었던 것일지 모른다. 나는 지역사회에서 사용하기 위해 형식적으로 만들어둔 카페 명함이 있지만 그에게 건네진 않았다.

그때는 작업실이 서울에 있지 않았던가요?

나는 그의 작업실을 방문했던 기억을 떠올렸다.

최근에 여기 근처에 땅을 좀 사서 작업실을 구했습니다. 그러고 보니 실장님 덕이라고 볼 수도 있겠네요. 이렇게 같은 지역으로 온 것도 신기한 일이긴 하네요.

그는 겸손하게 말했지만, 눈은 나를 스캔하는 것처럼 훑어보고 있었다. 표정을 여전히 읽기 힘들어 진심으로 하는 말인지, 형식적 발언인지 구분하기는 힘들었다. 하지만 그럼에도 예전에 했던 일들에 대해 아주 조금은 보람이 느껴지기도 했다. 물론 무의미한 자부심이었다.

카페 쉬는 날 한번 찾아오세요. 인테리어에 도움될 만한 것을 하나 선물할 수도 있겠네요. 그때 큰 도움을 받았으니.

도움을 받았다고는 하지만 정작 내가 한 일은 별로 없었다.

어쩌다 이렇게 외진 곳까지 온 것인지 궁금하기도 했다. 하지만 딱히 출퇴근을 하는 직종이 아니니 오히려 공간이 더 중요한 것일지도 몰랐다. 협업보다 개인 작업이 위주인 대부분의 아티스트들이 그렇지 않은가. 하지만 말을 길게 하기에는 조심스러웠다. 나를 살피는 그의 눈은 지금 이 대화를 하는 짧은 순간에도 점점 건조하게 말라가는 것이 아닌가 생각될 정도로 이상했다. 아주 천천히 흰자위가 조금씩 붉게 부풀어오르고 있었다.

그는 2주에 한 번 수요일마다 카페에 방문했다. 간단하게 날씨 이야기 정도만 나누었다. 물론 그날 이후 작업실에 방문하지 않겠냐는 권유도 하지 않았다. 그는 격주로 어딘가 다녀오는 것 같았다. 방문하는 시간도 언제나 일정했다. 세번째인가 네번째 방문 때 버리는 커피 찌꺼기를 얻어갈 수 있냐고 물었다. 방향 등의 이유로 손님이 커피 찌꺼기를 원하는 경우는 드문 일이 아니었다. 오실 때마다 챙겨드리겠다고 하자. 버리는 양 모두 필요하다고 말했다. 그 대답을 할 때 그의 표정은 잠깐 미소를 지은 것처럼 느껴지기도 했다. 마치 스스로 어울리지 않는 짓을 하려 한다는 느낌이랄까. 보름치 커피 찌꺼기를 모두 모아 잘 말려 그에게 담아주기 시작했다. 장사가 잘되는 곳은 아니라 카페에서 나오는 양이라고 하기에 그리 많다고 보긴 힘들었지만, 개인이 가져가기에는 많은 양이었다. 그는 2주에 한 번 들러 커피를 사면서 찌꺼기를 수거해갔고, 나는 쓰레기 처리 비용이 아무래도 줄었기 때문에 그에게 커피를 공짜로 주려고 했으나 그는 굳이 계산을 했다.

반년인가 지났을까. 어느 날 카페 문을 여는 시각에 맞춰 트럭이 한 대 왔다. 짐칸에는 둥그렇게 볼록 튀어나온 방수 덮개가 씌워져 있었는데 운송기사가 배송을 왔다며 상호를 확인했다. 주문한 게 없다고 말했지만, 기사는 곤란하다는 듯 나중에 반송하시더라도 내려놓고 가야 한다고 우겼다. 보낸 사람을 확인하자. 우즈씨였다. 무엇인지나 보자는 생각으로 짐을 내리고 덮개를 벗겼는데. 거기에는 높이와 폭이 2미터는 될 법한 둥글지만 둥글다고만 말할 수 없는 일종의 부정형의 조형물이 있었다. 커피 가루를 어떻게 가공했는지는 모르겠지만 가루 자체를 아교 같은 것으로 뭉쳐 덩어리지게 만든 것 같았다. 우리가 흔히 생각하는 〈드래곤 퀘스트〉 같은 게임에서 파생된 슬라임의 형태는 아니었다. 마치 세포를 현미경으로 크게 확대한 것처럼 불규칙한 움직임이 표현되어 있었고. 지금 당장이라도 녹아내릴 것같이 흘러내리는 표면이 섬세하게 표현되어 있었다. 지나치게 리얼하여 마치 지금이라도 진흙 같은 점액이 튈 것 같았고 역동적으로 몸체의 일부를 가늘게 정면으로 뻗어 앞의 사람을 덮치려는 듯 보였다. 거기에 마무리 처리로 사용한 아교의 끈끈한 질척임이 눈으로도 보이는 것 같았다. 중앙에 나름 마스코트 같은 얼굴의 형태도 지니고 있었는데. 안쪽에 사람이 갇혀 질식할 것 같은 모습처럼 보여 귀엽다기보다는 기괴하게 느껴졌다. 이렇게 크고 흉측한 것을 가게 앞에 두라는 이야긴지. 상의도 없이 이런 것을 보낸 것에 무례하다고 해야 할지 고민했으나. 예술가라는 사람들이 그렇듯 상대의 의사와 상관없이 아마 본인이 베풀 수 있는 최선의 호의였으리라 생각하기로 했다. 그렇다면 어떻게 설득해서 이걸 가게 앞에 두지 않고 다른 곳으로 옮길 수 있을지 고민하자 두통이 찾아왔다. 일단 숨을 돌리고 그에게 받았다는 인사는 해야겠기에 전화를 걸었지만, 그는 작업실을 비웠는지 전화를 받지 않았다. 휴대폰번호가 없었으니 어쩔 수 없는 일이었다.

3.

당연한 이야기지만 조형물에서는 커피향이 났다. 향기는 지나다니는 사람들이 걸음을 멈추게 만들었다. 처음에는 아이들이었다. 지나가던 초등학생들이 사진을 찍었고, 아이들은 커피를 마시지 않았지만 엄마 또는 아빠의 손을 붙들고 가게로 다가왔다. 다행스럽게도 부모들은 아이들이 조형물을 만지지 못하게 했다. 그것은 조형물이 파손될까 걱정한 것이 아니라, 그 조형물의 거친 질감 때문에 아이들의 손과 옷에 이물질이 묻을까 싶은 걱정에서 나온 것이었다. 부모들은 아이들을 위해 단가가 높은 생과일주스를 주문하기 시작했고 당연히 아메리카노보다 매출에 큰 도움이 되는 품목들이었다. 조형물이 배송된 이후 그는 방문하지 않았지만, 나 역시 너무 바빠서 그를 잠시 잊었다. 조만간 한번 인사를 가야겠다고 생각했지만, 하루종일 음료를 만들고 퇴근 후에는 원룸에 쓰러져 잠들었다. 몸은 힘들었지만 잡생각이 사라졌다. 그만큼 대출금이 줄어들고 은행에 여윳돈이 불어나는 것을 보고 살면서 처음으로 안도감을 얻을 수 있었다. 평생 적자만 보고 살아왔던 삶이 갑자기 바뀐 것이다. 카페는 믿을 수 없을 정도로 번성했다. 근처 공단의 직장인들도 1분 1초가 아까운 점심시간에 줄을 늘어섰고 멀리서 관광객들이 찾아와 사진을 찍는 명소가 되었다. 다만 좁은 매장 앞으로 늘어선 줄 때문에 옆에 있는 베이커리 카페와는 갈등이 있었다. 결국 점포를 인수하여 확장하게 되었다. 사업을 넓히는 것에 대해 성급한 진행은 아닌가, 고민도 했지만 물 들어올 때 노 저으라는 말도 있지 않은가. 점포가 커지면서 혼자 운영하는 것은 불가능하게 되었다. 이미 한계에 달하기도 했다.

　결국 아르바이트생을 한 명 뽑게 되었다. 주중 오후 타임 한 명이었다. 휴학중인 학생이라고 말했지만, 왜 휴학중인지는 얼버무렸다. 카페에서 일하고 싶은 이유를 물었을 때 잠시 문밖의 조형물을 응시했다. 돈을 모아 해외여행을 가고 싶다고 했다. 카페 아르바이트 시급으로 해외여행이 가능할까 잠시 생각했다. 정작 나 역시 해외에 나가본 적은 없었다. 그녀를 채용하기로 결심한 이유는 귀걸이 때문이었다. 은색 귀걸이는 마치 부정형으로 흘러내리는 것 같은 디자인을 하고 있었는데, 얼핏 보면 작은 뱀이 귀를 물고 있는 것처럼 보이기도 했다. 그게 채용의 이유가 되냐고 누군가 묻는다면 논리적으로 설명할 수는 없었다. 오히려 아르바이트생의 외모가 내건 시급에 비해 뛰어났기 때문이라고 말하는 것이 더 설득력 있을 것이다. 하지만 그 친구를 채용하기로 한 것은 분명 귀걸이 때문이었다. 그것이 마치 부적처럼 느껴졌다. 그래서 채용 조건으로 출근 시 그 귀걸이를 꼭 하고 올 것이라고 조건을 달았다. 그녀는 의외라는 듯 어려운 일은 아니라고 답했다.

이해할 수 없는 일이지만 그 부정형의 조형물은 지역의 명물이 되었다. 골목에 있던 기념품가게는 처음에 사람이 몰리는 것에 환영했지만 그 사람들이 자신들의 장사에 큰 도움이 되지 않는다는 것을 알게 된 후 오히려 민원을 넣기 시작했다. 기념품가게에서는 그 조형물을 미니어처로 만들어 팔고 싶다고 제의했지만 나는 원작자와 연락이 되지 않는다는 핑계로 에둘러 거절했고, 카페에서 직접 기념품을 주문제작하여 팔기 시작한 것이 결정적으로 갈등의 원인이 되었다.

일부 마니아들은 일부러 그 조형물을 보기 위해 이 외진 곳까지 오는 것 같았다. 하지만 인터넷에 우리 카페 이름을 검색해보아도 딱히 포스팅이 많이 이루어졌다고 보기 힘들었기 때문에 다들 어디서 알고 그렇게 찾아오는 것인지 의아할 뿐이었다. 그렇게 찾아온 관광객들은 어딘가 불안한 눈빛을 지니고 있었는데. 한결같이 눈 주위가 깊게 움푹 파여 검은 그림자가 물들어 있었다. 그 모습은 연락이 되지 않는 그를 떠올리게 했다. 신경쇠약에 오랫동안 시달린 것 같은 그런 눈빛들이었다. 그들은 행동거지도 좀 이상했는데. 조형물 바로 앞까지 다가와 기도하듯 양손을 가슴에 모으고 고개를 숙였다. 그러고 나서야 카운터에 와서 주문을 했는데. 무엇을 주문하든 5만 원짜리 지폐를 내고 거스름돈은 됐다고 말했다. 처음에는 이건 무슨 내가 모르는 밈이나 챌린지 같은 건가 의문이 들었지만 점차 그런 손님이 하나둘 늘어갈수록 그 기이한 사실에 조금 무뎌져갔다. 오히려 팁이라고 하기에는 너무 많은 금액이 되자 두 가지 고민이 생겼다. 하나는 이걸 소득으로 잡아야 할지에 대한 고민이었다. 차라리 기부금 조로 받은 걸로 신고하고 지역사회에 환원을 하는 건 어떨까 생각하기도 했다. 하지만 지금 당장은 가게를 확장할 때 든 대출 등 갚아야 할 것이 남아 있었고 일단 그걸 갚고 생각하자 조금만 미뤄두자고 생각했다. 다른 하나가 쉽게 해결되기 힘든 것이었는데, 아르바이트생이 그것을 자신의 팁이라 생각해서 착복할 것이라는 걱정이었다. 결국 불전함처럼 손님이 직접 요금을 넣을 수 있는 금고를 카운터 앞에 배치했다. 아르바이트생에게 먼저 양해를 구하진 않았으나, 딱히 그녀의 기분을 살필 필요는 없었다. 오히려 금고에 넣지 않고 그녀에게 직접 돈을 건네는 사람이 있다면 그건 그녀의 양심에 맡기게 되는 것이었고 그것까지 내가 관리할 수는 없다고 생각했기 때문이다.

변화는 아주 천천히 찾아왔다. 멀리서 찾아온 순례자들의 비중이 늘어날수록 주민들과 직장인들의 발길이 끊겼다. 집 바로 앞 싸구려 원두를 쓰는 카페에 그렇게까지 오래 줄을 섰었다는 것이 스스로도 믿기지 않는 눈치였다. 물론 아주 소수의 주민들이 남았으나 그들 역시 멀리서 찾아온 순례자들처럼 일단 부정형의 조형물에 기도를 하는 것부터 시작했다. 발길을 끊은 주민들은 우리 카페가 있는 골목 자체를 기피하는 분위기가 생겼는지 일부러 먼 길로 빙 돌아가는 것 같았다. 인파는 확실히 줄어서 가게를 확장한 것이 의미가 없는 일이 되었다. 골목의 다른 대부분 점포는 점차 공실이 늘어 이제 대부분은 텅 비어 있었다. 건물주들은 우리 가게를 질투하고 갖가지 이유를 만들어 끝없이 민원을 넣었다. 그나마 다행인 것은 우리 건물의 주인도 그렇고 우리 구역을 담당하는 공무원도 이 조형물의 열성적인 신자가 되었다는 것이었다. 믿을 수 없는 일이었다. 건물주는 오히려 임대료의 일부를 기부금 조로 돌려주었다. 공무원은 마치 뒷돈을 받은 것처럼 행정적 편의를 봐주고 적극적으로 무마해주었다. 심지어 시 홍보물에도 긍정적 상생의 예로 소개되기도 했다. 그와 비슷한 느낌으로 아르바이트생에 대한 의심도 거의 사라졌다. 그녀는 퇴근시간이 지나도 계속 일하려 했고, 여기에서 일하는 것에 어떤 자부심을 가진 것처럼 보였다. 손님들도 그녀에게 정중했고 오히려 나보다 그녀를 더 이곳의 주인으로 바라보는 듯한 기분이 들기도 했다. 결정적으로 그녀는 자신이 음료를 먹을 때에도 다른 손님들처럼 통에 돈을 넣었다. 하루에 찾아오는 손님은 열 명에서 많으면 30여 명이 띄엄띄엄 와서 조용히 음료를 앞에 두고 길어야 한 시간 정도 앉아 있다가 돌아갔다. 하지만 매출은 전혀 줄지 않았는데. 일반 손님들이 줄어들수록 순례자들이 내는 금액이 점점 높아졌고 5천 원짜리 커피를 팔면서 몇십만 원 더 크게는 몇백만 원의 금액을 현금으로 내는 사람들도 생겼다. 어쩌면 가장 큰 문제는 그 상황을 나 자신이 점점 당연하게 생각하게 되었던 것이다.

왜 그 사실을 이상하게 생각하지 않았을까. 지금 생각하면 이해할 수 없는 일이다.

4.

당연한 일이지만 누구나 충분히 예상 가능한 그날이 찾아왔다. 그가 돌아온 것이다.

그는 나에게 조형물을 다시 가져가겠다고 말했다. 나는 이제 와서 가져가면 어쩌냐고 반대했다. 이유가 뭐냐고 물었더니 그는 이렇게 대답했다.

유통기한이 다 됐어요. 더이상은 욕심입니다. 상할 거예요.

핑계처럼 들렸다. 조형물에 유통기한이라니. 그가 이제 와서 예고도 없이 나의 것을, 나의 성공을 뺏어가려는 듯 느껴졌다.

절대 드릴 수 없어요. 이건 주셨으니 제 것입니다.

맞아요. 제가 드렸죠. 하지만 저는 도와드리려는 겁니다.

그냥 두시는 게 도와주시는 거예요. 한번 도와주신 거 끝까지 도와주시면 안 됩니까?

그는 잠시 생각에 빠졌다.

저는 책임을 지고 끝까지 도와드리려 한 것이지만. 도움의 가치판단은 사람마다 다르겠지요. 그렇게 말하신다면 저는 그냥 돌아가겠습니다. 이제 그건 완전히 당신 책임입니다.

그는 잠시 멈췄다가 말을 이었는데. 그건 혼잣말처럼 작게 들렸다.

행운을 빌겠습니다.

지금은 이렇게 담담하게 이야기하지만, 나는 광기에 사로잡혀 있었다. 그리고 내 뒤에서 그를 보고 있는 직원의 눈빛. 그가 물러선 것은 우리의 광기가 이미 충분하다고 생각했기 때문일까. 그는 진정 우리를 구하려 했을까. 그는 왜 이유를 먼저 말하지 않았을까. 아니 나는 왜 이유를 묻지 않았을까. 그것이 무엇이든 그 이유를 알게 되면, 알아서는 안 된다는 것을 알고 있었던 것 아닐까. 아니다 알고 싶지 않았던 것은 모르면 문제가 되지 않는다는 아주 안일하고 무책임한 발상이었을지도 모른다. 물론 그가 찾아오기 전 그사이에도 전조는 있었다. 모든 일은 끝나고 나서야 모든 조각이 맞춰지는 것이다.

어느 날 뉴스에 모 기업의 오너가 사망했다는 기사가 나왔는데. 내가 예전에 우즈씨를 소개해준 그 기업의 오너였다. 물론 내가 업무상 접촉했던 것이 오너 본인은 아니었지만, 오너와 직접 관련이 있다는 것은 쉽게 짐작할 수 있었다. 그 기업은 최근 몇 년 이상할 정도로 운이 좋아 승승장구했는데. 사는 땅마다 가격이 크게 오르고, 별 쓸모도 없는 상품이 공전의 히트를 치는 그런 식이었다. 뭘 해도 되는 놈은 된다, 라는 느낌을 주는 행보였다. 심지어 사회적으로 비판을 받을 만한 일이 터져도 사람들은 그 기업을 이해해주고 편을 들었다. 사망 이유는 공식적으로 발표되지 않았으나 회사 측에서는 재빠르게 지병이 있었다고 발표했다. 주가가 떨어지지 않게 마치 이미 대처가 되어 있다는 인상을 주기 위한 것 같았다. 뉴스에는 이례적으로 오너의 아들이 아버지의 자리에 앉아 인터뷰를 했는데. 상을 당한 직후에 그런 인터뷰를 하는 것이 몰인정해 보일 수도 있었지만, 반대로 생각하면 모든 것이 준비되어 있다는 인상과 현장에서 뛰는 젊은 오너의 이미지를 위한 홍보로 보였다. 하지만 중요한 것은 그의 인터뷰가 아니었다. 화면의 한쪽에는 그런 큰 기업의 오너 책상에 있을 법하지 않은 물건이 하나 카메라에 잡혔는데. 유아 머리만한 투명한 정방형 조형이었다. 밑받침이 손 모양의 흑단나무로 되어 있었고, 다섯 손가락으로 정방형의 조형을 약간 기울여 받치고 있었다. 그 조형물 한가운데에 틀니가 들어 있었다. 물속에 떠 있는 것처럼 비스듬하게 위쪽을 향하고 있었다. 재질은 젤리처럼 보이기도 했고, 어떤 부분은 청포묵같이 보이기도 했다. 포름알데히드에 담긴 데이미언 허스트의 작품을 연상시키기도 했지만 그보다는 덜 자극적이었다. 아니 아예 방향성이 달라 보였다. 내부에 품고 있는 틀니는 그 정육면체의 입처럼 보였다. 어쩌면 화면 너머지만 그 육면체와 눈이 마주친 기분이 들었다. 아니 그 조형에 눈이 있긴 했던가? 그리고 입이 움직였다.

내가 너를 찾아가겠다.

그날 이후 나는 악몽을 꾸기 시작했다. 가게 앞의 조형이 녹아내리거나, 침실 천장이 투명하게 녹아내리며 떨어지는 등의 꿈이었다. 어느 때는 검은 타르와 불투명한 점액이 배수로에서 튀어나와 발목을 낚아채는 환각도 겪었다. 점점 초췌해져만 갔고, 결국 약 없이는 잠들 수 없게 되었다. 하지만 약이 모든 것을 해결해주지는 않았다. 다른 사람들은 반 알만 삼켜도 곯아떨어진다는 약이었지만, 반 알은 아예 효과가 없었다. 한 알을 먹어야 두세 시간 정도 잠들 수 있었다. 여기서 잠든다는 것은 악몽 없이 수면을 취할 수 있는 시간을 말한다. 악몽을 동반한 잠은 이미 잠이 아니었으니 말이다. 약이 악몽을 막아주는 시간은 하루에 최대 세 시간이었지만, 그 세 시간이 아니었다면, 이미 나는 눈 뜨고 수면부족으로 과로사했을지도 모른다. 그리고 가게일의 대부분은 아르바이트생에게 완전히 맡기기 시작했다. 그녀는 아무 불평 없이 종일 가게를 지켰다. 마치 자신의 사명 또는 의무를 다하려는 듯 말이다.

아, 어쩌면 그때 나도 그 조형물, 아니 그분께 기도를 올렸어야 했을지도 모른다. 그렇다면 이전처럼 평화롭게, 평온하게 모든 것이 유지되었을지도 모른다.

과연 그럴까? 당신은 어떻게 생각하는가.

5.

그의 명함을 찾았다. 그 명함은 마치 비밀의 도시로 가는 티켓처럼 가장 중요한 물건들과 함께 담겨 있었다. 원룸 월세 계약서, 가게 임대계약서 같은 것들이다. 그중에는 예전에 중개일을 했을 때 계약서들도 과거의 미련처럼 남아 있었다. 이제와 중요한 것들은 아닐 것이다. 어쩌면 내가 가진 것 중 진정 중요한 것은 아무것도 없었다. 그중에서 그의 명함은 가장 위투명 바인더의 명함 자리에 부동산 명함 대신 끼워져 있었다.

그에게 전화를 걸었지만 역시 받지 않았다. 나는 몇 번이나 그에게 전화했을까. 그에게 전화는 왜 있는 것일까. 어쩌면 확실한 것은 단지 두어 번만 걸었던 것일지 모르나 한 번도 받지 않은 것이기도 했다. 주소를 확인했다. 아르바이트생에게 연락해서 오늘은 나가지 못한다고 했다. 남은 시간은 시급의 두 배를 쳐주겠다고 말하며 시간이 안 되면 일찍 닫고 들어가라 말했다. 새삼스러운 일이었다. 최근 나는 가게에 성실히 나가지 않았다. 연락하지 않아도 알아서 할 것이 분명했다. 착한 아이였다.

내비게이션에 그의 공방 주소를 찍었다. 집에서 꽤 멀었다. 거의 휴전선 근처까지 가야 했다. 그런 곳까지 주택 허가가 나는 것이 신기했다. 옛날 같았으면 간첩으로 오해받을 수도 있는 위치였다. 하지만 간첩이야 도시에 있지 일부러 의심스러운 곳에 자리잡지는 않을 것이다. 막히는 길은 아니었지만 구불구불한 국도는 아무리 빨리 도착해도 한 시간은 걸릴 듯했다.

해가 사라졌다. 비가 조금씩 떨어졌다. 어두워지는 것이 시간이 늦어 해가 떨어진 것인지 먹구름에 가린 것인지 구분하기 힘들었다. 얼마나 달렸을까. 과속카메라도 없을 법한 좁은 길로 접어들었다. 도로 옆으로 개천이 이어졌다. 마주 오는 차는 한 대도 보지 못했다. 앞유리에 엄지만한 벌레들이 달려들며 터져나갔다. 워셔액을 뿌리며 와이퍼를 작동했지만 오히려 점점 번지며 누렇게 얼룩졌다. 간헐적으로 떨어지는 빗방울은 유리에 벌레 사체를 더욱 더럽게 엉겨붙게 만들었다. 차를 잠시 세우고 닦아낼까 고민했지만 멈추지 않았다. 경험상 분명 잘 닦이지 않을 것이다. 도착하면 한 번에 닦기로 결심했다. 정면의 유리를 닦는 일이 큰 결심을 해야 할 일이었든가. 어차피 개천 옆을 달리는 이상 벌레는 계속 들러붙을 것이다. 조금만 더 나가면 개천을 빠져나갈 것이다. 짧은 구간에도 두세 마리가 더 앞유리에 부딪쳐 터졌다. 저건 어떤 벌레일까. 왜 이렇게 앞에 와서 터져죽는 것일까. 누렇고 검은 흔적, 이 정도 크기는 도대체 어떤 벌레란 말인가.

도착한 곳에는 건물이 없었다. 처음부터 아무것도 없었던 것처럼 오래된 공터, 아니 그건 공터도 아니었다. 수풀과 나무들. 도로 옆 임야라고 부르는 것이 어울렸다. 망연자실 자리에 멈췄다. 주소를 잘못 찍은 것은 아닐까. 아니면 내비게이션이 가끔 이상한 곳으로 안내하는 경우도 있지 않은가. 근처를 멈추지 않고 빙빙 돌았다. 빙빙 돌다보니 새로운 목적지가 잡혔다. 역시나 내비게이션 오류였던 것일까. 내비는 점점 더 좁은 길로 나를 안내했다. 길을 잘 모르는 안내인처럼 같은 자리를 돌게 만들었다. 자꾸만 엉뚱한 곳으로 나를 보내려고 애쓰는 게 분명했다. 급기야 나를 비포장도로로 안내하기 시작했다. 지도상에도 길이라는 것은 보이지 않았다. 길이 아닌데, 내비게이션이 안내할 수 있는 것일까. 돌이 튀어올라 자동차 밑바닥에 부딪치는 소리가 울렸다. 소나기가 쏟아지기 시작했다. 점점 더 물렁한 지면이 타이어를 타고 온몸에 느껴졌다. 더 들어가는 것은 무리였다. 비포장도로에 바퀴가 빠지기라도 하면 오도 가도 못하고 고립될 것이 분명했다. 차를 돌리기 위해 잠시 멈췄다. 그리고 나는 보았다. 수풀 사이에 있는, 키가 족히 3미터는 되고 폭이 5미터는 넘을 것 같은 거대한 검은 그림자를. 그 커다란 덩어리가 눈이 있는지는 알 수 없었지만 분명 나를 보고 있었다.

도망쳐야 한다.

오로지 그 생각뿐이었다. 좁은 길에서 차를 돌리는 시간이 아주 길게 느껴졌다. 뒤 범퍼에 뭔가 부딪혔다. 바퀴가 걸린 것인지 전진이 잘되지 않았다. 바퀴는 점점 어딘가에 물려 무거워졌다. 차가 움직일 수 있는 범위가 점점 좁아졌다. 그사이 그것이 다가와 차와 함께 통째로 나를 삼켜버릴 것 같았다. 점점 더 강하게 액셀러레이터를 밟았고 범퍼가 부딪치는 소리와 타이어가 긁히는 기분 나쁜 소리가 계속 울렸다. 차를 거의 돌리는 데 성공했을 때 그림자는 바로 꽁무니에 붙어 하늘을 삼키고 있었다. 나는 액셀러레이터를 밟았다. 차가 튀어나갔다. 덜컹 하는 소리와 함께 뒷부분 어딘가 부서지는 소리가 들렸지만 신경쓸 여유가 없었다. 커다란 벌레가 정면에 부딪쳐 터졌다. 검고 호박색이 섞인 벌레였다. 터진 자리가 마치 눈코입이 있는 웃는 얼굴 그림 같았다.

유리를 닦고 싶었다. 유리를 닦고 싶었다. 빌어먹을 벌레들. 징그러운 놈들. 나를 좀 그만 괴롭혔으면 좋겠다. 왜 나에게 이런. 유리를 닦고 싶었다. 지금 당장 차를 멈추고. 걸레로 닦고 싶었다. 그 얼굴이 나를 마주보고 있는 것을 참을 수 없었다. 벌레의 얼굴. 빌어먹을 당신의 얼굴.

그런데 잠시만 과연 나를 괴롭히는 게 벌레들인가?

6.

집에 오자마자 약을 한 알 먹었다. 두려움은 사라지지 않았다. 잠도 오지 않았다. 신경질적으로 한 알을 더 먹었다. 아, 정신이, 정신이 오히려 맑아졌다. 그것이 나를 찾아오는 그것이 어디에 있는지 눈에 보이는 것만 같았다. 나는 약을 몇 알 더 씹어먹었다. 아아 벌레들 벌레들이 피부에 녹아 나와 하나가 되었다. 전화기를 창밖으로 던졌다. 떨어지는 소리는 들리지 않았다.

며칠이 지났을까. 약은 벌써 떨어졌다. 약이 필요했다. 병원에 가야 했다. 그럼에도 집에서 나가지 않았다. 밖에는 비가 그치지 않고 내렸다. 본격적으로 장마가 시작된 것일지도 모른다. 하지만 그 비를 통해 그것이 나를 찾고 있으리라는 생각이 사라지지 않았다. 창문은 옷장으로 막아버렸고 문도 의자로 고정시켜놓았다. 목이 마르면 수돗물을 마셨다. 배는, 고프지 않았다. 나를 죽이는 것은 허기가 아니었다. 차라리 허기가 나를 삼킨다면 오히려 평온을 얻을 수 있을 것 같았다.

과연 그럴까.

나를 발견한 것은 경찰이었다. 그들은 문을 부수고 들어왔고 나를 발견 후 병원으로 옮겼다. 처음에는 내가 연락이 안 되자 아르바이트생이 신고한 것이라 생각했다. 하지만 그게 아니었다. 그 일이 있었던 그날 밤 카페에서 일하던 아르바이트생이 실종됐고 나를 참고인으로 찾다가 용의자로 전환한 것 같았다. 경찰들은 내 행적을 심문했다. 그날 밤의 기억에 대해 사실만을 말했지만 횡설수설로 치부해버렸다. 경찰은 약물 또는 음주를 의심하는 것 같기도 했다. 더구나 내 상태에 대해 의사가 급성 약물중독 소견도 보인 참이라 더더욱 의심을 사는 상황이었다. 하지만 약이 떨어진 지는 며칠이나 지났다. 수돗물에 약물이 섞여 있지 않았다면 내가 약물을 섭취할 수단은 없었다. 하지만 의사도 내 피에서 검출된 것이 정확히 무엇인지는 알지 못하는 듯했다. 가장 의심받은 것은 전화기가 없다는 점이었다. 나는 솔직하게 말했지만 집 근처에서 전화기는 발견되지 않았다. 정황은 의심스러웠지만 구체적인 증거는 없었기에 나는 일단 집으로 돌아갈 수 있었다. 경찰서를 나올 때 다른 경찰관이 급하게 뛰어와 말했다.

민원이 많이 들어와서요. 일단 돌아가시면 가게 앞부터 치우세요.

나를 담당하던 경찰이 말했다.

증거 현장은 이제 문제없는 거야?

예, 아마도요. 거기도 너무 방치되었고. 냄새 때문에 민원이 너무 심해서요.

무슨 소리일까. 나는 경찰서에서 나왔다. 비는 그쳤고 하늘은 맑았다. 햇살이 뜨거웠다. 내 불안감마저 바싹 말려주는 듯했다. 곧바로 가게로 향했다. 며칠이나 방치되었으니 무슨 문제가 있어도 이상하지 않을 것 같았다. 하지만 민원이 들어올 게 있었던가.

가게 뒤에 차를 세우고 정문을 향해 갈 때 나는 내 몸이 두려워하고 있음을 알았다. 손과 다리가 떨려왔다. 무엇보다 악취가 진동했다. 이렇게 악취가 진동하는데 모두가 방치하고 있는 것이 이해되지 않았다.

카페 정문 앞에는 조형물이 없었다. 아니 정확하게 말하자면 조형물은 이제 형체를 알아보기 힘들었다. 며칠간 이어진 장마 때문인지. 커피로 만든 조형물은 녹아내려 가게 앞에 마치 늪처럼 바닥에 진득하게 들러붙어 있었다. 가까이 다가가 보니 악취의 근원은 부서진 조형물인 것 같았다. 회색과 녹색 곰팡이가 피고 자세히 보니 구더기가 득시글거렸다. 지난날의 영광을 상징하던 명물은 이미 그 자리에 없었다. 누가 일부러 부수기라도 한 것 아닐까. 몇 년간 어떤 날씨에도 끄떡없던 조형물이 며칠 안에 녹아내린 것이 이해가 가지 않았다. 이걸 당장 어떻게 치워야 할지 막막했다. 벌레가 끼고 부패했지만 단지 커피 가루일 뿐이다. 물을 뿌려서 하수구로 쓸어내면 되지 않을까. 카페 문을 열었다. 습하고 후덥지근한 공기가 얼굴에 훅 끼쳐들어왔다. 안에 무엇인가 있는 건 아닐까 두려웠다. 평소 카페 앞을 청소하던 호스를 찾았지만 보이지 않았다. 양동이에 일단 물을 받았다. 양동이에 떨어지는 물소리가 지나치게 크게 울려 매장을 가득 채웠다. 물이 금세 넘쳤다. 호스를 찾는 걸 포기하고 밖으로 나가 양동이로 물을 뿌렸다. 검은 가루는 질척하게 달라붙어 쓸려내려가지 않았다. 장대 빗자루를 찾아와 쓸기 시작했다. 바닥에 깔려 있던 악취가 퍼지기 시작했다. 헛구역질이 났다. 토하고 싶었지만 먹은 것이 없어 토하지 않을 수 있었다. 이 골목으로 사람들이 잘 다니지 않아 다행이었다. 몇 번인가 더 헛구역질을 했다. 명치가 뻐근하게 아팠다. 빗자루를 잠시 내려놓고 가슴을 문질렀다. 그 냄새는 지금껏 한 번도 맡아보지 못한 냄새였다. 과연 그럴까. 그날 밤 비를 타고 차를 따라오던 그 습기, 공기가 그런 냄새를 품고 있진 않았을까. 검은 타르가 빗자루에 달라붙었다. 점점 빗자루를 타고 올라오는 것 같았다. 그리고 그 점액 사이에서 귀걸이 한 쌍을 발견했다. 실종된 아르바이트생이 하고 있던 은색 귀걸이였다. 나는 그 순간 냄새의 정체를 짐작할 수 있었다.

그것은 시취였다.

나는 빗자루를 버리고 도망쳤다. 도망친다니 어디로? 난 도망칠 수 없을 것이다. 모든 것을 잊고 싶었다. 저게 무엇이든 간에 내가 저게 무엇인지 모른다면 인식할 수 없다면 더이상 무섭지 않을 것 같았다. 하지만 그것은 불가능할 것이다. 단지 달려간다. 그리고 큰 도로로 뛰어들었다.

스위치백

之

머리가 터질 듯 울린다. 오른쪽 어깨가 저려 팔을 들기 힘들다. 손목이 시큰거린다. 발목이 쑤신다. 발목에 보호대를 감는다. 피가 통하지 않는 것 같아 벨크로를 살짝 느슨하게 푼다. 손톱으로 손목을 긁는다, 오랫동안. 벌겋게 긁힌 자국에 피가 배어나온다. 더 큰 고통으로 작은 고통을 덮는다. 아니다, 고통은 두 배가 된다. 편백나무 안마봉으로 어깨를 때리듯 두드린다. 나무향이 뭉친 근육에 스며들며 더욱 단단하게 굳는다. 양손으로 관자놀이를 문지른다. 세게 더욱 세게.

언제부터일까 잠을 이루지 못했다. 그림자가 몸을 타고 올라오면 그 얼굴을 바라보는 것이 전부였다. 익숙해지지 않는 얼굴, 어쩐지 나와 닮은 것 같은. 눈을 감지 못한다. 눈꺼풀은 어디에 있을까. 이미 감고 있는 것일지 모르니. 눈이 있어야 할 자리에는 깊고 검은 허공이 이어진다. 평행으로 놓인 두 개의 거울 사이로 끝없이 이어진다. 투명한 손이 목을 감싼다. 익사시키려는 듯 천천히 누른다. 몸을 틀어보지만 몇 센티도 도망칠 수 없다. 침대 아래 더 깊은 곳으로 추락한다면 벗어날 수 있을까. 수면 같은 이불이 나를 삼킨다. 숨쉬기 힘들다. 눈 없는 얼굴이 비웃는다. 내가 더 약해지고 그가 더 강해진다면 어떻게 되는 것일까. 내 삶은 과연 아직도 나의 것일까. 현실은 어느 쪽일까.

회색 고양이를 가족으로 받아들였다. 그것은 어쩌면 내 나약함의 인정이었다. 동반자가 필요했다. 사실 난 당신들을 존경한다. 타인과 같이 살아갈 생각을 하다니. 서비스업에 1년만 종사해보면 알게 된다. 대부분의 인간은 선천적으로 이기적인 존재이다. 연애는 그 이기심을 능숙하게 숨기다가 하나씩 공개하는 과정이다. 인간뿐일까. 동물은 더하다. 우리는 그렇게 필사적으로 서로에게 순치라는 폭력을 가한다. 서로를 알아갈수록 이해하지 못한다. 타인의 경험은 나의 현실에 간섭하며 균열을 만든다. 점점 크게 벌어지는 틈새를 인정하고 받아들인 당신들은 강하다. 고양이라고 이기적이지 않을까. 고양이와 살아가는 것도 쉬운 일은 아니다. 나는 포기하고 싶었다. 아니다 반대로 네가 많은 것을 포기했을 것이다. 네 덕에 그림 자는 더이상 찾아오지 않았다. 내 가슴 위에서 잠드는 너. 너는 자신의 영역을 내주지 않을 것이다. 역설적으로 너는 살아갈 수밖에 없는 유일한 이유가 되었다. 내 곁을 떠난다면, 더이상 살아갈 수 있을까. 너의 이름은 거울이라 지었다. 우리는 언제 나 서로를 지켜보는 중이다.

之

안쪽 불투명 창을 열었다. 어제저녁부터 쏟아진 함박눈은 바닥에 쌓일 법도 했지만, 아스팔트에 닿자마자 녹았다. 아직 낮이었지만 거리는 검고 무겁게 물들었다. 눈은 비와 달리 소 리가 나지 않았다. 차양에 추락하는 빗소리는 나를 더욱 무기 력하게 만든다. 빗소리가 요란한 날에는 창문을 열지 않는다. 투명한 바깥 창문에 사선으로 금이 있었다. 손을 뻗었다. 보이 는 것과 다르게 매끈했다. 어떤 흠집도 느껴지지 않았다. 건너 편 건물에도 금이 그어져 있다. 금을 따라 사선으로 몇 밀리 쯤 어긋나 있었다. 평소에는 신경쓰지 않았던 방충망이 유난 히 거슬렸다. 눈송이가 금 아래로 떨어질 때 타임래그가 걸린 것처럼 잠깐 사라졌다가 살짝 오른쪽에서 나타났다. 깜빡깜빡

눈앞의 빛이 몇 번인가 꺼졌다 켜진다. 툭, 완전한 암전이 찾아오며 눈앞이 캄캄해진다. 모든 움직임을 멈추고 눈을 감았다. 창틀에 손을 대고 균형을 잡았다. 현기증은 익숙했다. 이유 없이 찾아오는 암전. 처음에는 기가 약해졌거나 심지가 굳지 못해 그런 것이라 생각했다. 중요한 일을 앞두고 긴장한 것뿐이다.

현기증이 머리 위로 열기처럼 빠져나가는 것이 느껴진다. 천천히 눈을 뜬다. 굳었던 목을 좌우로 조금씩 움직인다. 천천히 현실로 돌아온다. 눈을 두어 번 깜빡였다. 균열이 천천히 미끄러지며 맞아들어간다. 이제 눈은 수직으로 떨어진다. 더이상 방충망도 풍경을 가리지 않는다. 병원에 가봐야 할지도 모른다. 하지만 뭐라고 설명해야 할까. 분명 답은 정해져 있다. 신경성이니 스트레스를 받지 말라는 뻔한 이야기를 성의 없는 말투로 들을 것이다. 아니면 매주 병원에 방문하여 답이 없는 문제로 친절한 상담사를 괴롭히고 신경안정제와 더불어 플라세보효과를 안겨주는 다양한 알약을 처방받을 것이다. 의사가 시키는 대로 실천할 수 없으니, 병원은 아무것도 고치지 못한다. 스트레스를 받지 않는 안정된 생활이 가능했다면 병원에 가지도 않았을 것이다. 함박눈은 그나마 마음을 포근하게 만들어준다. 아스팔트에 닿은 눈은 이미 잿빛으로 질척거렸지만. 눈이 떨어지는 풍경을 보는 것만으로도 운이 좋다, 라는 기분이 들었다. 상투적이지만 그것만으로도 충분했다. 도시에 눈이 내리는 것은 흔한 일이 아니다. 나는 조금 침착할 필요가 있었다. 뒷목이 여전히 뻐근했다. 단순히 혈액순환에 문제가 있는 것일지도 몰랐다. 그런데, 중요한 일이 뭐였더라. 나는 외출하지 않은 지 오래되었다.

6년을 만났지만, 그가 태어난 곳의 정확한 지명을 들은 것은 한 달 전이었다. 그곳은 하고사리라고 했다. 기차나 버스로 한 번에 갈 수 없는 산골 마을이었다. 한국전쟁이 끝났을 때 무슨 전쟁이 끝났냐고 되물었을 그런 동네 중 하나일지도 모른다. 하고사리라니 이상한 지명이라 생각했다.

그럼 상고사리도 있어?

고사리는 있어.

고사리가 그 먹는 고사리야?

농담 섞인 질문을 했다.

글쎄 생각해본 적 없는데.

그는 성의 없이 대답했다. 지도에서 하고사리를 검색했다. 뜬금없는 위치에 기차역과 아파트가 있었고, 대부분은 등고선만 끝없이 이어져 있었다. 그가 옆에서 지도를 보더니 등고선 한 부분을 확대했다. 집을 나타내는 표시가 두어 개 나왔다. 지도를 보는 것만으로도 답답했다. 조선시대에 귀양도 여기까지는 보내지 않았을 것 같은 그런 곳이었다. 내가 거기서 살아야 하는 건 아니라서. 조금은 위안이 됐다. 그는 그때까지 자신의 유년 시절이나 가족에 대해 한 번도 이야기하지 않았다. 나는 그에게 가끔 가족에 대해 이야기했지만, 관심 없어 하는 것을 알았기에 무심코 말을 꺼냈다가도 항상 끝맺지 못했다. 사실 아무래도 좋았다. 솔직히 그의 가족에 대해 관심이 없었다. 어떤 말이든 변명 또는 방어기제일 뿐이다. 무엇에 대한? 무엇이든. 나는 그와 결혼할 것으로 생각하지는 않았다. 물론 그와 같이 알게 된 몇몇 사람들에게는 이 사람과 결혼할 것이라 이야기했다. 괄호 속에는 언제가 될지는 모르겠지만, 이라는 말이 생략되어 있었다. 그도 곧이 믿지는 않았을 것이다. 우리는 빈 털터리였다. 서로의 집에 손을 벌릴 수 있을지도 모르겠지만, 그렇게까지 해서 결혼이라는 제도 속으로 들어가고 싶지는 않았다. 우리의 미래는 불안정이라는 한 단어로 표현할 수 있었다. 적어도 둘 중 하나는 현실에 발을 딛고 살아야 하지 않았을까. 하지만 우리는 알고 있다. 그가 현실에 발을 딛고 사는 사람이었다면 나와 만나지 않았을 것이며, 반대의 경우도 마찬가지였다. 그러나 결혼을 할 사람이 있다고 말하고 다니는 것은 나름 나쁜 판단은 아니었다. 그것만으로도 가볍게 집적거리는 사람을 반 이상은 줄일 수 있었다. 그래서 그가 아버지에 대한 이야기를 했을 때, 반가운 감정에 이어 부담스러운 마음이 교차했다. 어쩌면 무엇인가 앞으로 바뀔 수도 있다는 두려움 때문이었다.

눈이 아주 많이 내린 어느 날, 아니 사실 아주 맑은 초여름일 수도 있어. 기억은 믿을 수 없으니. 흉터가 눈썹 위였는지, 입술 아래였는지 항상 헷갈리는 것과 비슷해. 오히려 거짓말은 기억해야 하니 오류가 없지. 어쨌든 중요한 건 그게 아니고, 아버지는 광산에 출근한 뒤 돌아오지 않았어.

나는 이런 경우 어떤 말을 해야 할지 잘 몰랐다. 프리랜서로만 일해왔기 때문일까. 누군가의 부고 연락을 받을 때, 삼가 고인의 명복을 빈다는 말은 얼마나 사무적인가. 더구나 이런 오래된 죽음의 소식은 더욱 그러하다. 본인조차도 잊었을 감정에 대해 타인은 어떤 공감을 해야 할까.

아버지는 어디로 갔을까.

그는 혼잣말하듯 중얼거렸다. 시체를 찾지 못한 것일까. 아니면 말 그대로 정말 아버지가 떠난 것일까. 나는 그의 손을 잡으려다 말았다. 연민이 들지 않았다면 거짓말이다. 하지만 그는 골똘히 어떤 생각 속에 갇혀 있는 것처럼 보였다. 그때 자신은 너무 어려 아버지에 대한 기억은 그게 전부라고 했다. 돌아오지 않았다는 것. 그 또한 착각일지 모른다. 나는 그게 몇 살 때의 일인지 묻지 않았다. 고향에 다녀올게, 그가 사라지기 전 보낸 메시지였다. 조심히 잘 다녀와, 내 대답 옆 1이라는 숫자는 사라지지 않았다. 그는 전화를 받지 않았다. 며칠 뒤, 전화기가 꺼져 있어, 라는 안내 멘트가 나오자 그가 살던 반지하방을 찾았다. 처음에는 도둑이 든 줄 알았다. 평소에도 창고 같은 곳이었지만 난장판으로 물건들이 어지럽혀져 있었다. 무엇인가를 급히 찾아서 나간 것일까. 그의 침대를 보고 잠시 멈칫했다. 자그마한 회색 고양이 한 마리가 엎드려 있었다. 높은 창문으로 들어오는 햇볕을 받아 푸른빛이 돌았다. 길에서 흔히 볼 수 있는 고양이는 아니었다. 그는 고양이를 키우지 않았다. 어딘가 드나들 수 있는 통로가 있어 빈방에 자리를 잡은 것일까. 방을 둘러봤다. 요즘 같은 시대에 오래된 텔레비전이나 컴퓨터는 고철 그 이상도 아닐 것이다. 굳이 위험을 무릅쓰고 반지하를 터는 도둑은 드물 것이다. 그는 단지 증발한 것일까. 돌아가야겠다. 하지만 고양이는 어찌해야 할까. 창문을 살폈다. 열려 있는 곳은 없었다. 근처 동물용품점에 가서 이동장을 샀다. 마음대로 데려가도 되는 것일까. 그냥 둘 수는 없는 노릇이었다. 이동장을 열고 앞에 내려놨다.

나랑 갈래?

고양이는 일어나 기지개를 켜더니 스스로 가방에 들어가 앉았다. 가는 천을 꼬아서 만든 풀색 목걸이를 걸고 있었다. 사람이 키우는 고양이가 분명했다. 이름이나 연락처를 적을 법한 펜던트는 없었다. 경계심이 없는 것을 보니 태어나서 사람에게 사랑만 받았을 것이다. 경찰서에서 실종신고는 받아주지 않았다. 그와 나는 법적으로 어떤 사이도 아니었으니 당연한 일일까. 마치 스토커가 된 기분이었다. 아버지가 돌아오지 않았다면, 어머니는? 6년이나 만나면서 아는 것이 없었다. 어릴 때부터 친구라는 사람을 한 번 만난 적이 있었지만, 당연히 연락처는 몰랐다. 그야 내 친구가 아니었으니 말이다.

거울이 문 앞에 앉았다. 문을 열지 못하게 막고 있었다. 앞으로 며칠 집을 비울 것을 알고 있을까. 자율배식이라 밥은 충분히 줬다. 고양이 화장실도 하나 더 마련해두었다. 2, 3일은 비울 수 있을 것이다. 거울을 번쩍 들었다. 나를 보며 짧게 울었다. 우는 소리를 처음 들었다.

벙어리는 아니었구나.

낯설었지만 조금 안심이 되기도 했다. 뒤에 내려놓고 문을 열었다. 하늘은 맑았다. 거울은 나를 보며 이번에는 끝을 늘려 길게 울었다. 마치 그 울음은 가지 말라는 것처럼 들렸다. 다시 혼자 남게 될 것을 걱정하는 것일까.

금방 돌아올게.

그건 나에게 하는 다짐 같았다.

검은 서벳처럼 변한 눈이 온 사방에서 질척거렸다. 굽이 낮은 플랫슈즈는 어두운 하늘처럼 금방 더러워졌다. 발목 위 하얀 양말도 얼룩졌다. 운동화를 신었어야 할까. 운동화의 얼룩이 더 지우기 어려울 것이다. 대부분 차를 타고 이동할 거니 큰 상관은 없을 거라 생각했다. 편의점에 들러 담배를 두 갑 샀다. 지방에서는 담배를 살 때 눈치가 보일 수도 있으니 미리 사서 나쁠 것은 없었다. 계산대 뒤 텔레비전 뉴스에서는 강원도 폭설로 인한 조난사고주의보가 나오고 있었다. 지금이라도 신발을 갈아 신고 나오는 것이 좋을까. 등산을 할 건 아니었으니. 흙탕물로 얼룩진 신발을 내려봤다. 자세히 보니 구두끈이 끊어져 있었다. 거울이가 씹은 걸까. 지금까지 이런 적이 없었는데. 아니 이대로 집으로 돌아가 침대에 들어가는 것이 가장 나을지 몰랐다.

청량리에 온 것은 처음이었다. 낮은 하늘이 역사에 닿을 것 같았다. 길 건너 광장은 을씨년스러웠다. 마치 도로와 광장 경계에 흑백 필터를 세워놓은 것 같았다. 기차 시간은 빠듯했다. 집에서 여유 있게 나왔지만, 두 정거장 전에 지하철이 멈춰 버스로 갈아탈 수밖에 없었다. 사고가 있었다고 안내방송이 나왔다. 지하철이 멈추다니 지금까지 상상해본 적 없는 일이었다. 신발을 갈아 신으러 집에 다시 들어갔다면 기차를 놓쳤을 것이다. 버스 정거장은 꽤나 떨어진 곳에 있었다. 단지 잘못 내린 것일지도 모른다. 종종걸음으로 서둘렀다. 길을 막은 사람들 때문에 좀처럼 앞으로 나아가지 못한다. 횡단보도 앞에 선다. 신호가 유난히 오래 걸렸다. 신호가 바뀌자 사람들이 쏟아지며 가장자리로 밀려났다. 도로가 넓어지며 반대편 인도가 도망가듯 멀어졌다. 건너에 도착할 수 있을까. 급한 마음에 과장된 생각이다. 역사에서 편한 신발부터 사야 할지 모르겠다. 차 한 대가 골목에서 빠져나오며 우회전한다. 너무 서둘렀던 것일까. 익숙하지 않은 도로 상태 때문일까. 끊어진 구두끈을 밟으며 뒤로 미끄러졌다. 주위에서 비명을 지르는 소리가 들렸다. 차는 멈추지 못하고 천천히 다가왔다. 머리에서 따뜻한 액체가 흘렀다. 자동차 앞으로 고양이 한 마리가 뛰어든다. 그 뒷모습은 거울과 비슷했다.

그렇게 세상은 사라지고 종말이 그 자리를 대신했다.

之

우리가 너의 영혼에 등급을 매길 수는 없을 것이다. 우리는 역할극을 한다. 각자 인물을 고른다. 거울은 나를 고른다. 그는 거울을 고른다. 나? 나 역시 그를 고른다. 우리는 서로 몇 시간의 거리를 두고 선다. 어떨 때는 반나절, 어떨 때는 하루, 이번에는 조금 길었다. 누군가에게는 순간이고 다른 누군가에겐 한 달이다. 시간은 상대적이지만, 우리는 항상 시각을 오해한다. 그리하여 시간은 관념이 되고 서로 영원히 만날 수 없는 방향을 향하게 되었다.

아아, 무엇을 쓰는 건가요. 지금은 세계를 구하러 가야죠. 이대로라면 모든 게 사라질 거예요.

세계라니, 난 그런 걸 원한 적 없어요.

바보 같군요. 그러다간 고살(故殺)이에게 당하고 말 거예요.

고사리라니 무슨 이상한 소리를 하는 거예요? 차라리 개구

리군이 도시를 구한다고 하지.

양서류는 바다를 건널 수 없어요.

양치식물도 바다는 못 건너요.

산을 넘을 수는 있겠죠.

몇 번의 죽음과 반복되는 여정. 목숨이 몇 개라면 도달할 수 있을까. 그 무엇도, 어느 것도, 의미가 없는 곳에서 눈 속으로 천천히 침전해가는 풍경과 암전 속에 얼어붙은 너. 잠시 잠들어버린, 봄이 오고 눈이 녹으면 누군가가 겨울잠에서 깨워주길 바라며.

하지만 나는 이미 너를 구할 수는 없어.

之

오랫동안 검은 방에서 웅크리고 있었다. 허공에 뿜은 입김이 선명했다. 차가운 손을 겹쳐 허벅지 사이에 끼워넣는다. 다리를 꼰다. 잠들 수가 없다. 시간은 계속 되감긴다. 이불에서 빠져나갈 수가 없다. 하지만 약을 먹어야 한다. 침대 아래로 손을 뻗는다. 물통을 찾는다. 허공을 젓는다. 침대는 천천히 유영한다. 손으로 물을 뜬다. 약을 먹는다. 알약 하나를 먹으면 혈관에 흐르는 피가 멈추고, 알약 두 개를 먹으면 고통이 사라진다. 알약 세 개를 먹으면? 알약은 다섯 종류다. 각각의 효과를 찾아 읽지만 몇 분 뒤 까먹는다. 그중에 하나 또는 두 개가 잘 수 있게 해주는 약이다. 알약은 목에 걸려 넘어가지 않는다. 물이 더 필요하다. 허공을 다시 젓는다. 물은 손에 닿지 않는다. 목에 걸린 알약은 폐에 들러붙은 먼지처럼 사라지지 않는다. 이 모든 게 한기 때문일까. 한기가 아니라면 냉장고에 갈 수 있을 텐데. 보일러는 외출로 되어 있다. 단 한 번도 난방으로 돌려보지 않았다. 겨울은 잔인하다. 하지만 아직은 참을 만하다. 견딜 수 있는 것에 쓸 돈의 여유는 없다. 견딘다고? 아니다. 쓴 만큼 따뜻하다면, 보일러를 틀었을지도. 가스비가 한 달에 20만 원이 나와도 30만 원이 나오더라도 여전히 추운 겨울이다. 인간은 환경에 적응한다. 따뜻함에 대한 욕망은 만족하지 못하고 그 기준을 계속 올릴 것이다. 결국 추위는 해결될 수 없다. 보일러가 얼지 않을 정도에서 적응하다보면, 전기장판에 의지해 버틸 수 있다. 항상 피곤하지만 전자파 때문은 아닐 것이다. 여름이라고 피곤하지 않았던 적이 있던가. 이불을 끌어 머리를 덮는다. 태아처럼 웅크린다. 팔과 다리가 휜다. 손과 발은 몸을 파고든다. 손톱과 발톱이 피부에 상처를 낸다. 이불 속으로 불쑥 손이 파고들어온다. 수조 속 물고기처럼 피한다. 하지만 이불 속은 너무 좁아 금세 잡히고 만다. 어느 날은 목덜미, 어느 날은 손목, 어느 날은 발목. 항상 어딘가의 목이다. 암전에서 깨어났다. 잡힌 목에는 누군가 할퀸 듯 가늘고 깊은 상처가 나 있다. 피가 배어나왔다. 상처는 아물기 전에 더

커진다. 손톱을 깎아야겠다. 언제 잠들었는지는 알 수 없다. 아니다, 그것은 정말 꿈일까. 꿈이라면, 불면증 때문에 생긴 것일까. 반대로 꿈 때문에 불면증이 생긴 것일까. 이제 어둠 속에서도 확실히 볼 수 있었다. 비스듬한 그 금을, 마치 여기를 봐봐. 이래도 안 보여?라는 느낌으로 갈라진 자국을. 잠에서 덜 깬 양치하다가도 화장실 거울이 어긋나 있는 것을 봤다. 금은 인식하고 나면 금방 사라졌다. 마치 놀리려는 것처럼, 점점 굵어지는 금을 만지고 싶다는 욕구가 커졌다. 하지만 그러면 안 될 것 같았다. 참는 데는 강한 의지가 필요했다. 아니다. 그건 내 의지가 아니다. 금이 보일 때, 내 손은 어디에 있을까. 어차피 손을 뻗어도 금을 만질 순 없었다. 손가락 끝에서 핏방울이 떨어졌다.

잠들지 못하는 것이 그가 사라지기 전인지, 그 이후였는지 기억나지 않았다. 아주 어릴 때부터 불면증에 시달렸던 것은 아닐까. 수많은 새벽에 대해 기억해낸다. 그 기억은 모두 사실일까. 거울은 단 한 번도 금을 밟지 않았다. 우리 집에 처음 왔을 때 모든 것을 경계했다. 바닥이 무너지지나 않을지 하나하나 확인하는 것 같았다. 냉장고 뒤에 안식처를 정했는지 나오지 않았다. 냉각기에서 요란한 소리가 날 때면 시끄럽지는 않을지 걱정이 되었다. 결국 냉장고 전원을 뽑았다. 어차피 들어 있는 것은 생수뿐이었다. 내가 침대에 없을 때만 이불에 들어갔다. 따뜻한 전기장판 때문일 것이다. 내가 침대로 가면 다시 냉장고 뒤로 숨었다. 자신이 객이라는 것을 알듯이 내 영역을 피해 다녔다. 항상 거리를 두고 나를 보고 있었다. 우리에겐 그 간격만큼 시간이 필요했다.

별것 아닌 모든 것들이 나를 불안하게 만들었다. 조금이라도 잠을 자두어야 했지만, 일상은 망가졌다. 일거리는 점점 줄어들었다. 아니 정확하게 말하자면 거절하는 일이 많아졌다. 당연한 이야기지만 한번 거절했던 곳에서는 다시 연락이 오지 않았다. 그렇게 한 달이라는 시간이 지났다. 이제 나는 아무것도 하지 않는다. 한두 달은 버틸 수 있을 것이다. 그다음에는? 그건 그때 고민하기로 했다. 한 달 뒤, 두 달 뒤를 고민한들 언제 계획대로 풀린 적이 있었나. 여느 날처럼 이불 속에서 유영했다. 손목의 흉터가 늘어날수록 깨어나는 것은 점점 더 힘들었다. 무엇인가가 방으로 들어오고 있었다. 그림자, 내가 약해질수록 강해지는. 침대 옆에 멈춰 섰다. 나는 움직일 수 없었다. 생각도 멈출 수 있다면 얼마나 좋을까. 이불 속으로 손이 들어왔다. 그 손은 얼마나 반갑게 느껴졌던가. 아니다, 사실 알고 있었다, 손은 항상 나를 끄집어내주고 있다는 것을. 어렵게 그 손을 잡았다. 따뜻하진 않지만 차갑지도 않은 폭신함, 거울의 자그마한 앞발이었다. 이불이 들춰진다. 녹색 안광이 반짝였다. 거울은 그 자리에 앉았다. 뒤에서 나를 내려보던 그림자가 사라졌다는 것을 알았다. 그제야 돌아볼 수 있었다. 허공에 금이 남아 있었다. 유난히 굵게 벌어진 틈을 엿봤다. 그 속에 깊은 어둠이 있었다. 이후 나는 더이상 거울을 피하지 않았다. 거울의 표정이 조금 변한 것 같이 느껴졌다.

고양이를 보호하고 있습니다.

눈에 잘 띄지 않는 곳에 전단을 붙였다. 풀색 목걸이는 언급하지 않았다. 주인을 확인할 방법을 남겨놔야 했으니. 솔직히 말하자면 이기심 때문이다. 남의 행복을 훔쳤다는 생각을 덜어낼 행동이 필요했다. 온 김에 그의 집에 들렀다. 변한 건 없었다. 월세는 어떻게 하고 있을까. 자동이체라도 해놨을까. 나는 이 집에 거의 오지 않았다. 추억이 될 만한 것은 없었다. 방을 살펴봤다. 방 탈출 게임을 하는 것처럼 단서가 있진 않을까. 밖에 인기척이 들리면 잠시 조용히 멈췄다. 무단침입을 한 기분이 들기도 했다. 집주인에게 물어봐야 할까. 나에게 따질지도 몰랐다. 무엇을? 무엇이든. 침대 아래에서 내용증명 우편물 스티커가 붙은 봉투를 발견했다. 내용물은 없었다. 주소를 검색했다. 그가 지도를 확대해 보여준 곳에서 가깝다. 휴대폰을 꺼내 봉투를 찍었다.

之

잠에서 깨어났다. 나는 거울의 앞발을 꼭 쥐고 있었다. 눈이 마주치자 슬며시 앞발을 뒤로 뺐다. 멋쩍어 거울의 머리를 쓰다듬었다. 유난스럽게 머리를 흔들며 털었다. 언제 손을 뿌리쳤냐는 듯 살갑게 목을 비볐다. 놀아달라는 것 같았다. 베개 옆에 둔 휴대폰을 집었다. 액정이 대각선으로 어긋나 있었다. 거울이 휴대폰을 가리며 가슴 위에 자리잡고 앉았다. 거울이 나와 금 사이에 들어온 건 처음이다.

거울, 오늘따라 왜 그래.

휴대폰을 반대쪽으로 들었다. 균열은 사라지고 없었다. 시간은 이미 정오를 지났다. 알람을 듣지 못한 것이 이상했다. 이렇게 깊이 잠든 게 얼마 만일까. 기차 시간에 맞추기는 어려워 보였다. 다음 차로 변경했다. 너무 늦게 도착해 어두워지면 곤란했지만 어쩔 수 없었다. 다음 차도 시간적 여유가 있는 건 아니었다. 아니면 내일로, 또 내일로 미루는 것은 어떨까. 그러면 나는 영원히 출발할 수 없을 것이다. 거울도 그걸 바라고 있을지 모른다. 자리에서 일어나 습관처럼 약국에서 구매한 근육통약과 진통제를 삼킨다. 아직은 아프지 않았지만 모를 일이었다. 진통제는 최고의 발명품 중 하나다. 마음의 안정까지 얻을 수 있으니.

집에서 나올 때, 거울이 문 앞에 앉아 있었다. 출입문은 거울의 영역이 아니다. 낯설었지만 언젠가 본 적 있는 모습 같았다. 비슷하면서도 달랐다. 나는 자동급식기를 확인했고, 화장실 모래도 확인했다. 거울을 들어 뒤에 내려놨다. 구두끈이 끊어져 있었다. 거울이 물어뜯은 것일까. 플랫슈즈에 달린 끈은 장식이나 다름없었지만 행여 밟기라도 하면 위험할 것 같았다. 조금 고민하다 운동화를 집어들었다. 최대한 발이 편한 신발을 신는 게 좋을 것 같았다. 운동화 속에 거울의 천 목걸이가 들어 있었다.

어떻게 벗은 거야? 거울아. 걱정하는 거니? 이건 내가 맡아줄게.

나는 거울의 목걸이를 손목의 상처 위에 감았다. 거울은 나를 보며 짧게 울었다. 나는 거울의 머리를 한번 쓰다듬고 목걸이가 걸린 손을 흔들었다.

역은 지하철에서 연결되어 있었지만 길을 찾는 것은 어려웠다. 매번 길을 잘못 들었다. 계단을 오르고 내려가고를 반복했다. 입체로 된 미로에 갇힌 것 같았다. 여유 있게 나왔다고 생각했지만 시간은 빠듯했다. 누군가 길을 숨기고 있는 것 같았다. 솔직히 가고 싶지 않았다. 사실 어디로 가야 할지도 몰랐다. 눈앞이 캄캄해졌다. 현기증이 발목을 잡았다. 잠시 눈을 감고 걸음을 멈췄다. 이어 두통이 찾아왔다. 머릿속에서 혈액이 흐르는 소리가 크게 들렸다. 휘청거리며 벽을 잡았다. 천천히 이마를 벽에 기댔다. 끈적끈적하고 물컹한 느낌이 들었다. 머리가 벽 안으로 천천히 빠져들어갔다. 나는 고체도 액체도 아닌 그 이물감에 놀라 머리를 빼며 뒷걸음질쳤다. 오른쪽 발목이 돌아가며 비틀거렸다. 부적처럼 꼭 쥐고 있던 휴대폰이 손에서 빠져나갔다. 넘어지는 순간은 마치 공중에 멈춘 것처럼 길었고, 그 덕에 나는 엉덩방아를 찧을 것에 대해 마음의 준비를 할 수 있었다. 먼저 휴대폰이 땅에 떨어지는 경쾌한 소리가 들렸다. 그 소리는 오늘의 나를 상징하는 것처럼 머릿속으로 들어와 메아리처럼 울렸다. 하지만 이미 겪어본 일처럼 균형을 잃지 않았고 넘어지는 것은 면했다. 차라리 넘어지는 게 나았을까. 발목이 시큰거렸다. 머리를 기대려던 벽을 바라봤다. 벽은 평범하게 보였다. 절뚝거리며 꽤 먼 곳에 떨어진 휴대폰을 집었다. 액정 모서리에서부터 깨진 금이 가 있었다. 눈을 몇 번 감았다 떴지만 금은 사라지지 않았다. 오래 쓴 휴대폰이라 다행이라 생각하기도 했다. 작동되는 것만으로도 다행이라 봐야 할까. 오히려 발목이 더 신경쓰였다.

객실에는 사람이 많지 않았다. 옆자리에 아무도 앉지 않았으면 좋겠다고 생각했다. 이렇게 자리가 비어 있으니 누가 옆에 앉으면 자리를 옮겨도 될까. 그런 고민이 무색하게 객차에 탄 사람은 한 손에 꼽을 정도로 적었다. 열차가 출발하려 했다. 저 멀리 안전 펜스 아래 거울과 같은 색의 고양이 한 마리가 앉아 있었다. 저 고양이도 이 겨울을 무사히 날 수 있으면 좋겠다고 생각했다.

잠시 잠이 든 것일까. 눈을 뜨자 검었다. 창밖으로 검음이 빠르게 뒤로 지나갔다. 음영도 없는 암흑 속에서 왜 그곳이 창문이고 검은색이 빠르게 지나가고 있다고 느꼈는지 모르겠다. 어디에 있는지 짐작하기 힘들었다. 앉아 있는 것은 맞을까. 어디선가 웅크리고 있는 것은 아닐까. 머리 위에서 반쯤 굳은 진액이 떨어졌다. 역에서 만졌던 벽과 촉감이 비슷했다. 피하고 싶었지만, 어딜 어떻게 딛고 몸을 움직여야 할지 알 수 없었다. 허공이 깔려 있었다. 나는 침대라는 뗏목을 그리워했다. 다른 허공을 디딜 용기가 부족했다. 조금만 잘못 움직여도 어둠 속으로 빨려들어가 끝없이 추락할 것 같았다. 아니 이미 추락하는 중일지도 모른다. 단지 빠르게 스치는 검음이 내 동공을 할퀴는 것을 견딜 수밖에 없었다. 용기를 내, 창으로 생각되는 곳을 향해 손을 뻗었다. 유리는 없었다. 균형을 잃었고 그 검음에 얼굴이 비쳤다. 할 수 있는 것은 본능적으로 눈을 감으려는 생각뿐이었다. 하지만 눈꺼풀은 어디에 있을까. 이미 누가 잘라간 것은 아닐까. 그때 거울의 발이 보였다. 온 힘을 다해 그 발을 잡았다. 그 순간 쇠가 갈리며 부서지는 소리가 났다. 요란한 소리는 아주 먼 곳에서 나는 것처럼 희미했다.

승무원이 내 어깨를 흔들고 있었다. 잠에서 화들짝 깨며 그를 올려봤다.

고양이를 이동장도 없이 타시면 어떻게 해요!

그는 화난 듯 나를 질책하고 있었다.

예? 고양이라뇨?

나는 영문을 모르겠다는 듯 대답했다.

본인 고양이 아니에요? 방금 여기 무릎에 앉아 있었는데.

무릎에 고양이 털이 붙어 있었다. 거울이 털과 색이 같았다. 그는 어리둥절한 내 표정을 보더니 한숨을 쉬었다.

본인 고양이 아니라는 거죠. 알겠어요. 나중에 딴소리하지 말아요.

그는 객실 바닥을 뒤지기 시작했다. 몸을 숙여 의자 밑을 봤지만 고양이는 보이지 않았다. 그는 어디론가 무전을 치며 객실에서 나갔다. 미안하다는 말은 하지 않았다. 적어도 나를 깨워준 것이 승무원은 아닌 것 같았다. 비틀거리며 일어났다. 균형을 잡기 힘들었다. 잊고 있던 발목이 시큰거렸다. 발목을 주물렀다. 좀 부은 것 같았다. 금이 간 건 아니겠지. 남은 기간 내내 괴롭힐 게 분명했다.

둘러보자 객차에는 아무도 없었다. 다들 어디서 내린 것일까. 다른 차량도 이런 것일까. 이렇게나 손님이 없는데, 운영된다는 것이 신기했다. 아직도 꿈에서 깨지 않은 것일지도 몰랐다. 객실 사이에 있는 세면대에서 세수했다. 거울 속의 얼굴이 너무나 낯설었다. 처음 보는 표정이었다. 이 여정을 후회하기 시작했다. 아니 처음부터 그랬다. 목적지도 확실하지 않은 무모함이었다. 아직 돌아가기에 늦지 않았다.

다시 객실에 들어설 때 터널에서 빠져나가며 햇살이 쏟아져 들어왔다. 터널 속이었다는 것을 의식하지 않은 것에 놀랐다. 하늘은 더이상 맑을 수 없다는 듯 높았다. 능선들이 위압적으로 펼쳐져 있었다. 마치 햇빛이 반사되어 은색으로 반짝이는 구름 위를 달리는 것 같았다. 환상적이었지만, 정작 그 이질적인 풍경에서 두려움을 느꼈다. 과연 나는 현실 속에 존재하는 것일까. 아니다, 단지 이 풍경을 처음 접하기 때문이라 생각했다.

기차는 홍전역에서 멈췄다. 앞선 열차의 문제로 인해 언제 운행 재개가 될지 모른다는 안내가 나온 것은 오랜 시간이 지난 뒤였다. 정작 어떻게 하라는 말은 없었다. 여기서 내려서 다른 차편을 알아봐야 하는 것인지, 그냥 타고 있어도 되는지도 알 수 없었다. 난방을 껐는지 점점 추워졌다. 승무원은 다니지 않았다. 승무원을 찾아봐야 할까. 양손으로 마른세수를 했다. 풀리는 게 없는 날이었다.

고작 세 시간 조금 넘게 기차를 타고 왔을 뿐인데 당장이라도 쓰러질 것처럼 피곤했다. 플랫폼에는 아무도 밟지 않은 눈이 쌓여 있었다. 발이 생각보다 깊게 쑥 들어가 놀랐다. 발목이 완전히 잠겨 빼기 힘들었다. 역에서 내린 사람은 나 혼자였다. 타는 사람도 보이지 않았다. 주위를 둘러봤다. 내가 탔던 객차는 세로로 커다란 금이 그어져 있었다. 마치 누군가 깔끔하게 잘랐다가 다시 용접해 붙여놓은 것 같은 자국이었다. 가서 살짝 건드리면 열차의 앞부분만 떠나고 뒷부분은 그대로 남을 것 같았다. 강풍이 불었다. 눈가루 때문에 바람의 모양이 선명했다. 열차가 조금 움직인 것처럼 보였다. 착각이었다. 균열은 사라지고 없었다. 눈이 그 틈을 매운 것일까.

멀리 떨어진 역사는 아주 작았다. 사고가 아니었다면 그냥 지나쳤을 역일까. 나는 역사를 향해 걷기 시작했다. 눈이 발목을 잡아 아주 느리게 움직였다. 오래전에 지은 건물이었다. 문을 열고 들어갔다. 타는 사람과 내리는 사람은 하나의 문을 사용하는 듯했다. 대합실 한가운데에는 드럼통을 잘라 만든 것처럼 생긴 거대한 난로가 있었다. 난로는 피운 적 없는 듯 차가웠다. 온기를 기대했던 나는 실망했다. 대합실에는 의자 하나 없었다. 아니 대합실이라 보기에도 힘들었다. 매표소도 없었다. 매표소가 없는 역이라니. 전화기를 꺼냈다. 믿을 수 있는 건 휴대폰뿐이었다. 통신망이 안 좋은지 지도가 뜨는 데 한참이나 걸렸다. 지금 있는 곳에서 그 병원까지 가는 교통수단은 검색되지 않았다. 누군가에게 물어보려 해도 역무원조차 보이지 않았다. 가까운 곳이니 분명 버스가 다닐 법했지만 난감했다. 액정 상단에 컬러풀한 불량섹터가 두세 줄 보였다. 아까까지는 없던 것이다. 흥전역은 폐역으로 검색되었다. 폐역이라도 이렇게 열차가 멈췄다면 관리하는 사람이 있다는 것 아닐까. 안내하는 사람은 아무도 찾아오지 않는 외로움에 돌아갔을지 모른다. 오늘 기차가 이곳에 선 것은 사고일 뿐이다. 여긴 서울에서 멀다고 하면 멀지만 가깝다고 볼 수도 있는 곳이었다. 하지만 나는 이곳에 내리자마자 생전 처음 느끼는 낯선 느낌을 받았다. 마치 오래전 누군가 찍어놓은 흑백사진 속 풍경의 인물이 된 것 같았다. 오래된 낯섦은 불편하고 어색했다. 이 풍경이 내가 어릴 때 겪었던 풍경이 아니기 때문일지도 몰랐다. 지금까지 겪은 적 없고 앞으로도 겪을 리 없다 생각했던, 어딘가에는 존재하는 현실들. 그 속에 나만이 총천연색의 컬러로 나중에 덧칠해 그려넣은 듯 어정쩡하게 서 있었다. 이곳에 있는 풍경도 나를 그렇게 느끼고 있다는 확신이 들었다. 나는 이리저리 서성거리고 있을 뿐이었다. 나는 확신했다. 주위에는 어떤 불길하고 검은 기운이 숨어 있었다. 만약 그걸 내가 아는 단어로 표현하자면 적의를 떠올릴 수 있을 것이다. 내가 상상할 수 없는 경계심. 나는 지금까지 그런 공기를 느껴본 적 없었다. 기차역의 무거운 공기를 이기지 못하고 밖으로 나왔다. 주머니를 뒤졌다. 집 앞 편의점에서 담배를 샀다고 생각했는데, 착각이었나보다. 심지어 라이터도 없었다. 담배를 산 것은 지금의 생이 아니었던 것일까. 역 주변에 버스 정거장은 없었다. 역사는 산 위에 덩그러니 있었고, 저 멀리 산비탈 아래로 민가가 보였다. 발이 욱신거렸다. 길도 없었다. 애초에 여기서 일했던 사람들은 어떻게 오간 것일까. 지도를 보며 가장 가까운 버스 정거장을 향해 무작정 걷기 시작했다.

터널이 나왔다. 터널을 통과해야 할지 고민했다. 점점 어두워지고 있었다. 역으로 되돌아가 119에 연락해야 할지 고민했다. 일단 터널에 들어가 신발의 눈을 털었다. 벽에는 사람들이 글씨를 새겨놓았다. 공사를 한 사람들이 새겨놓은 것일까. 오래전 돌로 새긴 것인지 대부분은 풍화되어 알아보기 힘들었다. '사람이 사는 곳엔 언제나 ○○이 있다', 그나마 알아볼 만한 글도 중요한 부분은 지워져 있었다. 절뚝거리며 계속 걸었다. 반대쪽 터널 끝에서 멈췄다. 해가 떨어지고 있었다. 어둠과 함께 철길이 끊어졌다. 더이상 길은 없었다. 지금까지 따라온 길도 엄밀히 사람이 걷는 길은 아니었다. 반대쪽 철길을 따라갔어야 하는 것일까. 휴대폰을 꺼내 지도를 확인했다. 불량섹터는 점점 아래로 내려와 손가락 굵기만큼 커져 있었다. 지도는 드문드문 뜨다 말았다. 전화기를 하늘로 들어 이리저리 움직였다. 뒤늦게 떠올랐다. 고사리라는 지명을 검색했다. 인터넷은 조금도 잡히지 않았다. 역으로 돌아가기 위해 몸을 돌렸다. 터널 반대쪽에 검은 그림자들이 일렁거렸다. 급히 방향을 돌린다. 어둠을 뚫고 산비탈을 내려가면 도로가 나올 것이다. 나무를 잡고 뒷걸음친다. 운동화 속으로 파고든 눈이 모래알처럼 발에 상처를 냈다. 나무와 나무 사이에 갇혔다. 추위 때문에 온몸이 계속 부들부들 떨렸다. 발목이 끊어질 것 같았다. 최대한 어디로든 움직이는 수밖에 없었다. 민가의 불빛도 보이지 않았다. 휴대폰을 떨어뜨렸다는 것을 알았다. 그림자는 계속 따라오고 있을까. 내가 모르는 편한 길로 내려가 아래에서 기다리고 있는 건 아닐까. 가까이 물 흐르는 소리가 들렸다. 어디선가 개울을 따라가면 민가를 찾을 수 있다는 지식을 떠올렸다. 헛된 희망이다. 그곳은 내가 닿을 수 없는 곳이다. 야생 동물들의 발자국이 보이지 않는 것은 그나마 다행일까. 눈 속에서 발이 걸린다. 나는 눈 속으로 거꾸로 가라앉는다. 머릿속에서 피가 흐르는 소리가 점점 커진다. 곧 머리가 터질지도 모른다.

之

어둠 속에서 헤매고 있었다. 웅크리고만 있지 않았다. 아무것도 없는 세계. 이곳이 어딘지 도무지 알 수 없는 오래전에 멸망했을지 모르는 세계. 객석에서 불 꺼진 무대 위에 있는 배우를 바라본다면, 아니 배우가 되어 바라보인다면 이런 기분일까. 눈 위를 걷고 있었다. 발이 떨어졌다가 한 걸음 앞에 닿을 때마다 하얀 점이 호수 위 파동처럼 퍼지다가 사라졌다. 희미한 빛은 내가 걸어갈 길까진 밝혀주지 못했다. 검은 세상은 호시탐탐 나를 삼킬 틈을 노리며 뒤꿈치에 닿을 듯 따라왔다. 나는 어둠을 빠져나가기 위해 온 힘을 다했다. 멈추지 않았다. 신발을 신고 있지 않은 것을 알았다. 신발의 무게가 빠졌기 때문에 그 위를 걸을 수 있었을까. 검은 눈이 발에 닿는 느낌은 편안했다. 의외였다. 물론 그것이 눈이라는 것도 단지 내 생각뿐일지 몰랐다. 끝없는 암흑, 바닥이 보이지 않는. 나는 망설이지 않았다. 눈이 차오른다. 발목 위로, 무릎 위로, 허리 위로, 어느덧 눈 속을 헤치며 걷고 있었다. 눈은 수면이 높아지듯 가슴 높이까지 올라왔다. 점점 힘이 빠졌다. 멀리서 누가 나를 부르는 것 같았다. 나는 대답할 수 없었다. 아무런 감각이 없었다. 단지 쉬고 싶다는 생각이 강해졌다. 그냥 그 속에서 잠들고 싶었다. 눈은 생각보다 따뜻했다. 손이 나타났다. 작은 녹색 안광 두 개가 나를 보고 있었다.

之

다행이네, 다행이야. 깼어!

눈을 뜨자 병원이었다. 옆자리 아주머니가 호들갑을 떨면서 간호사를 부르는 소리가 머릿속을 울렸다.

이틀이나 의식이 없었어. 큰일날 뻔했어.

따뜻했다. 아주머니는 가족이라도 되는 것처럼 내 손을 꼭 잡고 있었다.

그런데 어떻게 거길 헤매고 있었어. 터널 뚫리고 그쪽으로는 이제 열차도 안 지나는데, 근처에 사는 사람이 어떻게 개천에 사람이 떨어진 걸 발견해서 신고했다더라. 거기 집도 하나뿐인데, 그 사람 아니었으면 어쩔 뻔했어. 천만다행이야.

나는 아주머니를 봤다. 눈물이 났다. 온기 때문일까.

미안, 미안, 일단 좀 쉬어.

나는 계속 아니라고만 말하며 눈물을 흘렸다.

하룻밤에 지나지 않은 것은 다행이었다. 휴대폰뿐만 아니라 지갑도 없었다. 손목에 거울의 목걸이만이 끊어지지 않고 위태하게 걸려 있었다. 신원미상이라 큰 병원으로 옮기지 못한 것일까. 이곳은 근처 항구도시의 병원이었다. 정신을 차려 수납 문제가 해결되었으니 병원에서도 안심한 것일까. 조금 더 있기를 권했지만, 고양이 때문에 빨리 올라가야 한다고 대답했다. 달리 부탁할 사람도 없었고 마음이 급했다. 의사는 어쩔 수 없다는 듯이 동상이 생길 수도 있으니 꼭 큰 병원에 가보라고 말했다. 외우고 있는 번호는 두 개였다. 첫번째는 의식적으로 외우고 있던 그의 휴대폰번호였다. 하지만 그 번호로는 전화를 걸지 않았다. 두번째는 본가 유선전화 번호였다. 지난 추석 이후 연락하지 않았다. 여기서 조난된 것에 대해 뭐라 변명해야 할까. 하지만 돈도, 신분증도, 전화기도 없는 나는 어떻게 할 수 없었다.

버스 창밖으로 저 멀리 산중턱에 구름이 걸린 능선이 보였다. 하늘은 맑았다. 그래서 더 불길하게 느껴졌다. 아마도 이곳으로 다시 돌아오는 일은 없을 것이다. 커튼으로 창문을 가리고 의자에 몸을 묻었다. 버스에서 오랜만에 숙면했다. 눈을 감았다 뜨니 서울이었다. 마치 죽음의 손길에서 벗어난 것처럼 악몽이 사라졌다는 확신이 들었다. 2호선은 여전히 사람이 많았다. 일거리를 거절했던 곳들에 다시 연락해야겠다고 결심했다. 물론 나를 다시 받아줄지는 그들의 선택에 달렸을 것이다. 사람이 사는 곳에는 무엇이 있을까. 집에 돌아오기까지 아주 오랜 시간이 흐른 것 같았다.

거울은 집에 없었다. 창문은 열려 있지 않았다. 온 동네를 찾았지만 보이지 않았다. 언제 나갔는지도 알 수 없었다. 거울의 주인을 찾기 위해 그의 동네에 전단지를 붙일 때 만들었던 파일을 수정했다. 고양이를 찾습니다. 사례합니다. 특징을 적을 수는 없었다. 풀색 목걸이는 내 손목에 걸려 있다. 그의 동네에 전단을 회수하러 갔다. 이미 그 자리에는 다른 전단이 붙어 있었다. 이번에는 그의 집에 들르지 않았다. 가끔 꿈을 꿨는데, 산골짜기를 흐르는 하천에 한 남자가 앉아 있었다. 멀리서 고양이 한 마리가 그 남자를 보고 있었다.

고양이를 찾는다는 연락도, 고양이를 찾았다는 연락도 오지 않았다. 그리고 얼마간의 시간이 지나 회색 고양이를 분양받았다. 이름은 거울이라 지었다.

來

    겨울은 지나갔고 봄이 왔다. 그녀가 입원했던 병실의 텔레비전에서는 지역뉴스가 나오고 있었다. 고사리의 산중턱에서 눈 속에 파묻혀 있던 남자의 시체가 발견되었다. 신원조회 결과 남자는 어머니 묘에 다녀오다 조난당한 것으로 추측되었다. 묘지는 이미 무연고 묘로 분류되어 유족 동의 없이 봉안시설로 옮겨진 후였다. 그 남자의 이름이 뉴스에 나왔지만 아무도 신경쓰지 않았다. 어차피 남자의 이름을 아는 사람은 없었다.

검은 얼음 속에서

아버님이 실종되셨어요.

수화기 너머 간호사의 목소리는 건조하다. 실종이라는 단어가 낯설었지만, 그녀의 사무적인 말투는 아버지가 실종되는 것은 흔하디흔한 일이라는 듯 느껴지게 만든다. 탁상달력으로 눈길을 돌린다. 빽빽한 일정들, 검게 취소하고 다시 쓰인 메모들. 한숨이 나온다. 간호사는 한숨에 대답하진 않았다.

제가 지금 일하는 중이라서요.

침묵은 이어진다.

길게 통화가 어려우니 나중에 다시 통화할 수 있을까요?

간호사는 뭐라 대답해야 할지 말을 고르는 듯했다. 무엇이라도 책임질 말은 피해야 하기 때문일까.

입원 후 아무도 찾아온 기록이 없으시더라고요. 한 번이라도 오시는 것이 좋지 않을까요.

다시 한숨이 나온다. 오지랖이다. 최근 신파 가족드라마라도 본 것일까. 이미 실종되었는데, 간다고 의미가 있을까. 일정을 조정해보겠다고, 사무적인 말투로 대답하려 노력한다. 병원 마음대로 버릴 수 없는 물건들이 있는 것일지도 모른다. 어찌되었든 보호자는 나로 되어 있을 것이다.

전화를 끊고 자리에서 일어난다. 건물 밖으로 나오자 소나기가 내렸는지 바닥이 흠뻑 젖어 있었다. 편의점을 향한다. 카운터에서 멀찍이 떨어져 담배 상표를 하나씩 살폈다. 오래전 태우던 담배를 찾진 못한다. 절반은 모르는 상표다. 현금인출기에서 만 원을 뽑는다. 담배를 끊기 전까지 피웠던 담배의 이름을 말한다. 처음 보는 담배를 건네준다. 너무나 자연스러워 달리 질문하진 않는다. 남은 동전으로는 라이터를 하나 집었다. 굳이 현금을 뽑은 것은 지금의 행동을 숨기고 싶었기 때문일지도 몰랐다. 흡연실로 가면 아는 얼굴을 마주칠까 옆 건물 뒤편에 숨겨진 흡연부스로 향했다.

비 냄새와 섞인 녹내 나는 뿌연 연기가 가득 차 있다. 두세 명씩 무리를 지어 피곤한 얼굴로 자신의 피부색같이 진한 연기를 뱉는다. 공장에 늘어선 굴뚝같다. 환풍기는 성능이 시원찮은지 아무것도 빨아들이지 못한다. 빠져나갈 길을 잃은 연기는 습기와 섞여 옷에 들러붙는다. 담배에 불을 붙인다. 연기를 가득 삼킨 폐에서 바람소리가 울린다. 울림은 기도를 타고 올라와 머릿속을 가득 채운다. 아니, 그 반대일지도 모른다. 폐에 바람이 가득 찬다. 무릎이 풀려 벽을 짚는다. 눈앞이 캄캄해진다. 바람을 구석의 쓰레기통에 토해낸다. 요란한 헛구역질 끝에 누런 위액을 가래처럼 뱉어낸다. 입이 쓰다. 바람을 토해낸 것은 아니다. 담배는 혼자 타들어간다. 재떨이에 담배를 끌 때, 부스로 들어오는 옆 부서 사람과 엇갈린다. 그는 몇 년 전에 담배를 끊었다고 자랑했었다. 눈동자로도 서로 인사하지 않았다. 우리는 이곳에서 나가 서로를 잊을 것이다. 그나마 꼴사나운 모습을 보지 못한 것이 다행일까. 흡연실을 나선다. 목에 구멍을 뚫어 바람이 나갈 길을 만들어주고 싶다.

토요일 저녁, 고향으로 향한다. 해가 지진 않았지만 하늘에는 이미 보름달이 떠 있다. 정선에 들어서자 4월 중순임에도 듬성듬성 산기슭마다 눈이 쌓여 있다. 눈들은 미련을 버리지 못하고 조금이라도 머무르려 애쓰는 듯 보인다. 해발고도 안내판의 숫자가 커질수록 풍경은 봄에서 겨울로 변해간다. 산의 해는 금방 떨어진다. 그 자리를 만월이 대신한다. 어둠과 밝음이 비현실적으로 섞인다. 달빛은 흩날리는 눈에 반사되어 강물처럼 도로를 타고 흐른다. 물결치는 눈가루는 바람결의 무늬를 선명하게 드러낸다. 춤추는 달빛은 헤드라이트에 부딪혀 파도처럼 부서진다.

사고주의. 차들은 종종 도로를 벗어나 하늘을 날았다.

산간도로는 산을 휘감은 거대한 이무기 같다. 중턱에 걸린 구름을 타고 구불구불 쉬지 않고 움직인다. 이무기의 등에서 떨어지지 않기 위해 정신을 바짝 차려야 한다. 너무 오랜만이라 생각하지 못했다. 스노타이어가 필요하다는 것을. 저 멀리 가드레일 너머 어머니가 서 있다. 그녀는 앞으로 손을 뻗고 무엇인가를 말한다. 달빛과 헤드라이트, 사방에서 스포트라이트를 비추는 무대 위 가수 같다. 하지만 어머니가 노래를 부르는 것은 단 한 번도 들은 적 없다. 굳이 분류하자면 어머니는 노래를 부르지 않는 사람이었다. 나도 어머니를 닮았다. 반사적으로 손을 들어 흔든다. 거리가 가까워지는 그 순간 전화벨소리가 울린다. 주머니를 뒤진다. 전화기는 바가지 속 미꾸라지처럼 잡히지 않고 미끄러지며 도망친다. 손에 잡으려는 순간, 새끼를 이끄는 어미 고라니가 튀어나와 보도를 가로지른다.

시간이 느려지는 것만 같았다.

이미 오래전에, 그런 그림 같은 세상, 덕에 나는 당황하지 않았다. 브레이크 페달을 밟으며, 사이드브레이크를 당기기위해, 주머니에서 손을 뺐다. 전화기는 손과 함께, 주머니에서 빠져나오며 어디론가, 날아갔다. 타이어의 회전은 멈추었지만, 차는 멈추지 않았다. 눈을 타고 앞으로, 밀려간다. 요란한 소리는 마치 머릿속에서만, 울리는 듯 어디서 나는, 소리인지 알 수가 없다. 마치 나중에 삽입한, 효과음 같다.

그 순간, 시간은, 완전히, 정지했다.

고라니들은 가던 길을 멈추고 천천히 시선을 돌린다. 눈이 마주친다. 반사된 안광은 박제된 동물의 의안처럼 보인다. 둔탁한 소리와 함께 한 마리가 뒤로 튕겨나간다. 고라니는 아주 잠시 날아간다. 그 덕에 차는 정지한다. 뒤늦게 경직이 풀린 다른 녀석들은 도로를 가로질러 나무들 사이로 숨는다.

핸들을 움켜지고 심호흡을 한다.

차에서 내린다. 타이어가 경계석에 닿아 있다. 가드레일 너머에는 깊은 어둠만이 있을 뿐. 바닥이 보이지 않는다. 허공을 가르고 있는 불빛에 비친 눈가루만이 폭포처럼 아주 천천히 추락하고 있었다.

그곳에 어머니는 없었다.

쪼그려앉아 도로에 손을 댄다. 검은 도로는 하얗게 얼어 있었다. 가드레일 너머 그리운 사람이 보이는 것은 유혹일까 경고일까. 알 수 없는 일이다. 차와 함께 절벽 아래로 떨어지는 상상을 한다. 아무리 떨어져도 바닥에 닿을 수 없다면, 그것을 비행이라고 불러도 될까.

다행히 헤드라이트는 깨지지 않았다. 끈적끈적한 무언가가 묻어 있었다. 그것은 검은색이거나 붉은색이거나 또는 내가 지금껏 본 적 없는 어떤 색일 것이다. 멈췄던 바람이 불자 눈가루가 도로를 타고 흐른다. 바람에서 비린내가 난다. 비린내는 눈바람과 섞여 절벽 아래로 떨어진다. 눈을 한 움큼 집어 헤드라이트를 닦지만, 차에 들러붙은 그것은 전혀 닦이지 않는다. 눈뭉치는 손에서 녹으며 사라진다. 시린 손을 바지에 문지르다 주머니에 집어넣는다.

다시 심호흡을 한다.

차 뒤편으로 발걸음을 옮긴다. 얼어 있는 시간 속에서, 녀석은 불행하게도 즉사하지 못했다. 뜨겁고 진한 입김을 토하고 있다. 너무나 하얀 숨은 눈가루에 부딪쳐도 쉽게 사라지지 않는다. 거기에는 마치 마지막 생명력이 담긴 듯하다. 녀석의 머리 쪽으로 다가간다. 커다란 눈동자가 내 움직임을 따라 천천히 움직인다. 눈동자에 새겨진 달빛은 움직이지 않는다. 녀석의 입에 손을 가져간다. 녀석은 귀를 움찔거리며 더욱 격하게 숨을 내쉰다. 열기가 손을 감싼다. 지금까지 느껴본 그 무엇보다 뜨거운, 이 숨을 잊을 수 있을까. 두려움으로 가득한 눈동자를 애써 외면한다. 고동치는 목을 쓰다듬으며 사과하고 싶지만 목소리는 나오지 않는다. 굵은 핏줄이 터질 듯 요란하게 꿈틀거린다. 심장이 뇌에게 아직 살아 있다는 주장을 하는 것일까. 주위를 둘러본다. 다른 고라니들은 보이지 않는다.

차로 돌아와 운전석에 앉는다. 어딘가에 떨어졌을 전화기를 찾는다. 전화기에는 아무것도 찍혀 있지 않았다. 잘못 울린 알람이었을까.

아내인 송에게 전화를 건다. 아내는 전화를 받지 않는다.

운전석에서 고라니는 보이지 않는다. 창문을 내리자 바람에 날리는 눈이 안으로 들이닥치며 얼굴을 할퀸다. 눈동자가 시리다. 창으로 머리를 내밀어 고라니의 위치를 확인한다. 시동을 걸자 자동차는 멈췄던 심장이 다시 뛰듯 열기를 회복한다. 후진기어를 넣고 액셀을 천천히 밟는다. 차는 가드레일 쪽으로 조금 밀리다가 굉음을 내며 뒤로 움직인다.

녀석은 머리가 아닌 어딘가가 뒷바퀴에 깔렸을 것이다. 옆으로 쓰러진 자세 그대로 미친 듯이 다리를 버둥거리며 몸뚱어리를 뒤로 민다. 녀석의 몸뚱이가 지나간 자리는 무거운 온기로 눈 위에 깊은 흉터를 남긴다. 녀석은 비명을 질렀을까. 질렀다고 해도 눈은 소리를 흡수하니 아무도 비명을 들을 수 없다. 녀석을 즉사시켜줘야 한다는 강박이 머릿속을 가득 채운다. 어떻게든 숨을 끊어줘야 하지 않을까. 차에서 내려 트렁크를 연다. 아버지 차에는 항상 실려 있던 연장들이 나에게 있을 리 만무하다. 망치와 정으로 정수리를 때리면 된다고 하지만 망치도 정도 없었다. 어느 순간 눈은 폭설로 변하고 있었다. 멍키스패너라도 있으면 정수리를 내리칠 수 있을까. 녀석의 머리를 내리치는 상상을 해본다. 하지만 도축을 해보지 않은 내 솜씨로는 고통만 더하는 것은 아닐까. 오른손을 살짝 쥐고 마치 커다란 스패너가 손에 쥐어져 있는 것처럼 손목을 까딱거린다. 조금 마음이 놓인다. 과거의 한 장면이 떠오른다. 입가에 나도 모르는 미소가 둘러진다. 두리번거리며 커다란 돌을 찾는다. 머리를 한 방에 박살내기 알맞은 돌은 쉽사리 눈에 띄지 않는다. 호박석들은 모두 무덤 아래서 겨울잠을 자고 있는 것일까. 쓰러진 고라니의 움직임은 다시 둔해졌다. 아무 소리도 내지 않는다. 내뿜는 숨은 이제 너무나 가늘다. 흩날리는 눈가루가 녀석을 덮어간다. 녀석에게 다가간다. 고라니가 어떻게 우는지 떠올려본다. 달빛을 반사하고 있는, 눈에 스민 공포가 전염될 것만 같다. 그 눈에서 멈춰버린 달빛을 도려내고 싶은 욕구를 참는다. 소리 없이 무엇인가가 다리에 다가와 비빈다. 익숙한 느낌, 놀라진 않았다. 턱시도 무늬의 고양이가 하늘색 담요를 물고 있었다. 조수석에 있던 아내의 것이다. 그냥 둬도 녀석은 오래 살지 못할 것이다. 보이지 않는다면, 아무것도 볼 수 없는 어둠이라도 도움이 될까. 머리라도 따뜻하길 바랐다. 담요를 펼쳐, 던지듯 머리를 덮는다. 눈은 발소리를 삼킨다. 발자국 역시 바람에 쓸려 사라진다. 담요로 머리를 꼼꼼히 감싼다. 앞다리를 잡고 도로 가장자리로 끌어낸다. 시체처럼 무겁다. 차로 돌아온다. 고양이는 나보다 먼저 차에 올라 조수석에 자리잡는다. 고양이는 어디에든 갈 수 있다. 나는 아주 천천히 액셀을 밟는다. 고양이는 눈을 감고 자는 척한다. 쉬어둘 필요가 있는 것일까. 나는 뒤늦게 고양이에게 인사한다.

오랜만이야. 에코.

눈이 내리면 누군가가 죽었다.

마을은 검은 얼음이 지배했다. 우리는 쉽게 고립되었다. 외지인들은 마을로 들어오지 못했다. 공포에 익숙해진 사람들은 타이어에 못을 박았다. 아니다, 살아가기 위해서였다. 익숙해질 수 있는 것은 이미 공포가 아니다. 검은 얼음으로 만들어진 도로에 못자국이 났다. 하지만 얼음은 더욱 거칠고 단단하게 다져졌다. 못이 망가지자 사람들은 더욱 큰 못을 박았다.

어머니는 그 동네에서 운전한 첫번째 여성이었다. 여자가 운전하는 차를 보면 재수가 없다고 수군거렸지만 노조위원장이던 아버지의 눈치를 보는지라 면전에서 대거리하는 사람은 없었다. 뒤에서 욕하는 것이 아버지에게 들리면 아버지는 곡괭이를 들고 점잖게 그 집 문을 두드렸다. 아버지는 회사 차를 개인 차처럼 사용했다. 어머니는 항상 취해 있는 아버지를 퇴근시키는 기사이기도 했다. 하지만 출근 때는 직접 운전했다. 아침에는 출근하는 광부를 여자가 앞지르는 것이 금기였기 때문이었다.

언제인가 나를 태우고 외가에 다녀오던 날 어머니가 말했다.

산간도로에서 절벽으로 떨어지는 사고가 나는 건, 그 너머에서 그리운 사람이 손짓하기 때문이래. 그렇게 애타게 손짓하는데 그 사람을 외면하고 지나칠 수 없는 거지.

그날 왜 그런 말을 했는지 지금도 알 수 없지만, 상상으로 머리에 떠오른 장면은 오랫동안 기억에 남았다.

세상이 눈에 뒤덮이면 사람들 사이의 소통은 단절됐다. 모두 문을 꼭꼭 닫았다. 버스는 다니지 못했다. 학교는 휴교했다. 가게는 문을 열지 않았다. 하지만 우리는 거리를 헤맸다. 마치 잿빛 비석처럼 늘어선 사택촌. 집에 들어가고 싶지는 않았다. 남쪽으로 흘러 낙동강이 되어 바다에 도착한다는 연못에 앉아 돌을 던졌다. 연못 바닥은 보이지 않았다. 돌은 검은 못 깊은 곳으로 가라앉으며 사라졌다. 땅속에서 지하수가 끝없이 솟아오르기 때문일까. 연못은 아무리 추워도 얼지 않았다. 거기서 흐르는 물을 보고 있으면 우리도 언젠가는 따뜻한 남쪽 도시로 떠날 수 있을 것처럼 생각되었다.

그날도 당연하다는 듯 눈이 내렸다. 눈은 어제도 내렸고, 내일도 내릴 것이다. 그리고 그다음날도 말이다. 다만 어머니는 영원히 집으로 돌아오지 못했다. 눈이 그친 며칠 뒤에야 친절한 누군가가 절벽 아래 추락한 차를 발견하고 119에 신고해주었다. 어머니가 떨어진 절벽 주변의 도로는 마치 뱀이 똬리를 튼 것처럼 휘어 있었다. 그 길은 외가로 가는 길이었다. 어머니는 왜 그 길을 지나고 있었을까. 어렸던 나에게 말해준 사람은 없었다. 그 누구에게도 묻지 못했다.

추운 겨울, 차에 갇혀 떨고 있는 어머니의 꿈을 꾸기 시작했다. 차라리 어머니가 사고의 순간 즉사한 것이라면 좋겠다고 생각했다. 그때 길의 저편에서 어머니를 부른 것은 누구였을까. 알 수 없는 일이다. 어머니가 집으로 돌아오지 못하게 된 후, 아버지는 이유 없이 나를 때렸다. 하지만 나도 알고 있었다. 그가 나를 미워하는 것은 아니라는 것을. 그것은 오히려 그에게는 사랑의 표현일 것이다. 사랑할 대상이 필요했을 뿐이다. 단지 그뿐이었다. 옆집과 그 옆집에 있는 여느 평범한 아버지들의 행동과 다름없었다.

한때는 길에서 돌아다니는 똥개들도 만 원짜리 지폐를 물고 다닌다는 말이 있었다. 전국에서 검은 황금을 찾아 뜨내기들이 몰려들었다. 그 땅은 황금의 땅이라 불렸다. 살 곳이 부족해 거무내미 건너 산중턱마다 허름한 사택을 지었다. 검은 물이 흐르는 거무내미는 금천(金川)인지 금천(黔川)인지 모호했지만 우리에게는 금천(禁川)에 가까웠다. 나무로 만든 엉성하고 앙상한 흔들다리만이 마을의 유일한 출입구였다. 눈이 내릴 때마다 다리는 무너졌고 초등학교에 들어가지 않은 어린아이들은 종종 다리를 타고 멀리 사라졌다. 하지만 아무도 신경쓰지 않았다. 적탄장에서 불어온 바람 때문에 타지에서 이사온 아이들의 하얀 얼굴은 며칠 만에 검게 물들었다.

자식들 학비는 석공에서 전액 지급되었다. 모두 자식들 교육만 끝나면 이곳을 떠나 따뜻한 남쪽에 있는 고향으로 돌아갈 것이라 호언장담했다. 하지만 그들은 모르고 있었다. 고향에 돌아가더라도 폐에 깊숙이 파고든 검은 가루는 사라지지 않을 것이다. 계속 숨쉴 수 있기를 바라며 검은 가루를 잊을 수 있길 빌어야 할 것이다. 앞으로 찾아올지 찾아오지 않을지 알 수 없는 미래보다, 갱벽 틈으로 새어드는 바람소리를 더 두려워했다. 머릿속에는 항상 휘파람소리가 울렸다. 잊기 위해 술을 마셨고 더러운 골목에 토했다. 개들은 취객의 주위에 몰려들어 꼬리를 흔들며 토사물을 먹어치웠다. 개들은 색을 구분하지 못했지만 있어야 할 것과 아닌 것을 구분할 줄 알았다. 광부들은 개들에게 잘 보이기 위해 더욱 힘차게 구토했다. 하지만 식도로 위장을 드러낸다고 해도 바람소리는 멈추지 않을 것이다. 당연하게도 그들은 식도와 기도를 구분하지 못했다. 그것을 구분할 수 있었다면 월급봉투는 집으로 도착하기 전 텅 빈 껍데기만 남지는 않았을 것이다.

새벽 4시가 넘어서야 시내에 진입했다. 다행히도 제설작업이 어느 정도 이루어져 있었다. 도로가로 밀려 쌓여 있는 잿빛 눈들이 단단하게 얼었다. 해가 뜨면 표면이 녹으며 흙탕물이 흐르기 시작할 것이다.

병원은 업무를 시작한 뒤 찾아가는 것이 나을 것이다. 잠시 눈을 붙일 숙소를 찾기 위해 옛날에 여관골목이라 불리던 역전골목을 향한다. 그 골목 끝에는 여전히 따뜻한 남쪽을 향해 흐르는 연못이 있었다. 연못은 옛날과 달리 밝고 깔끔하다. 지나치게 밝은 조명 때문에 더이상 갈 곳 없는 아이들이 몰려들 것 같지 않았다.

어머니가 사라진 날이었다. 우리는 인접 관광대학에 다니는 대학생들의 길을 막았다. 대학생들은 어쩔 수 없이 지갑을 열었다. 그렇게 받은 통행비를 가지고 야시장으로 향했다. 1년에 한 번 찾아와 1주일을 머물렀던가. 예상보다 길어진 대설주의보로 야시장은 한적했다. 상인들은 눈이 장사를 망치고 있다고 욕지거리를 뱉었다. 봄은 오랫동안 오지 않았다. 우리는 계란지단과 김가루만 고명으로 올라간 잔치국수로 몸을 녹였다. 일행 중 하나가 국수를 물고 손을 흔들었다. 일행과 같은 교회에 다니는 여자애와 친구들이었다. 우리는 소주와 과자를 사서 연못으로 이동했다. 어두운 공원에는 눈의 무게를 간신히 견디고 있는 벤치들이 공원이라는 구색을 겨우 맞추고 있었다. 소주를 마시자 몸이 따뜻해졌다. 시간은 자정을 향하고 있었다. 슬슬 돌아가야 할 시간이었다. 더 늦으면 길에서 얼어죽을 수도 있었다. 집과 방향이 같은 여자애 하나와 같이 길을 걷는다.

난 여길 떠날 거야.

여자아이는 묻지도 않은 말을 한다.

어디로?

궁금하지도 않은 것을 묻는다.

글쎄 어디든, 여기만 아니면 어디라도 좋을 것 같아.

그 아이의 이름도 얼굴도 기억나지 않는다. 그 시간에 어머니는 이미 추락한 뒤였을까.

　오후가 되어서야 깨어났다. 여관은 깨끗했지만 낡았다. 문과 창틀은 오래된 합판으로 변색되어 있었다. 광산이 사라지며 유흥가와 숙박업도 시들었다. 모텔이라고 고쳐놓은 여관의 이름이 방을 더욱 남루해 보이게 만들었다. 여관 주인 할머니는 스키장과 골프장이 생기는 것을 적극적으로 찬성했다. 간판을 새로 달고 외관을 청소했다. 하지만 달방으로 머물던 건설 인부들이 떠나자 다시 손님이 사라졌다. 평생 한 번도 여행을 가보지 못한 할머니는 스키장과 골프장의 손님들이 저렴한 자신의 여관에 머물지 않는 것을 이해하지 못했다.

　중앙병원은 시내와 떨어진 이웃 동네에 있었다. 어젯밤 차에서 내리자마자 어디론가 사라진 에코를 기다리며, 아내인 송에게 전화를 건다. 아내는 여전히 전화를 받지 않는다. 병원에 미리 연락해둘까 생각했지만, 생각만 했다. 생각만으로도 스트레스가 심해졌다. 주머니에서 담배를 찾았다. 담배 한 대만큼의 시간만 에코를 기다릴 것이다. 하지만 에코는 돌아오지 않았다. 고양이는 어디에든 갈 수 있으니 걱정하지 않아도 될 것이다.

　병원 주차장에 차를 세우고 병원으로 들어갔다. 안내데스크에서 이전에 전화받은 내용을 이야기한다. 이상한 눈으로 쳐다본다. 말은 점점 더 횡설수설한다. 전화를 받았을 때, 연락준 간호사의 이름을 묻지 않았던 것을 후회한다. 안내원은 진폐병동의 위치를 알려주며 거기에 가서 물어보는 것이 빠를 것이라 대답한다. 대신 전화해줄 생각은 없는 듯하다. 하지만 그가 옳을지도 모른다. 전화해서 뭐라 할 것인가. 아버지가 실종되었다고 말할까.

엘리베이터를 기다린다. 나는 몇 번이나, 잘못된 층에서 내린다. 반복해서 사람들에게 길을 묻는다. 나는 진폐병동에 내리지 못한다. 마치, 그 층은 존재하지 않는 것만 같다. 몇 번이나 같은 자리를 헤매다가 한 간호사에게 안내를 부탁한다. 그녀는 사무적인 태도로 승강기를 타라고 말한다. 어떤 지점에서는 친절한 말투로 들린다. 주위는 어둡다. 시야는 좁아진다. 마른세수를 한다. 손이 축축하게 젖는다. 그녀를 놓칠까 두려워 손을 뻗어 옷깃을 잡고만 싶다. 그녀는 바쁜 듯 사라졌다. 승강기는 영원히 떨어진다. 나는 간신히 서 있을 수 있다. 고양이가 다리에 몸을 슥 문지르는 느낌이 든다. 승강기 문은 열려 있다. 나는 발을 내딛는다. 도착한 층 전부가 진폐병동이다. 돌아보지만 고양이는 없었다. 복도에 있는 환자들은 모두 목에 호스를 끼우고 있다. 그들의 얼굴은 모두 비슷해, 그들 사이에 아버지가 있다고 해도 찾아내지 못할 것 같았다. 목에 꽂힌 호스에서 쉭쉭 바람소리가 새어나왔다. 그 호스가 없다면 아마도 바람소리는 머리로 올라갈지도 모른다. 간신히 진폐병동 데스크에 도착했다. 병원 입구의 안내데스크에서 했던 말을 반복한다. 기다림의 연속이다. 잠시 뒤 나이든 간호사 한 명이 인사를 하며 다가온다. 그녀는 아버지의 병실로 안내한다. 나는 안도한다. 누군가 앞서 걸어주지 않으면 이 미로 속에서 다시금 길을 잃을 것만 같다. 창밖은 어느덧 어둑하다. 아버지는 최근 병세가 악화되어 독방을 사용하고 있었다고 말한다. 아버지에게 나오는 보상금으로 독방을 사용할 정도의 여유가 있었던 것일까. 한 번도 아버지의 병원비에 대해 관심을 가졌던 적은 없었다. 침대 위에는 환자복 하나가 반듯하게 개어져 있었다. 청소하는 사람이 정리해놓은 것일까. 아버지도 옷을 개어본 적 있을까. 아버지의 다른 개인 물건은 없었다. 냉장고에는 생수 몇 병만 들어 있었다. 혹시 나를 부른 것은 병원비 때문일까.

양복 한 벌과 구두가 하나 있었어요.

간호사는 아버지가 거동이 불가능한 상태였다는 것을 강조하고 싶어 한다.

넥타이도 있었나요?

양복이라니, 사실은 경찰에 실종신고를 했냐고 묻고 싶었다.

거기까지는 잘 모르겠네요.

남자는 아버지가 넥타이를 맨 것을 한 번도 보지 못했다. 아버지는 과연 넥타이를 맬 줄 알까. 알 수 없는 일이었다. 아버지에 대해 알고 있는 것은 무엇일까.

간호사를 따라 병실을 나왔다. 그래서 무엇을 할 수 있을까. 무엇을 해야 할까. 승강기를 기다린다.

야, 오랜만이다.

복도에서 한 남자가 다가오며 말을 건다. 그 남자의 얼굴은 익숙하기도 했지만 누구인지 쉽게 떠오르지 않았다.

나 모르겠어? 나야. 전구. 우리 같은 동네 살았잖아.

그의 이름은 낯설다. 낯설지만 나는 집 하나를 떠올렸다. 흔들다리 바로 옆에, 습지처럼 꺼질 것만 같은 곳에 있던 널빤지로 엮은 집을. 비가 오면 떠내려갈 것만 같은. 항상 같이 놀면서도 한 번도 들어가보지 못한 집. 외삼촌이라 불리는 사람이 동네 사람들 돈을 빌리고 떠나 돌아오지 않았다던 그 집. 세 발자국 걷기도 전에 엎드려 사과하느라 허리가 굽어버린 늙은 할머니와 단둘이 살던 그 집. 마치 늪 위에 위태롭게 떠 있던 집. 어느 날 갑자기 오즈로 쓸려갔다고 해도 의문을 품지 않았을 집.

그런데 여긴 무슨 일이야? 나? 난 여기 엑스레이 보조기사로 일해. 아니 이렇게 아니라 커피 한잔하자.

아버지 이야기는 하지 않는다. 그는 나를 잡아끌고 나간다. 말을 멈추지 않는다.

커피보다, 담배는 어디 가서 피워야 하나?

내 질문에 그는 잠시 멈춰 나를 보고 말했다.

아직도 담배를 피우는 사람이 있냐? 하여간 샌님들 늦게 배운 도둑질이 오래 간다더니 좀 끊어라. 병원에서 뭔 담배여.

자판기 커피를 뽑아주고 휴게실에 앉아 남자는 혼자 떠든다. 기억도 나지 않는 옛 추억들을 이야기한다. 친구들 네댓 명이 함께 야영을 갔다가 폭우를 만나서 밤에 텐트째 휩쓸려 갈 뻔 했던 이야기. 경포해변에 가서 헌팅하다가 지역 깡패들과 시비가 붙었던 이야기. 오토바이를 훔쳐 타다가 도랑에 떨어져 머리에 피가 철철 나는데도 서로 손가락질하여 폭소했던 그런 이야기들이었다. 그가 하는 이야기들은 모두 낯설었다. 그가 다른 사람과 나를 착각하고 있는 것은 아닌가, 의심이 들었다. 하지만 그의 말이 사실이라면 나는 아마도 그와 무척 친한 사이였을 것이다. 그의 이야기들은 모두 여름이 배경이었다. 우리는 여름 이외에는 무엇을 했을까.

그러고 보니 지혜 소식 들었어? 얼마 전에 결혼했다더라.

어떤 지혜긴. 고등학교 때 너 지혜랑 사귀었잖아.

이제 와서 뭘 부정하고 그래. 지혜 정도면 너한테 과분하지. 왜 지혜랑 사귄 게 창피해?

그는 내 말을 듣지 않는다. 지혜라는 흔한 이름의 여자가 누구를 칭하는지 생각해본다. 대학에 가기 전 연애를 한 기억은 없다. 중고등학교를 모두 남학교를 나왔기 때문은 아닐 것이다. 그의 말에 의하면 우리는 모두 같은 국민학교를 나왔고, 지혜는 6학년 때 전학 왔다. 이곳 아이들과 다르게 하얀 피부를 유지했지만 그 비결은 알지 못했다. 그녀는 남녀공학 중학교로 배치받았다. 고등학교 친구 중 남녀공학에서 올라온 아이들은 인기 있는 몇몇의 여자아이들의 중학교 졸업사진을 오려 지갑에 가지고 다녔는데. 누군가의 지갑에서 지혜라는 아이의 사진을 보았던 것이 기억났다. 하지만 사진 속의 얼굴은 전혀 떠오르지 않았다.

너 그러면 안 돼. 고등학교 때 지혜가 너한테 얼마나 잘했냐. 솔직히 지혜가 아깝지. 니가 그러고 인간이냐.

결국 그의 주장대로 이야기해본 적 없는 그 아이와 사귀었던 것이 기정사실이 된다. 그는 승리감에 미소를 짓는다. 만약 지혜라는 아이가 이 이야기를 듣게 되면 얼마나 기분이 나쁠까. 내가 의도적으로 낸 소문이라 생각할까.

지금 서울에 사나보더라. 그런데 남편도 이쪽 사람이라는데. 돈은 그럭저럭 버는 것 같은데. 좀 문제가 있나봐. 친구들도 못 만나게 하고, 일도 못 하게 하고, 의처증이 있어서 집에서 꼼짝 못하게 하나봐. 그런데 남편 이름이 뭐더라 들었는데. 너도 얼굴 보면 알 건데.

그 이야기는 어딘가 이미 들었던 것처럼 익숙하다. 아니 어쩌면 너무 흔한 이야기라 그럴지도 모른다.

어린 시절 다녔던 국민학교를 지나다 차를 세운다. 운동장에는 종아리까지 빠질 정도로 눈이 쌓여 있다. 방학 동안 아무도 찾지 않았는지 짐승이 지나간 흔적조차 없다. 학교 옆 예식장에 차를 주차한다. 오래전에는 볼링장이었던 곳이다. 정문은 잠겨 있지 않았다. 후문을 향해 발자국을 깊게 남기며 운동장을 가로지른다. 뒤에서 어머니가 발자국을 밟으며 따라오는 것만 같다.

햇살 쏟아지던 어느 겨울, 친구와 건물에서 나오고 있었다. 운동장의 눈은 아무도 치우지 않아 무릎까지 빠질 것이었다. 후문으로 바로 갈 수는 없었다. 정문으로 나가 큰길로 돌아가야 할까. 사방에서 햇살이 반사되어 눈을 찌푸렸다. 반사되는 빛 속에서 어머니는 맨발로 눈 위를 뛰고 있었다. 어머니가 밟고 지나간 자리는 마치 수면 위를 뛰어간 것처럼 발자국이 남지 않았다. 붉게 갈라진 어머니의 뒤꿈치는 운동장 반대편에서도 선명하게 보였다. 눈 위로 붉은 방울이 떨어지며 점과 점으로 파고들었다. 아버지는 프라이팬을 들고 그 뒤를 쫓고 있었다. 러닝셔츠에 사각팬티만 입고 있는 아버지의 모습은 방금 만화에서 튀어나온 것마냥 우스꽝스럽게 보였다. 아버지는 발끝이 터진 보온화를 신고 있었다. 아버지는 어머니와 달리 종아리가 눈에 푹푹 빠지고 있었다. 신발의 무게 때문이었을까. 눈들이 아버지의 신발을 자꾸 잡아채 금방이라도 벗겨질 것 같았다. 어머니는 빛의 반대편으로 사라졌다. 어머니가 사라지자 빛은 부서지듯 사라졌다. 아버지는 운동장 한가운데 멈춰 나와 눈이 마주쳤다. 아버지는 천천히 뒤돌아 눈에 파묻

흰 신발을 찾았다. 한쪽 발이 눈에 파묻혀 외다리로 휘청거리
며 신발을 신었다. 균형을 잃고 눈 위로 넘어졌다. 둥그렇게 푹
꺼진 자리에서 어쩔 수 없이 손을 짚고 일어났다. 아버지는 내
가 서 있는 쪽으로 다시 고개를 돌리진 않았다. 자신이 밟은 자
리를 밟으며 돌아가기 시작했다. 그 뒷모습을 보며 나도 친구
도 아무 말 하지 않았다. 집으로 돌아가기 싫었다.

후문에 다가가자 오래전에 사라졌을 사택이 보인다. 사택의
불들은 모두 꺼져 있다. 개 짖는 소리 하나 들리지 않는다. 연
탄 얼룩이 물들어 있는 건물들 사이로 아무도 밟지 않은 백색
의 길이 나 있다. 밤이었지만 달빛을 받아 얼룩은 더욱 검어 보
인다. 후문 옆 담장 위에는 틱시도 고양이가 앉아 있었다.

돌아왔구나, 에코.

내가 가려는 길을 고양이가 앞선다.

개가 나타난다면 조심해야 할까?

고양이가 있을 수 없는 곳에 있을 수 있다면, 개는 있어도 되
는지 아닌지를 꿰뚫어본다. 그래서 두 동물은 사이가 좋지 못
한 것일까. 에코는 대답하지 않는다. 지붕 위로 뛰어올라가 하
품한다. 그루밍을 하며 딴청 부리기 시작했다. 나는 어린 시절
살았던 사택 가장 깊숙한 곳 간부 사택의 문 앞에 서 있었다.

아내인 송에게 전화를 건다. 아내는 여전히 전화를 받지 않
는다.

문을 연다. 시멘트를 발라 만든 주방에 밝은 불이 켜져 있다. 연탄아궁이 앞에는 제 숨을 다 태운 누런 연탄이 아무렇게나 쌓여 있다. 방문 앞에는 아버지의 신발이 놓여 있다. 오로지 아버지의 신발만이. 문틈으로 불빛이 새어나온다. 돌아보니 어느 순간 골목 사이사이 집집마다 불이 환하다. 모든 집들의 연통에서 연기가 뿜어져 나오고 있다. 연기들은 모두 같은 모습으로 하늘로 오른다. 다리가 짧은 누렁이 한 마리가 문 앞으로 뛰어와 눈 위에 뒹군다. 난 녀석을 알고 있다. 아니 녀석의 주인을 알고 있다.

분명 우리는 같은 사택에 살았다.

목이 조였다. 가장 위 단추를 풀었다. 한참 동안 소매를 바라봤다. 맨질맨질하게 때가 타고 팔뚝 어딘가에 소매가 걸려버리는 교복이었다. 고등학교에 올라올 때, 어디선가 얻어온 교복은 1년 만에 팔다리가 짧고 가슴이 꽉 껴 숨쉬기 불편했다. 삐져나온 흰색 셔츠의 소매끝은 검은색 윤이 났다. 이 교복은 어디에 있을까. 중학교 졸업할 때도 그랬다. 졸업하고 나서도 교복을 계속 보관하고 싶다고 말했다가 어머니에게 타박을 들었다. 그건 내 것이 아니었다. 또 누군가에게로 가야 할 어른들 간의 약속이었다. 그런 것을 보관하는 것은 사치이자 허영이었다.

방문을 향해 손을 가져간다. 문은 이렇게도 작았을까. 마치 어느 창고를 엿보려는 것 같다. 아주 천천히 힘을 주지만, 문은 요란한 소리가 난다. 나무의 아귀가 서로 맞지 않아 나는 소리. 서로에게 상처를 새기는 소리. 작은 창에는 두꺼운 커튼이 쳐져 어두웠다. 길쭉한 방은 마치 갱도 같다. 아버지가 평생을 살아온 그곳. 아무리 쓸고 닦아도 탄가루는 모든 곳에 묻어 있다. 어머니는 쉴 틈 없이 걸레질했었다. 이제는 아무도 걸레질하지 않는다. 아버지는 부서진 연탄재처럼 텔레비전 앞에서 옆으로 누워 있다. 텔레비전에서 눈을 떼지 않고 말한다.

집에 빨리 안 들어오고 어딜 싸댕기나. 집구석이 이 꼬라진데.

대답은 하지 않는다. 우리는 한방에서 같이 살았다. 그래서 집에 들어가기 싫었다. 그래도 간부 사택이라고 방이 하나 더 있었지만, 아버지는 이제 그 방에 들어가지 않았다. 이전에도 내 공간은 방과 주방을 이어주는 통로였다. 아버지에게서 숨을 수 있는 내 방이 있다면 얼마나 좋을까. 잠겨 있는 그 방문에는 영화 포스터를 붙였다. 그 그림 속에서 물고기는 선인장을 지나쳐 달을 향해 유영하고 있었다. 아버지의 폭력은 내가 팔씨름을 이겼던 날 멈추었다. 우리는 서로를 못마땅해하면서도 최대한 외면하려 노력했다. 아버지는 돈을 주진 않았지만, 집에서 나가라는 말도 하지 않았다. 그 말을 하면 끝이라는 것을 알았기 때문일 것이다. 술을 마시면, 아직 가지도 않은, 갈 생각도 없는 대학등록금은 석공에서 나오니 고마운 줄 알라고 큰소리쳤다. 하지만 그 돈도 아버지를 통한다면 사라질 게 뻔했다. 아버지의 뒤를 지나 반대쪽 끝 작은 책상에 다가간다. 서랍을 연다. 그 속에는 잡다한 문구들이 어질러져 있다. 서랍 깊은 곳으로 손을 집어넣는다. 무겁고 차가운 쇳덩이가 손끝에 닿는다. 소리가 나지 않게 천천히 꺼내 상의 속주머니에 넣는다. 교복 재킷 한쪽이 묵직해졌다. 오랜만에 마음이 안정된다. 항상 품고 다니던 물건. 주위 공기가 차분하게 가라앉는다. 누워 있는 아버지 뒤쪽에서 등에 벽을 대고 앉는다. 텔레비전에는 야구가 나온다. 태평양의 공격이다. 돌고래를 타고 태평양을 횡단하는 상상을 한다. 돌고래의 짐이 될 것이 분명하다. 나는 버림받는다. 육지가 보이지 않는 바다 위에서 표류하다 상어를 만난다.

믿기 어렵겠지만, 대부분의 상어는 내성적이다.

어느 다큐멘터리에서 들은 대사다. 그것은 한국어였을까. 영어라면 내가 알아들을 수 있었을까. 아니 꿈의 언어였을지도 모른다. 그렇다면 돌고래가 아닌 고양이와 여행중이었겠지. 이성적인 돌고래는 꿈의 세계를 허구라 생각할 것이다. 속주머니에 손을 넣는다. 주머니 속 차가운 연장은 상어의 이빨처럼 싸늘하다. 밖에서 개 짖는 소리가 들린다. 정신을 차리고 주머니에서 손을 뺀다. 손에는 땀이 흥건하다. 문을 열고 신발을 신는다. 주방을 통해 밖으로 나왔다. 아버지가 방에서 큰 소리로 욕지거리를 뱉다가 기침을 한다. 홈런이라도 맞은 것일까. 아니다. 욕지거리는 기침에 묻혀 흩어진다. 차가운 바람에 흥건한 땀이 식어 갈라진다. 깊은 숨을 내쉰다. 지붕 위를 보며 짖던 개는 동네 입구로 뛰어간다. 앙상한 나무다리 위를 그녀가 건너오고 있다.

그녀와 거무내미를 따라 걷는다. 그녀의 어머니는 다른 모든 어머니들처럼 남편 앞으로 생명보험을 들었다. 그리고 매일 밤 갱도가 무너지길 빌었다. 갱도가 무너진다면 많은 사람들이 죽을지도 모른다. 하지만 우리는 모두 우리의 어머니를 응원했다. 타인의 불행보다 중요한 것은 당연히 자신의 행복일 것이다.

우리는 갈 수 있는 곳이 없다. 아무런 말도 없다. 개는 자꾸 돌아보며 짖는다. 에코가 따라오고 있는 것일까. 허름한 기차역에 도착한다. 드럼통을 잘라 만든 난로 하나가 대합실 한가운데 자리잡고 있다. 난로는 대합실을 온기로 채우지 못한다. 사람들은 드럼통 속에 쌓여 타고 있는 낙탄조각들처럼 난로에 둘러앉아 하얗게 늙어갔다. 아무도 마스크를 쓰지 않았다. 아직 학교에 들어가지 않은 아이들이 난로 근처에서 장난친다. 난로 옆에는 아직 검은 연탄이 쌓여 있다. 아이들의 옷과 손 그리고 얼굴에 검댕이 묻는다. 그 누구도 아이들을 신경쓰지 않는다. 창밖에는 검은 눈바람이 분다. 플랫폼 옆의 적탄장은 마치 거대한 산 같다. 눈과 탄진이 섞인 검은 얼음이 하늘에서 바람의 무늬를 보여주며 춤춘다. 아이들의 부모처럼 그 누구도 우리를 신경쓰지 않는다. 난로의 열기를 우리가 탐내지만 않는다면. 우리는 어디로든 가고 싶다. 하지만 어디로도 떠날 수 없다는 것을 안다. 개표소 위에 표시된 날짜를 본다. 겨울은 잔인하게 이어질 것이다. 그리고 그녀의 어머니가 내일 아침 떠났다는 것을 나는 기억해냈다. 하지만 그녀에게 이야기하지는 않는다. 그녀의 어머니는 며칠 뒤 돌아올 것이다.

다음날 출근을 하던 아버지는 집으로 되돌아왔다. 아침부터 웬 여편네가 앞을 가로질러가더니 검은 고양이까지 봤다고 화냈다. 아버지는 재수가 없어서 돌아왔다고, 누군가를 향해 상소리를 한다. 아버지는 노조위원장이 된 이후 갱도에 들어가지 않았다. 돌아올 구실로 충분했을까. 나는 그 상대가 누구인지 알고 있었다. 그녀의 어머니는 오늘 아침 일찍 열차를 탈 것이다. 그녀의 아버지가 저녁에 집에 돌아왔다면 그녀는 영원히 이 겨울을 빠져나가지 못했을지도 모른다.

그녀는 자신의 어머니가 따뜻한 남쪽 지방으로 갔을 것이라 말했다. 남쪽 지방은 얼마나 따뜻할까. 남해 바다에 가본 적은 한 번도 없었다. 어디 남해뿐일까. 이 겨울을 빠져나가본 적이 없으니, 바다 위로 하얀 눈이 쌓이는 상상을 한다. 바다 위로 쌓인 눈을 밟으며 태평양을 향해 걷는다. 따뜻한 남해에도 겨울의 눈이 쌓일까.

그날 저녁노을은 유난히 붉었다. 보이는 모든 것을 덮고 있는 눈도 하늘을 따라 붉게 타올랐다. 동쪽에서 태양이 지고, 서

쪽에서 붉은 달이 떠올랐다.

그리고 갱도가 무너졌다.

사택은 잠들지 못했다. 사람들은 국민학교 강당에 모였다. 사람들 우는 소리가 강당에서 빠져나가지 못하고 높은 천장에 고였다. 고요하기도 하고 평화롭기도 한 기억이다. 문이 벌컥 열리며 술에 취한 아버지가 들어왔다. 아버지는 온 강당이 울리도록 자신의 행운을 자랑했다. 나는 아버지를 모른 척했다. 노조에서 나온 몇몇의 남자들이 아버지를 말렸다. 누군가는 충격이 크신가보다고 아버지를 변명해줬다. 어차피 그 죽음은 아버지의 것이 아니었다. 아버지는 사람들의 미움을 받았을까. 아니다. 다른 가족들은 나를 동정하듯 바라봤다. 그날 아침 미신은 아버지를 구원하지 못했다. 나는 주위를 둘러봤다. 나를 안타깝게 바라보는 사람들과 눈이 마주쳤다. 그들은 어색하게 다시 고개를 숙이며 곡소리를 내기 시작했다. 감정 몰입이 깨졌는지, 조금 전보다 어색했다. 가장 정의로운 척하는 사람을 믿으면 안 되는 것처럼, 가장 완벽한 발성은 거짓이다. 그 울음 뒤에는 지긋지긋하도록 생명력이 강한 우리의 아버지들이 땅속에서 살아 돌아올까 걱정하고 있을 것이 분명했다. 이미 머릿속에서는 보상금을 계산하고 겨울을 떠나 따뜻한 곳에서 장사를 시작할 생각을 하고 있을 게 분명했다.

그녀의 어머니는 다음날 마을로 돌아왔다. 아직 사망이 확인되지 않았지만 강당에 들어오며 실신을 했다. 그녀는 어머니를 부축했다. 그 모습을 본 사람들은 더욱 자연스럽게 곡소리를 표현할 수 있게 되었다. 어머니를 안은 그녀의 표정은 무척 낯설었다. 며칠이 지나 사망자들이 확인되고 보상금을 받자마자, 합동 장례가 끝나기 무섭게 따뜻한 남쪽 지방으로 떠났다. 보상금액은 알려진 것보다는 적었지만 나서서 다투는 사람은 없었다. 이번에는 그녀와 함께였다. 그들을 태우러 온 외삼촌은 그녀의 어머니와 닮진 않았다.

사람들은 실패를 하고도 어떻게 다른 타인과 살아갈 생각을 하는 것일까.

그녀는 자신이 도착할 곳의 주소를 알게 되면 꼭 편지를 하겠다고 말했다. 하지만 모두 알고 있다시피 그런 연락은 오지 않는다. 이미 그녀와 나의 세계는 갈라져 두 개의 독립된 세계가 되었다. 행여 그녀가 나에게 편지를 보냈다고 하더라도 그 편지는 나에게 전해지지 못할 것이다.

그 지역에서도 작은 규모의 광업소였던 회사는 사고 이후 큰 회사에다 지분을 팔았다. 아버지는 광부를 관뒀다. 매일 외상술을 먹고 대밭촌에서 살았다. 퇴직금이 떨어진다면 다시 갱도에 들어갈까.

늦은 밤 사택 입구 담벼락에 기대고 앉았다. 얇은 누비옷 사이로 차가운 바람이 자리잡는다. 아버지는 조금 더 땅속의 바람소리를 들어야 할지 모른다. 아니 영원히 그 바람 속에 갇혀

버리는 것도 나쁘지 않다.

아버지가 밤늦게 집으로 돌아온다. 술 취한 아버지에게 산책을 권한다. 차갑게 얼어 있는 연장이 가슴에 닿는다. 아버지는 잠시 멈춰 나를 바라본다. 씁쓸한 웃음. 아버지는 유쾌하게 소리를 지르며 산책에 응한다. 거무내미 뒤의 골짜기를 오른다. 아버지는 박자가 맞지 않는 노래를 부른다. 아무도 그 골짜기의 이름을 모른다. 단지 모두 골에 간다고 고레라 불렀다.

거무내미를 향해 흐르는 고레의 물은 산길을 따라 올라갈수록 맑아진다. 아버지는 개처럼 몸을 굽혀 차가운 물에 입을 대고 마신다. 나는 몇 번이나 아버지의 뒤에 섰을까. 심호흡을 한다. 품속으로 손을 넣는다. 아버지가 혼잣말처럼 말한다.

진폐증이라더라.

나는 그 자리에 멈춘다. 손에 들고 있던 스패너를 떨어뜨린다. 눈 속으로 깊이 파고든다. 차가운 스패너에 들러붙은 눈은 더욱 딱딱한 얼음으로 굳는다. 아버지는 그 자리에 뿌리를 내리고 멋대로 돌이 되기 시작한다. 나는 그런 제멋대로인 아버지를 용서할 수 없다. 멋대로 자기만 편하자고 돌이 되려는 아버지를 인정할 수 없다 아니다. 이것은 존재했던 기억이 아니다. 어디서부터인가 변했다. 나는 아버지와 고레 온 적이 없었다. 아버지를 파내기 위해 맨손으로 눈을 파헤친다. 눈의 파편들이 날카롭게 손끝으로 파고든다. 피부 사이로 붉은 피가 맺히며 쩍쩍 갈라진다. 눈에서 뽑아낸 아버지를 등에 지고 마을로 뛰어내려간다. 나무 위로 에코가 보인다. 한눈을 판 사이 미끄러져 넘어진다. 아버지는 굴러떨어진다. 얼음 깨지는 소리가 멀리서 둔탁하게 울린다. 산너머에서 앰뷸런스 소리가 들리기 시작했다.

전화벨소리에 잠을 깼다. 머리가 지끈거렸다. 여관방에는 어제 마신 소주병이 굴러다니고 있었다. 전화를 받으니 병원이었다.

아버님 말이죠. 돌아오셨어요. 저희도 영문을 알 수 없네요. 아무 얘기도 안 해주세요.

간호사는 사무적으로 말하려고 노력하지만, 스스로 말이 안 되는 변명이라는 것을 아는 듯. 횡설수설한다. 어쩌면 아버지들이 사라지는 것은 어쩌면 흔하디흔한 일이다. 곧 방문하겠다고, 최대한 사무적으로 대답하려고 노력한다.

중앙병원을 향한다. 시내의 눈은 모두 녹아 지저분하게 질척인다. 제설차는 쉬지 않고 도로 위의 구정물을 밀고 나간다. 출근하려면 병원에 잠시 들렀다가 올라가야 할 것이다. 아주 오랫동안 자리를 비운 것처럼 느껴진다. 이번에는 병동을 헤매지 않는다. 안내받았던 병실은 독방이 아닌 6인실이다. 아버지 침대는 입구 왼쪽이다. 아버지는 잠들어 있다. 그의 얼굴은 이 병동에 있는 다른 모든 사람들과 똑같다. 다른 사람을 아버지라 말하고 눕혀놓은 것은 아닐까. 목에 삽입된 고무 튜브에서 거친 소리가 난다. 침대 두 개는 외출을 했는지 비어 있고, 나머지 사람들은 뉴스를 보고 있다. 뉴스에는 가드레일을 뚫고 추락한 교통사고가 나오고 있었다. 사망자의 신원은 나오지 않았다. 아무도 나를 신경쓰지 않는다. 아버지의 볼을 쓰다듬는다. 피부는 수세미처럼 거칠다. 손은 점점 아래로 향한다. 시간이 멈추어주었다면 더 편했을지도 모른다. 손이 튜브에 닿는다. 아버지의 눈에서 눈물이 딱 한 방울 흘렀다. 그는 눈을 뜨지 않는다. 아버지는 소원을 빌고 있을 것이다. 하지만 그 소원은 들어줄 수가 없다. 튜브에 닿았던 손은 더 내려와 아버지의 가슴을 쓰다듬은 뒤, 그의 손을 꼭 잡았다가 놓는다. 뒤돌아나올 때까지 그는 눈을 뜨지 않았다. 다음에 병원에 오는 일은 없을 것이라는 것을 나보다 아버지가 더 잘 알 것이다.

복도에서 전구와 다시 마주친다. 쪽지를 건네주며 말한다.

지혜 연락처야. 그냥 필요할지도 몰라서.

쪽지를 코트 속주머니에 넣는다. 차에 돌아오자 에코가 보닛에 앉아 있다. 내려오라고 이야기하지만 듣지 않는다. 떠나는 것을 아쉬워하는 것일지도 모른다. 하지만 이제 가야 한다. 무시하고 시동을 건다. 에코는 지붕으로 올라가 조수석 창문을 두드린다. 어쩔 수 없이 창문을 열어주자 안으로 들어와 조수석에 앉는다.

서울로 돌아오는 길에 고라니를 쳤던 곳이 다가오자. 에코가 울기 시작한다. 그래 여기서 태웠으니 여기 내려줘야 하겠지. 고라니를 쳤던 자리에 멈춘다. 고라니는 보이지 않는다. 문을 열어주자 에코는 내 팔에 목을 한번 비비고는 내린다. 그 눈동자는 조금 슬퍼 보이기도 했다. 에코는 산기슭 쪽에 자리를 잡고 내가 떠나길 기다린다. 속주머니에서 쪽지를 꺼낸다. 송지혜라는 아내의 이름과 연락처가 적혀 있다. 에코에게 다가가 쪽지를 놓고 그 위에 작은 돌을 올린다. 마치 누군가의 묘비가 여기 있다는 듯.

문을 닫는다. 다시 시동을 걸고 출발한다.

그리고 나는 어둠 속으로 끝없이 추락하기 시작했다. 아마도 비명은 지르지 않았다.

숨, 기다리는 죽음

고통스러운 표정을 짓는 얼굴 그림자가 천장에 어린다. 얼굴은 침대에 누운 노인을 내려본다. 그 눈동자가 노랗다.

　노인의 코에는 산소 주입 호스가 삽입되어 있었다. 거죽만 남아 주름진 피부는 호스를 제 명줄인 양 꼭 붙들고 있었다. 간헐적으로 숨이 새어나왔다. 그때마다 감고 있는 눈꺼풀이 살짝 꿈틀거렸다. 노인은 깊은 어둠 속으로 침전되는 중이었다. 몇 시간 또는 몇십 년이 지났다. 망가진 폐로 오랫동안 숨의 무게를 견뎌왔다. 언제 망가졌는지 자각조차 하지 못한 채. 가닥가닥 갈라진 기관지는 끝까지 굳지 않은 곳이 없었다. 망가졌다는 말로는 충분히 설명될 수 없었다. 이제 그것을 폐라고 부를 수 있을까. 노인의 숨을 따라 어둠이 연기처럼 사방으로 퍼졌다. 그것이 노인의 육체가 있는 병실인지 노인의 눈꺼풀 속

병실인지는 알 수 없었다. 병실은 어둠 속으로 완전히 사라졌다. 그곳에서 노인은 숨을 빼앗겼다. 그날의 일을 노인은 뚜렷하게 기억해내지 못했다. 어떻게 잊을 수 있을까. 아니 잊었다기보다는 잃어버린 기억이 아닐까. 결국 중요한 것들은 잊을 수 있거나 잃어버려야 했다. 어느 쪽이든 상관없었다.

노인은 눈을 떴다. 지금이 어느 시대 어느 시간인지 알지 못했다. 시간은 노인을 기다려주지 않았다. 하루하루가 지날수록 꿈과 현실을 구분하지 못했다. 자신의 구겨진 오른손을 낯설게 바라봤다. 작은 종이를 움켜쥔 손가락이 움직이지 않았다. 힘겹게 왼손을 들어 굳은 손을 주물렀다. 종이가 손에서 빠져나와 담요 위로 떨어졌다. 손바닥을 파고든 손톱자국이 손금보다 깊었다. 종이의 구김 사이로 활자가 보였다. 지정 병원 취소. 노인은 병실을 둘러봤다. 침대 주인의 반 정도는 이미 다른 병원으로 옮겼고, 남은 침대의 주인들은 병원 로비에 내려갔다. 새삼 자리가 꿉꿉하다고 느꼈다. 노인은 창밖으로 시선을 옮겼다. 창문 앞에 바짝 붙은 산비탈이 해를 가로막고 있었다.

이 삶이 시작되었던 순간을 떠올렸다. 3년만 일하면 귀향해서 자신의 가게를 가질 수 있다는 말을 들었다. 누가 이야기했는지 이제는 기억나지 않았다. 모두가 시대가 그렇게 이야기했다. 작봇집에 떠돌던 잡역부들과 장터에서 물건을 팔던 장사치들, 전단지가 덕지덕지 붙은 전봇대까지도. 소문은 전설처럼 떠돌았지만 정작 다녀온 사람은 없었다. 소년이었던 노인은 모두 용기가 부족하다고 생각했다. 역무원의 눈을 피해 완행열차에 숨어들었다. 짐칸에 숨어들어 거적때기를 뒤집어쓰고 감자 자루인 척 숨을 멈추었다. 역무원들은 알면서도 모르는 척했다. 이미 썩어버린 감자의 싹을 일일이 도려내는 것은 시간 낭비라 생각했던 것일까. 오랜 시간 달려 도착한 밤의 플랫폼을 기억한다. 밤 속에 깊은 어둠이 숨어 있었다. 눈가루가 얼굴을 할퀴었다. 소년은 차가운 손으로 얼굴을 훔쳤다. 대합실 유리창에 소년의 그림자가 있었다. 흑경처럼 얼어붙은 물웅덩이 속에서, 흩어져 사라지는 검은 눈가루 속에서, 소년의 얼굴은 검게 사라졌다. 오랜 시간이 지나 이제는 알 수 있었다. 다녀온 사람이 없는 것이 아니었다. 돌아온 사람이 없었을 뿐이었다. 3년 아니 늦어도 5년 뒤에는 고향에 돌아갈 수 있으리라 믿었다. 기약했던 시간은 일생이 되었고, 일생은 한순간에 사라졌다. 곁을 지키고 있던 가족은 지난 시간의 틈에서 실종되었다. 어디로든 돌아갈 곳이 있기는 있었을까. 그때 돌아갈 곳이 있었다면, 왜 지금은 없을까. 폐가 시리도록 저렸다. 숨을 빼앗기기 시작한 건 이미 그때 시작되었을지도 몰랐다. 단지 3년 아니 5년 후는 결국 오지 못했거나 지금도 현재형으로 이어지고 있었다. 노인만의 거짓말은 아니었다. 모두의 지켜지지 못한 바람이었다. 시간의 틈이 무한히 쪼개지며 그날이 오는 것이 유예되었다. 노인은 그렇게 잘려나간 어느 시각

속에서 아무도 찾아오지 않는 삶 속에 유배되었다. 갇혀버린 갱도에서 무너진 탄 더미 아래로 잡아달라는 듯 뻗고 있던 동료의 손을 생각했다. 손은 노인에게 말을 걸었다. 우리의 숨은, 우리의 자리는 이곳이라고. 쓰러져 있던 노인은 수많은 헤드라이트와 눈이 마주쳤다. 눈이 멀 것 같았다. 노인은 들것에 실린 자신을 보고 있었다. 마치 남의 일처럼 기록으로 남겨진 흑백사진을 바라보았다. 구조된 것은 기적이었다. 그는 잠시나마 산업 영웅이 되었다. 적어도 그때까지는 가족이 있었다. 아내와 딸. 하지만 과연 그 기적이 구원이었을까. 그때 시간이 멈췄다. 아직 봄이 오지 않았거나 겨울이 끝나지 않았다. 탄광촌의 봄은 늦게 오니 걱정할 것은 없었다. 5월의 눈이 그치면 금방 여름이 올 것이다. 봄이 오면 누군가 잠에서 깨워줄 것이니. 하지만 그 또한 노인의 일방적인 바람일 뿐이다. 호스 사이로 새어나오는 숨은 마치 녹음된 목소리를 듣는 것처럼 이질적이다. 사실은 구조되지 못한 채 아직 컴컴한 갱도 속에 머물러 있을지 모른다. 이후의 삶은 모두 노인의 상상이 만들어낸 소설이 아닐까. 끝나지 않는 꿈은 악몽인가. 그 속에 갇혀버렸다. 하지만 단 한 가지 사실만은 믿고 싶었다. 결국 죽으면 퇴원할 수 있을 것이다. 그래도 돌아갈 고향은 없겠지만 말이다.

노인의 간병인은 매일 11시에 출근했다. 그녀는 병실에 들어서면 가장 먼저 창문을 열었다. 건물에 바짝 붙은 산비탈 때문에 환기의 효과는 크지 않았다. 꿉꿉한 공기는 그대로 병실에 주저앉았다. 그녀는 노인이 누워 있는 침대 주변을 분주하게 정리했다. 노인에게 몸을 닦을 준비를 하라는 신호였지만 노인은 모르는 척 눈을 뜨지 않았다. 오히려 시체처럼 힘을 빼고 매트리스에 몸을 깊게 실었다. 그녀는 이제 노인에게 잔소리를 하지 않았다. 노인의 의도대로 닦는 시늉만 했다. 등에 생긴 욕창이 커졌지만 아무도 알지 못했다. 휠체어를 타고서라도 산책을 하라는 의사의 권고도 무시했다. 욕창은 노인만 아는 비밀이 되었다. 진폐등급에 비해 합병증이 심각한 편은 아니었다. 사지마비가 온 것도 아니었고, 피부를 절개하여 기관지나 폐에 직접 삽관을 한 것도 아니었다. 코에 연결된 호스는 이곳의 환자들에게는 일반적인 모습이었다. 그런 면에서 등에 생긴 욕창은 유일하게 노인의 의지가 반영된 결과였다.

열려 있는 창문으로 잔바람이 불었다. 블라인드가 조금씩 흔들리며 바스락거렸다. 로비에 내려가 있는 사람들은 점심때가 지났지만 아무도 올라오지 않았다. 몇몇은 산소통이 달린 휠체어에 의지하고 있을 것이다. 요즘같이 어수선한 분위기에서는 간병인들도 고생이었다. 노인은 일찌감치 간병인에게 이야기를 대신 듣고 오라고 로비로 내려보낸 참이었다. 혼자 있고 싶어 보낸 것이지만, 지금 상황은 간병인에게도 밥그릇이 걸린 문제였다. 사람들은 노인에게 로비로 내려와 함께하라고 강요하진 않았다. 그렇지 않아도 벌써 중증 환자 세 명이 스트레스를 견디지 못하고 타의와 자의로 눈을 감았다. 유족들은 장례를 거부했다. 단지 병실이 영안실로 옮겨진 셈이었다. 안색만 보면 노인 역시 지금 당장 눈을 감아도 이상하지 않았다. 일부 직원의 잘못이라 했지만, 과연 일부의 잘못인지 어느 선까지 개입되어 있는지 알 수 없는 노릇이었다. 환자들에게 알려진 것은 거의 없었다. 인근 지역의 다른 병원으로 흩어져 옮겨가야 할 것이 분명했다. 어차피 병원에서 나갈 수 없으니, 병실에서 병실로의 이동 그뿐의 변화였지만, 창밖의 낯선 풍경을 견딜 수 있을지 자신이 없었다. 이곳은 두번째 고향이었다. 다른 곳에서 생을 마친다는 것은 상상조차 한 적 없었다. 창밖으로 딱새 우는 소리가 들렸다. 번식기가 다가와 민가 근처에 둥지를 틀기 위해 내려온 것이 분명했다. 작년까지는 노인이 그냥 누워 있어도 잘 보이는 곳에 둥지를 틀었으나 올해는 소리만 들렸다. 노인은 스위치를 눌러 침대 등받이를 높였다. 진동을 동반한 움직임에 목에서 가래가 끓었다. 노인은 팔걸이 옆에 놓인 티슈를 천천히 뽑아 가래를 뱉었다. 한번 끓기 시작한 가래는 계속 신경쓰일 것이 분명했다. 등받이를 끝까지 올려 거의 앉은 자세가 되고 나서도 둥지는 찾을 수 없었다. 누워 있을 때는 산기슭에 가려 보이지 않았던 능선이 훤히 보였다. 능선 너머에 우뚝 서 있을 수직갱이 눈에 그려졌다. 수직갱도 노인을 발견한 것일까. 수직갱이 점점 커지며 다가왔다. 산을 넘어 빠르게 다가온 수직갱은 비탈을 가리며 창밖에 우뚝 섰다. 노인의 병실 창문이 갱도로 내려가는 승강기의 철문으로 변했다. 많은 사람들이 산의 내부로 들어갔다. 그 속에는 노인이 삶을 보낸 갱도가 산의 허파 속 기관지처럼 뻗어 있을 것이다. 그곳에서의 기억은 갱도 사이에 난 어느 틈으로 바람이 빠져나가듯 사라져갔다. 노인은 아무것도 떠올리지 못했고, 오랫동안 굳어버린 감정 하나만이 가슴속에 불편하게 남았다.

병실 문이 열렸다. 노인은 부끄러운 비밀을 들켜버린 것 같았다. 거친 숨 때문에 숨이 새어나가는 소리가 크게 울렸다. 병실로 들어온 남자가 창가로 다가가 노인이 볼 수 없는 방향을 보며 혼잣말처럼 말했다.

"올해는 왜 저런 곳에 둥지를 틀었대? 작년까지 오던 놈이 아닌가봄네."

목소리는 이물감 없이 깔끔했다. 노인의 바로 앞 침대를 쓰는 중년의 남자였다. 그는 자신의 침대로 다가가 요란한 소리를 내며 서랍을 뒤지기 시작했다. 남자는 몇 달 전에 진폐판정을 받고 들어왔다. 그는 전문 간병인을 두지 않았고, 아내가 간병했다. 남자는 간병인을 둘 필요가 없을 정도로 건강했다. 그는 다른 가족 간병인이 있는 자리에서 가족보다 직업 간병인이 더 믿을 만하다고 아내의 흉을 봤다. 직업 간병인은 환자가 죽으면 곤란하지만 가족은 환자가 죽어서 목돈을 일시불로 보상받고 싶어 한다는 게 그의 주장이었다. 몇 번은 다른 가족 간병인들이 불쾌함을 표현해서 고성을 주고받기도 했다. 그럴

때마다 그렇게 화내는 게 바로 자기 말이 맞는 증거라고 찔리는 게 없으면 왜 화를 내냐는 궤변으로 맞섰다. 남자의 습관적인 흉보기가 시작되면 아내는 주위에 죄송하다는 듯 고개를 숙여 인사를 하고 병실을 나갔다. 아내가 병실에서 나가면 남자는 말을 멈추고 눈을 감았다. 어차피 남자의 말을 듣는 사람은 없었기 때문에 남자는 아무에게도 사과하지 않았다. 같은 병실의 사람들이 남자를 대놓고 무시한 건 아니지만 일부러 말을 걸거나 친근하게 대하지도 않았다. 남자가 자리를 비웠을 때 사람들은 남자의 진폐등급에 관해 이야기했다. 그는 몇몇 간병인들보다도 건강했다. 사람들은 과연 남자가 갱도에서 일한 적은 있을까, 의문을 품었다. 남자가 등급을 돈으로 샀을 거라 수군거렸다. 그래서인지 이번 일에서도 남자는 자신의 결백을 위해 더 큰 목소리로 앞장서고 있을 것이라 짐작했다.

"작년까지 오던 녀석이 아니라니. 매년 보던 딱새가 다른 딱새로 바뀌는 건 지금 내 나이에는 쉽게 받아들이기 힘든 변화라네."

노인은 여전히 남자의 반대편으로 고개를 돌리고 있었지만, 또박또박 말을 하려 했다. 그러나 소리를 크게 낼수록 중간중간 숨이 빠져나가며 오히려 알아듣기 어렵게 쉭쉭거리며 입속에서만 소리가 울리며 맴돌았다. 남자는 노인의 말에 혼잣말처럼 대답하고 나갔다.

"오래 살면 3년이나 되려나."

딱새를 말하는 것인지 자신에 대한 대꾸인지 신경쓰지 않았다. 남자가 찾던 것을 찾았는지 알 수 없었다. 등받이를 내렸다. 침대보 어딘가 구겨진 듯 등이 배겼다. 침대보와 옷을 이리저리 당겨봤지만 나아지지는 않았다. 어쩌면 구겨진 것은 침대보가 아닌 욕창을 중심으로 한 등거죽일지 몰랐다. 노인은 다른 생각을 하려고 노력했다. 딱새의 수명이 과연 3년일지 막연하게 생각했다. 하지만 알지 못하는 것을 생각한다고 별반 답이 나오는 일은 아니었다. 노인은 애써 불편함을 잊으려 눈을 감았다. 창밖으로 다 보이지 않던 탄광이 잠들어 있는 산의 능선이 눈에 훤히 그려졌다. 산등성이를 따라 노란 눈을 가진 그림자들이 서성였다. 그림자들이 어둠 속으로 숨으며 커다란 안광들이 허공을 떠돌았다. 그것들이 막장에서 노인의 숨을 삼켰을지 몰랐다. 노인은 갑자기 왜 그런 생각이 들었는지 의문스러웠다. 바람이 강해지며 블라인드 부딪치는 소리가 시끄러워졌다. 남자에게 나가기 전 창문을 닫아달라고 부탁하지 않은 것이 아쉬웠다. 하지만 남자는 노인의 말을 들을 수 있었을까. 아니 남자가 병실에 남았다면 바람은 불지 않았을지 모른다. 고작 창문 하나를 닫기 위해 버튼을 눌러 간호사를 부르기에는 미안했다. 3년을 살 수 있을까. 노인은 그대로 눈을 감은 채 어둠 속으로 빠져들었다.

캄캄했다. 손을 들어 보았으나 보이지 않았다. 팔이 있다는 감각도 없었다. 손바닥을 천천히 얼굴로 가져갔다. 얼굴에 닿지 않을까 두려웠다. 다행일까. 거친 장갑의 질감이 얼굴에 느껴졌다. 그 순간, 찌는 듯한 더위가 주위를 덮쳤다. 이마에서 흘러내린 땀이 눈으로 들어가며 따가웠다. 목에 걸친 수건으로 땀을 훔쳤다. 습관처럼 익숙했다. 잠시 앉아 졸았던 것일까. 끝나지 않는 기나긴 꿈을 꾸다가 깬 것 같았다. 가물가물 잔상으로 남아 있는 어느 노인의 얼굴을 떠올렸다. 마치 아버지의 얼굴 같다고 생각했다. 하지만 아버지를 본 적 없으니 확신할 수는 없었다. 아버지가 있었다면 여기까지 오지 않았을 수도 있었을까. 하지만 같은 처지에 있는 사람 중 아버지가 있는 경우가 더 많았다. 그는 거울을 보고 싶었다. 장갑을 벗었다. 맨손으로 얼굴을 훑으며 윤곽을 확인했다. 머리에 무거운 안전모가 있었다. 갑자기 목이 뻐근했다. 안전모에 부착된 라이트를 켰다. 어둠 속에서 가물가물하던 노인의 얼굴은 연기처럼 흩어졌다. 땀과 습기 때문에 마치 오줌을 싼 것처럼 엉덩이가 젖어 있었다. 그가 일어나는 순간 등을 기대고 있던 벽 속에서 쥐라고 생각되는 작은 짐승들이 흩어지는 소리가 작게 울렸다. 규칙적이면서도 혼란스러운 소음은 무엇이 어디서 어디로 움직이는지 알 수 없었다. 그는 언젠가 이미 몇 번이나 이런 상황이 있었을지도 모른다는 생각이 떠올랐고, 갱도가 무너질지 모른다는 불길한 생각이 머리를 스쳤다. 구석에서 졸고 있었던 것일까. 주위에는 아무도 없었다. 출구로 생각되는 방향으로 서둘러 걷기 시작했다. 갱도는 낯설었다. 어쩌면 더욱 깊은 곳으로 들어가고 있을지도 몰랐다. 하지만 가만히 머물러 있을 수는 없었다. 오늘따라 오랜만에 장화를 신은 것처럼 어색하고 불편했다. 과연 장화가 편했던 적이 한 번이라도 있었을까. 그는 몇 번이나 멈춰 장화를 벗고 탄가루를 털고 싶었지만 벗고 신는 것은 쉬운 일이 아니라 효과 없이 발가락만 꼼지락거렸다. 갱도를 걸을수록 갱벽이 죽탄처럼 녹으며 흘러내렸다. 당연히 한 번도 본 적 없는 모습이다. 땀이 점점 더 많이 흘렀다. 피부도 갱벽처럼 흘러내리고 있을지 모를 일이다. 멀리 허공에 희미한 빛이 걸려 있었다. 반가운 마음이 들었다. 작업복은 물이 뚝뚝 떨어질 정도로 무겁게 젖었다. 땀만으로 이렇게 젖을 수는 없었다. 소나기를 맞아도 그 정도는 아닐 것이다. 서둘렀지만 걸음은 계속 느려졌다. 갱도는 점점 좁아지며 뒤틀렸다. 위와 아래도 구분할 수 없었다. 마치 벽에 가로로 서있는 것 같기도 했고, 천장에 거꾸로 서 있는 것 같기도 했다. 그는 벽에 걸려 있다 생각한 빛이 조금씩 움직이고 있음을 알았다. 그가 불빛 바로 앞까지 다가갔을 때 커다란 눈동자처럼 생긴 백열전구와 마주쳤다. 마른 비명을 지르며 ㄱ 자리에 굳었다. 눈이 마주친 전구는 그의 비명을 들은 것처럼 천천히 박쥐 같은 날개를 펼쳤다. 동시에 수많은 전구들이 일제히 눈을 뜨며 날개를 펼쳤다. 순간 갱도가 환하게 빛났다. 아무것도 보이지 않았다. 수많은 날갯짓 소리가 요란스럽게 귀를 스치며 갱도를 가득 채웠다. 한참이나 머리를 감싸고 주저앉았다. 눈을 뜨자 갱도는 다시 어둠 속으로 돌아와 있었다. 전구들이 어디로 날아갔는지 짐작할 수 없었다. 지금까지 걷던 방향으로 계속 가는 것이 맞을까. 움직일 수 없었다. 머물 수도 없었다. 다시 한번 벽 뒤에서 짐승들이 이동하는 소리가 들렸다. 조금 전보다 더 선명했고 물이 휩쓸려 내려가는 소리처럼 혼란스러우면서도 규칙적이었다. 그는 온 힘을 다해 일어나 걷던 방향으로 움직였다. 모든 길은 똑같았다. 계속 같은 자리를 헤매고 있었다. 이미 언젠가 겪었던 일처럼 느껴졌다. 벽이 점점 녹아내리며 뒤틀릴수록 그 기시감은 점점 더 선명해졌고, 불안과 비극적인 슬픔과 두려움의 감정이 교차했다. 그는 문득 깨달았다. 언제나 기억은 이렇게 갑자기 찾아온다. 하지만 아직 이것이 어느 시간에 있었던 어떤 사건인지는 기억해내지 못했다. 아니 있었던 일인지 앞으로 일어날 일인지도 알 수 없었다. 걸음을 멈추고 장갑을 벗었다. 랜턴 아래 손은 새카맣고 주름이 자글자글한 노인의 손이었다. 손에 다른 빛이 겹치자 주름이 사라졌다. 그는 고개를 들었다. 아까 보았던 날개 달린 전구 하나가 벽에 매달려 노란빛을 비추고 있었다. 살아 있는 눈동자 같은 전구는 가까이서 보니 더욱 기묘했다. 그가 걸어가고 있던 방향 멀리에서 폭발음이 들렸다. 전구는 천천히 날개를 펼쳤다. 그러곤 그가 걸어온 쪽으로 천천히 사라졌다. 그는 전구가 날아간 방향을 잠시 보고 있다가 폭발음이 들린 쪽으로 뛰기 시작했다. 폭발음이 들린 반대쪽으로 작은 동물들이 이동하는 소리가 요란하게 울렸다. 그는 불안한 마음이 앞섰지만, 발파중이라면 그쪽에 사람이 있을 것이라 기대했다. 젖어 있는 바지가 그의 허벅지와 종아리를 잡아당겼다. 장화 속에는 물이 가득 차 있었다. 그쪽으로 가지 말라는 것일까. 수건은 그의 목을 조르며 무겁게 짓눌렀다. 그 순간 앞으로 일어날 일을 어렴풋이 짐작할 수 있었고, 최악의 상황을 생각하면 이렇게 많은 수분을 뺏기는 것은 좋지 않았다. 뺏긴다고 누구에게? 그에게 어떤 사명감이 있었던 것은 아니었다. 하지만 그가 조금 더 빨리 움직인다면 뭔가 변할 수 있을지 몰랐다. 멀리 사람들의 그림자가 보였다. 그는 소리쳤다. 어쩌면 짐승의 짖음에 가까웠다. 그는 과연 사람의 모습을 하고 있을까. 그림자들은 그를 돌아보지 않았다. 커다란 굉음과 함께 천장이 뚫리며 사람들 위로 흙이 폭포처럼 쏟아져 내렸다. 흙은 갱도를 물처럼 가득 채우며 밀려왔다. 그는 급하게 멈추느라 바닥에 쓸리듯 넘어졌다. 몇 번의 버둥거림 후, 밀려오는 흙을 뿌리칠 수는 없었다. 그 순간은 아주 천천히 선명하게 다가왔다. 흙이 발목을 덮치는 순간 그는 어디론가 추락했다. 떨어지며 흙이 집요하게 그를 따라, 쏟아지는 것을 보았다.

거무스름한 얼룩이 진 마스크를 쓴 의사가 그를 내려 보고 있었다. 먼지가 잔뜩 낀 안경을 쓰고 있어 눈은 보이지 않았다.

안경알 뒤로 노란 눈동자가 느껴졌다면 그건 단지 착각이었을까. 의사는 마스크와 안경만큼이나 더럽게 얼룩진 잿빛 가운을 입고 있었다. 그는 병실을 둘러보았다. 병실에서 색이라고는 찾아볼 수 없었다. 그는 각각의 자리에 있어야할 색을 기억해 낼 수 없었다. 창틀은 마치 인간의 폐와 같은 모양을 하고 있었고, 그 안에는 회색퍼즐 같은 스테인드글라스가 기관지 모양으로 그려져 있었다. 그를 내려 보고 있던 의사는 그가 눈을 뜬 것에도 아무런 반응 없이 옆으로 가서 그를 내려볼 때처럼 비어 있는 침대를 내려봤다. 나머지 비어 있는 침대들 역시 똑같은 방식으로 확인했고 차트를 넘기며 무엇인가를 분주하게 적었다. 의사가 움직일 때마다 검은 가루가 사방에 날렸다. 잿빛의 병실 벽에 검은 얼굴들이 스며들며 번졌다. 사방에서 탄(炭) 냄새가 났다. 그런데 탄에 냄새가 있었을까. 침대를 다 둘러본 의사는 출입문에 다가섰다. 의사는 문을 열지 않고 그 속으로 스며들며 사라졌다. 문에 사람 그림자가 남았다.

그는 상체를 일으켜서 창으로 손을 뻗었다. 스테인드글라스를 통째로 밀어 열 수 있었다. 창이 열리며 밖으로 떨어져 산산이 부서졌다. 폐 모양의 공간이 허공에 뚫렸다. 잿빛 하늘 아래로 삭막한 풍경의 거대한 선탄장이 산 한쪽 면을 뒤덮고 있었다. 선탄장 앞으로 먹처럼 검은 하천이 흐르고 강 주변에는 잿빛 슬레이트 지붕의 판잣집들이 하천 위로 튀어나와 허공에 다닥다닥 매달려 있었다. 허름한 집들은 바람이 불면 하천 위로 줄줄이 떨어질 것 같았다. 사람은 한 명도 보이지 않았다. 그는 한참 동안 풍경을 바라보았다. 그 풍경은 익숙했고 아마도 어느 기억의 편린이었다. 그는 침대에서 일어났다. 신발은 없었다. 맨발로 병실 바닥을 밟았다. 차갑고 거친 가루가 발바닥을 파고들었다. 그의 발이 닿은 자리마다 검은 자국이 흉터처럼 찍혔다. 그는 자신이 누워 있던 침대를 돌아보았다. 그 자리에는 산소호흡기를 쓴 노인이 잠들어 있었다. 그는 노인의 얼굴을 알아보지 못했다. 병실을 둘러보았지만, 거울은 보이지 않았다. 그는 의사가 했던 것처럼 다른 침대들을 내려보았다. 전부 비어 있는 침대들뿐이었다. 그는 병실을 나가려 출입문을 향해 걸었다. 화장실에 가면 거울이 있을 것이다. 한시라도 빨리 얼굴을 확인하고 싶었다. 병실 문고리를 잡자 문은 손잡이부터 검은 가루로 변하며 부서졌다. 그는 허공으로 발을 내딛었다.

부연 연기 때문에 아무것도 구분할 수 없었다. 연기 사이로 노란빛들이 깜빡였다. 콩알보다 작은 장식 전구들이 드문드문 떠 있었다. 그는 자신이 이곳에서 아주 오랫동안 갇혀 있다는 것을 알고 있었다. 몇십 년 아니 고작 몇 시간이 지났을지도 모를 일이었다. 이 구덩이 속으로 떨어졌던 건 언제의 일이었을까. 지금 상황은 그때와 이어지고 있는 것일까. 아니면 아예 새로운 어떤 기억의 상황일까. 그는 자신이 고립된 것인지 기다리고 있는 것인지 알 수 없었다. 기다리고 있다면 무엇을 기다리고 있는 것일까. 구조되려면 무너진 장소 근처로 다시 돌아가야 하는 건 아닐까. 걸음을 옮기려는 순간 발목에 통증이 느껴졌다. 그는 잠시 쉬면 나아질 것이라 생각하고 앉았다. 장갑을 낀 손으로 바지 위를 긁었다. 그는 천천히 주위를 둘러보았다. 헤드라이트는 연기를 뚫지 못하고 오히려 먼지만 선명하게 비춰주었다. 연기 사이사이에 떠 있던 아주 작은 전구 하나가 그에게 천천히 다가와 무릎에 앉았다. 전구는 아까보다 훨씬 작았고 파리와 유사한 날개와 다리가 달려 있었다. 전구 속에서 불빛이 눈동자처럼 움직여 그를 바라보았다. 그는 손으로 전구를 털어냈다. 그 순간 전구들은 일제히 그의 얼굴을 스치며 갱도를 따라 날아갔다. 얼굴이 따갑고 화끈거렸다. 자리에서 일어나 무리가 사라진 방향을 쫓아 움직이기 시작했다. 한참을 걷자 어디선가 작게 물 흐르는 소리가 들렸다. 그것은 희망이었을까. 물은 항상 출구 쪽으로 흘렀다. 걷다보면 보다 구조되기 쉬운 곳으로 이동하게 될 것이다. 물론 좀더 오래 버틸 수 있게 도와주는 것은 말할 필요도 없었다. 그는 벽에 귀를 대고 물소리를 찾으며 이동했다. 물 흐르는 소리가 가까워질수록 갱도는 좁아졌고 조금씩 부취가 풍기기 시작했다. 점점 사람이 다닐 수 없을 법한 통로로 이어졌다. 그는 기어가며 소리를 쫓았다. 좁은 틈을 통과하자 다시 갱도는 넓어졌다. 레일이 깔려 있었고 버려진 갱차도 있었다. 오랫동안 아무도 방문하지 않은 폐쇄된 갱도였다. 갱도 가장자리에 물이 시내처럼 흐르고 있었다. 물은 헤드라이트 빛을 받아 석유처럼 검게 번들거렸다. 그는 양손으로 물을 떠 목을 축였다. 물에서 탄가루가 씹혔다. 어느덧 헤드라이트 불빛이 약해지며 깜빡였다. 잠시 의식을 잃었을 때 불을 꺼놓지 못한 게 실책이었다. 라이트 전원이 나가면 이동하는 것이 더욱 어려워질 것이다. 이동보다도 그뒤에 찾아올 암흑을 견딜 수 있을지 자신할 수 없었다. 두려움이 앞섰다. 물이 흘러가는 방향으로 걷기 시작했다. 갱도는 끝없이 이어졌다. 헤드라이트가 벽을 비출 때마다 벽의 거친 단면들이 사람 얼굴 모양의 그림자로 변했다가 사라졌다. 그것은 이곳에 매몰된 우리들의 얼굴이었다. 익숙한 얼굴들. 오래전 친구도 있었고 며칠 전 처음으로 갱도에 들어온 앳된 얼굴의 청년도 있었다. 그가 도착한 곳에는 길이 없었다. 그는 거친 벽을 만져보고 오래전에 무너진 곳이라는 것을 알았다. 그냥 방치했다는 것은 무너질 때 이 안에 아무도 없었다는 것일까. 이제 라이트는 거의 앞을 비추지 못했다. 그는 물이 있으니 잠시라도 이 자리에 머물기로 결심했다. 그의 삶처럼 버려진 갱도. 어쩔 도리가 없었다. 라이트를 꺼두고 잠시라도 눈을 붙이는 게 나을 수도 있었다. 길을 막고 있는 벽을 살피다가 무너진 흙더미 아래 사람의 손이 빠져나와 있는 걸 발견했다. 잘못 본 것인가 눈을 비볐지만, 가까이 다가가 확인해보니 불과 조금 전만 해도 살아 있었을 것 같은 손이었다. 그는 그 손이 너무나 반가웠다. 누군지 알 수 없었지만, 여기에 같이 있어도 된다고 이야기해주는 것만 같아 그 손을 꼭 붙잡으며 갱도에 등을 기대고 앉았다.

시간은 얼마나 흘렀을까. 라이트는 꺼진 지 오래되었다. 너무나 배가 고팠다. 갱도에 들어올 때 챙겨왔던 도시락을 생각했다. 마지못해 꾸역꾸역 먹었던 도시락도 필요할 때는 곁에 없었다. 그는 흙더미에 깔려 있을 손의 주인을 생각했다. 어둠 속을 더듬으며 잠시 놓친 손을 찾았다. 무너진 벽을 아무리 더듬어도 찾을 수 없었다. 마치 중요한 친구가 사라진 것처럼 깜짝 놀랐다. 손은 단지 그의 착각이었을까. 자리에 다시 주저앉았다. 외로움이 밀려들었다. 그가 망연자실 바라보고 있을 어둠 속 벽, 그뒤에서 다시 요란한 울림을 느꼈다. 그가 잠든 사이에 짐승들이 손을 물어간 것일까. 그렇다면 자신도 짐승들이 뜯어먹기 위해 호시탐탐 엿보고 있는 것은 아닐까. 또다시 짐승들이 무리지어 달린다는 것은 이곳도 곧 무너질지 모른다는 것일까. 짐승들이 어느 쪽으로 이동하는지 벽에 귀를 대고 집중했다. 요란한 소리는 갱도를 휩쓸고 그가 왔던 방향으로 사라졌다. 그가 선택할 수 있는 길은 자신이 걸어온 길을 다시 돌아가거나, 물이 흘러가는 방향으로 이어진 다른 길을 찾는 것이었다. 벽을 짚고 일어섰다. 친구였던 손을 한 번만 잡고 싶었다. 작별인사를 하고 싶었다. 하지만 다시 찾을 수 없을 것이라 체념했다. 그는 벽 너머에서 누군가 이야기하고 있는 목소리를 들었다. 목소리가 들릴 리 없다는 것은 누구보다 스스로가 잘 알고 있었다. 어느 틈으로 바람 소리가 들려오고 있었다. 아니 그것은 저주, 정신이 이상해졌다는 증명, 이제 죽음이 임박했다는 확인이다. 하지만 마음 한켠에는 분명히 어디론가 이어진 출구가 있을 것이라는 믿음이 남아 있었다. 그는 아주 작은 소리를 놓치지 않으려 최대한 집중하며 걸었다. 운이 좋아 실수로 뚫어놓은 갱도로 이어져 산중턱 어디론가로 나갈 수 있긴 바라며. 멀리서 희미한 빛이 보였다. 그 빛은 이전에 보았던 박쥐나 날벌레와 달랐다. 직사각형의 비상구처럼 빛나고 있었다. 그것이 출구라는 것을 의심하지 않았다. 이 지긋지긋한 갱도에서 빠져나갈 수 있다면 어디로 이어져 있더라도 상관없었다. 빛을 향하는 시간은 계속 늘어졌다. 한 걸음씩 옮길 때마다 늙어갔다. 그는 결국 막장 끝 나무로 만든 문에 도달했다. 그는 자신이 이미 노인이 된 것 같았다. 문틈으로 빛이 비집고 들어오고 있었다. 그는 문고리를 잡았다. 있을 리 없는, 있어서도 안 되는 문에 두려움을 느꼈지만 그는 문을 당겨 열었다. 아니 열 수밖에 없었다. 빛은 그를 덮치며 감쌌다. 그리고 뒤에서 목소리가 들렸다.

'그리 가면 안 돼. 나와 여기 머물러.'

그는 한참 눈을 감고 주저앉아 있었다. 눈이 빛에 적응하자 생각보다 밝지 않다는 것을 알았다. 병원으로 보이는 어두컴

컴한 복도가 직선으로 뻗어 있었다. 형광등은 금방이라도 나갈 듯 깜빡거렸다. 평소의 갱도보다 조금 밝은 정도였다. 하지만 완전한 어둠에 있던 그에게 처음 그 빛은 눈을 멀게 할 정도로 밝은 빛이었다. 만약 빛이 아주 조금만이라도 더 밝았다면 눈이 멀어버렸을지도 모르겠다. 천장의 형광등은 금방이라도 꺼질 듯 깜빡였다. 그는 뒤를 돌아보았다. 그 자리에는 얼룩진 벽만 있을 뿐 문은 없었다. 그는 복도를 따라 걸었다. 물건들이 아무렇게나 바닥에 버려지듯 흩어져 있었다. 그는 열려 있는 병실 하나를 들여다보았다. 침대는 파손되어 넘어지거나 뒤집혀 있었고 침대와 의자들 사이사이에 물건들도 복도와 같이 쓰레기처럼 흩어져 있었다. 마치 야반도주하고 다시는 돌아오지 않을 집을 추가로 여러 차례에 걸쳐 약탈한 모습이었다. 검은 손자국이 벽과 천장에 찍혀 있었다. 어떤 짐승이 벽을 타고 미친 듯이 방황한 것 같은 흔적이었다. 그는 폐와 비슷한 모양의 창틀에 다가갔다. 창틀에는 아무것도 없었고 그저 검은 공간이 뚫려 있었다. 그는 검은 공간을 응시했다. 허공 사이로 구분할 수 있을 리 없는 어떤 시선을 느끼고 뒷걸음질치다 침대에 주저앉았다. 그 침대는 익숙했다. 마치 오랫동안 또는 평생을 그곳에 누워 있었던 것 같은 생각이 들었다. 그는 이 침대가 자신이 영원히 잠들어야 할 장소일지도 모른다고 생각했다. 하지만 지금이 그때는 아니었다. 아직은 잠들 수 없었다. 그는 도망치듯 병실을 뛰쳐나왔다. 복도의 모양은 변해 있었다. 직선으로 곧게 뻗어 있던 복도는 구불구불하게 휘어져, 롤러코스터 트랙처럼 360도로 꼬여 있었다. 희미하게 빛나는 형광등은 지네처럼 다리가 돋아 천장을 타고 기어다녔다. 형광등 끝은 집게로 된 턱을 벌름거리고 있었다. 그는 뛰쳐나온 병실을 보았다. 열려 있는 문 너머에 병실은 사라졌고, 허공에 비명을 지르고 있는 표정의 얼굴 무늬들이 꿈틀거렸다. 그는 복도를 뛰었다. 복도는 끝없이 이어졌고, 중간중간 문을 열려고 해보았지만, 모든 문들은 단지 문처럼 그려진 그림일 뿐이었다. 천장에서부터 스포트라이트가 켜지며 쓰러져 있는 사람을 비췄다. 이제 더이상 어떤 것도 이상하게 느껴지지 않았다. 오히려 사람을 발견한 반가움에 다가갔다. 쓰러진 사람의 어깨를 잡고 뒤집었다. 얼굴이 있어야 할 자리에는 아무것도 없었다. 단지 깊은 허공을 얼굴이라 부를 수 있는 것은 그의 선입견일 뿐이었다. 그는 쓰러진 사람을 처음 자세대로 조심스럽게 내려놨다. 고개를 들자 정면의 벽에 얼굴이 하나 있었다. 눈이 마주치자 그는 복도를 뛰기 시작했다. 쓰러진 사람이 하나둘 늘어나며 그 자리에 스포트라이트가 비췄다. 그를 천천히 따라오는 얼굴들이 하나둘 늘어났다. 어쩌면 그가 제자리를 뛰고 있는 것일지도 몰랐다. 세로로 찢어진 노란 동공들이 그의 등을 바라보았다. 그는 정신없이 복도를 뛰었고 위와 아래를 구분할 수 없었다. 천장이 바닥이 되고 벽은 천장이 되었다. 모든 것들은 뒤틀렸다. 모든 곳에 얼굴들이 가득찼다. 복도 끝에 다시 문이 보였다. 그 문으로 뛰어들었다. 뒤에서 울부짖는 소리가 하나둘 들렸다. 그는 문을 닫고 주저앉으며 온몸으로 막았다.

도배도 하지 않은 회색 시멘트가 드러난 방 중앙에 커다란 테이블이 있었고, 두 사람이 마주앉아 있었다. 그들은 벽의 색과 별다를 바 없는 회색 옷을 입고 움직이지 않았다. 어디선가 큰 소리로 싸우는 소리가 들렸는데, 그들에게서 나는 소리는 아니었다. 그는 복장으로 보아 병원의 사무직원들일 것이라 생각했다. 그는 사람을 만난 것을 반가워해야 할지 쉽사리 결정할 수 없었다. 그는 조심스럽게 그들에게 말을 걸며 다가갔다.

"저기요."

그의 목소리는 어디선가 들리는 싸우는 소리에 묻혀 사라졌다. 그는 계속 그들에게 다가가며 더욱 큰 소리로 불렀다.

"저기……."

그들의 모습을 보고 그는 '요' 자를 붙일 수 없었다. 그들의 머리와 몸 사이 목이 있어야 할 곳이 비어 있었다. 자세히 보니 그들의 머리는 가느다란 줄로 천장에 매달려 있었다. 눈알이 있어야 할 자리는 검게 텅 비어 있었다. 귀는 흔적만 남아 있었고, 입은 얼굴의 절반을 차지하고 있었는데, 그가 다가가자 커다란 입은 서로를 향해 큰 소리를 지르기 시작했다. 그들이 소리를 지를 때마다 검은 타액이 사방으로 튀며 얼룩졌다. 그는 그들의 모습을 보고 뒷걸음질쳤다. 주위를 둘러보았다. 다른 문은 없었다. 그는 자신이 들어왔던 문으로 다가가고 싶진 않았다. 구석에 가서 쪼그리고 앉았다. 할 수 있는 것은 여전히 아무것도 없었다. 그들이 뭐라 소리를 지르는지 알 수 없었지만, 서로를 탓하고 있다는 것은 느낌으로 알 수 있었다. 귀를 막고 눈을 감았다. 그는 이제 충분히 노력했다고 생각했다. 세상은 눈앞에서 사라져갔다. 그 무엇도 보이지 않았고 아무것도 들리지 않았다. 어둠 속에서 그를 쫓아온 노란 눈동자들이 하나둘 눈뜨고 있다는 것을 그는 몰랐다.

깨끗한 방이 그를 마중했다. 색이 돌아온 세계는 얼마 만일까. 전화벨소리가 울렸다. 그는 벨소리를 따라 전화기를 찾았다. 전화는 최근까지 사용한 것처럼 깨끗해서 이질적이었다. 그는 전화기로 손을 뻗었다. 그가 미처 받기도 전에 스피커폰이 켜졌다. 지지직거리는 잡음과 함께 목소리가 들렸다. 오래전 녹음되어 있었던 듯, 선명하지 않지만, 소리치는 듯 카랑카랑한 목소리는 알아듣기 힘들지 않았다. 처음으로 듣는 짐승보다 인간에 가까운 소리였다.

"아니, 어떻게 방법이 없겠습니까? 여기 다 죽게 생겼습니다. 환자들 다 내보내면 여기 망하라는 겁니다."

병실을 밝히던 형광등 하나가 깜빡이다 꺼졌다. 병실의 반이 암전된 무대처럼 어두워지고 어두워진 쪽 캐비닛이 열리며 서류 뭉치가 쏟아졌다. 아무렇게나 흩어진 서류 뭉치 사이로 검은 얼룩이 마치 폐를 침식하는 먼지처럼 번졌다.

"물론 잘못했습니다. 잘못했죠. 지금 잘못하지 않았다는 게 아니지 않습니까. 일부 직원들 일탈 아닙니까. 그 때문에 모두가 죽을 수는 없지 않습니까."

마지막으로 남아 있던 형광등마저 꺼졌다. 오로지 전화기만 스포트라이트가 비추듯 주변이 밝았다. 가까이 다가가니 스포트라이트는 전화기가 아닌 전화기 옆의 서류를 비추고 있었다. 그는 서류를 읽었다. 진폐등급 조작 및 지원금 부정수급에 관련된 내용이었다. 모든 것은 결정되어 있었다. 결과가 바뀌는 일은 없을 것이다. 이미 이 사건에 관심이 있는 사람은 없었다. 그들의 삶은 오래전 과거일 뿐이었다. 전화기 속에서 이어지는 목소리는 이제 힘이 없었다.

"규정도 알죠. 규정을 알고 있으니 방법이 없는지 부탁하는 것 아닙니까."

전화가 끊어지고 스포트라이트가 꺼졌다. 사방의 벽에는 사람들 얼굴이 돋아났다. 벽은 얼굴들로 가득 채워졌다. 얼굴들의 눈에서는 눈물이 흘렀다. 눈물은 고름처럼 누렇다. 얼굴들은 소리 내 울기 시작했다. 울음소리가 커지자 갱도가 무너지듯 벽이 뒤틀리며 방이 무너졌다.

빛이 보였다. 그 중요한 순간에 그는 의식이 없었다. 시끄러운 빛이 사방에서 울렸다. 얼굴을 알아볼 수 없는 그림자들이 그를 끄집어냈다. 저 뒤편의 어둠 속에서 노란 눈동자들이 눈물을 흘렸다. 그림자들이 그에게 산소마스크를 씌우고 들것에 실었다. 눈물을 흘리는 노란 눈동자들은 더이상 따라오지 않았다.

노인은 오래전의 꿈을 꾸었다. 아니 얼마 뒤의 꿈일지도 몰랐다. 그는 구조된 유일한 사람이었다. 하지만 그때 진정으로 구조되었던 것인지는 알 수 없었다. 그날 이후로도 그는 갱도에 들어갔다. 아니 들어갈 수밖에 없었다. 어쩌면 지금까지 살아 있는 것이 기적에 가까웠다. 그런데 진정 살아 있긴 한 것일까. 자신의 손에 종이가 쥐어져 있다는 것을 문득 깨달았다. 언젠가 손에서 놓쳤을지 모를 구겨진 종이였다. 땀에 흠뻑 젖은 종이를 조심스럽게 편다.

'병원 이전 통지서'

맨 밑에는 병실을 비워야 하는 날짜가 작게 적혀 있었다. 그는 이제 어디로도 가고 싶지 않았다. 그는 3년 뒤 아니 5년 뒤 돌아가려 했던 고향을 떠올려보았다. 아니, 돌아갈 고향 같은 건 없었다. 이곳이 이 땅속이 그의 고향이었다. 그는 통지서를 다시 움켜쥐었다. 그는 창밖을 보았다. 차가운 바람이 불었다. 마른기침을 했다. 가래 끓는 소리에 가슴이 찢어질 것 같았다. 병실 문은 열려 있었다. 그는 두려웠다. 하지만 언젠가는 나가야 할 문이었다. 그렇다면 스스로의 발로 나가고 싶었다. 그는 코에서 산소호흡기를 뽑았다. 자리에서 일어나 옷장 아래에서 조심스럽게 포장해놓은 보자기를 꺼냈다. 반도체공장에서 일하던 딸이 죽었다는 소식과 함께 딸의 회사에서 해준 상복이었다. 그는 딸의 유해조차 보지 못했다. 딸은 정말로 죽었던 것일까. 단지 실종된 것은 아닐까. 딸을 찾아 먼길을 떠난 아내는 이미 딸을 만났을지도 모른다. 몇 번 입어보지 않은 검은 양복을 어렵게 입었다. 숨이 가빠왔다. 하지만 이 와중에 누군가 들어오면 뭐라 이야기할지 걱정했다. 다행히 그가 옷을 다 입을 때까지 들어온 사람은 없었다. 그는 넥타이를 맬 줄 몰랐기 때문에 재킷 안주머니에 곱게 접어넣었다. 그제야 구두가 없다는 것을 깨달았다. 구두를 준비해놓지 못한 것이 무척이나 아쉽게 생각되었다. 걸음을 옮기자 바짓단이 바닥에 끌리며 슬리퍼 뒤축에 밟혔다.

병원 복도는 얼룩 하나 없었다. 모든 것이 기억과는 달랐다. 지금의 기억은 진짜일까. 그는 병원 복도를 기억에 확실히 담으려는 듯 꼼꼼히 살폈다. 아무도 마주치지 않았다. 데스크를 지날 때 누가 있을까 잠시 눈치를 봤지만 역시 아무도 없었다. 노인은 안심하고 다시 복도 끝을 향했다. 손으로 벽을 쓰다듬듯 짚었다. 시야가 가물가물했다. 밝은 복도가 점점 어두워졌다. 복도는 노인이 걷기에 너무 길었다. 벽은 노인의 손에 상처를 입히기에는 충분할 정도로 거칠었다. 캄캄한 복도를 헤치고 나갔다. 숨을 쉬기 힘들었다. 말라비틀어진 피부에서 땀이 비 오듯 흘러내렸다. 노인이 가진 마지막 수분까지 모두 뽑아내려는 것 같았다. 복도 끝 비상계단으로 이어지는 문에 간신히 도착했다. 닫힌 문틈에서 노란빛이 환하게 빛났다. 언젠가 보았던 것 같은 문이었다. 그 문을 열어서는 안 된다. 하지만 노인은 문을 열기로 결심했다. 지금이라면 다른 선택을 할 수도 있을 것 같았다. 아니 다른 선택은 없었다. 문을 열었다.

어떻게 된 것일까. 노인의 세계는 마치 과장된 연극같이 지나갔다. 무한히 반복되는 갱도처럼 똑같은 나날들이 이어져 여기까지 왔다. 반복되는 얼굴, 반복되는 풍경, 반복되는 상처, 상처가 상처인지 모르고 당연하다 생각했다. 살아남았을 때도 살아남았기 때문에 이용만 당하고 보상받지 못했다. 그리고 다시 갱도에 들어갔다. 노인은 항상 뒤를 돌아봤다. 항상 죽은 동료들의 눈들이 자신을 바라보고 있다고 생각했다. 그가 믿을 만한 동료에게 그 이야기를 꺼낸 다음날부터 사람들은 그를 피했다. 불길한 소문은 빨리 퍼져나갔다. 그와 이야기하는 것은 수많은 금기 중 하나로 추가되었다. 죽음이 옮을까 걱정했던 것일까. 사택 사람들은 그의 가족들에게도 말을 걸지 않았다. 딸의 죽음과 함께 아내는 딸을 찾아 떠났다. 그는 미쳐갔다. 사람들은 그와 작업하려 하지 않았다. 그를 매몰차게 쫓아내지 않는 곳은 작붓집밖에 없었다. 그의 불길함은 무엇이었을까. 그는 항상 문을 열기를 주저했다. 잘 때도 불을 끄지 않왔다.

비상구 계단에는 노란색의 수많은 눈이 노인을 보고 있었다. 하지만 노인은 뒷걸음질치지 않고 그 사이로 걷기 시작했다.

'우리는 산업폐기물이 아니다. 공단 이사장은 물러나라. 광부들의 고혈 짜내 잘 처먹고 잘 살아라.'

로비의 벽에는 사람들이 현수막처럼 걸려 있었고, 입고 있는 옷에 투쟁적인 문구가 붉게 적혀 있었다. 가만히 보니 의자에 앉아 있는 사람들도 피켓이 되어 그 자리에 굳어 있었다. 황량한 바람이 불었다. 마치 오래전에 사라진 공간처럼 흐릿했다. 사방으로 거미줄이 쳐지고 유인물들이 더럽게 흩어졌다. 그는 종이 하나를 집어들었다.

나 태어나 이 강산에 광부가 되어
탄 캐고 동발지길 어 언 삼십년
무엇을 하였느냐 무엇을 바라느냐
나 죽어 이 광산에 묻히면 그만이지
〔후렴〕 아 다시 못올 흘러간 내 청춘
검 은옷에 실려간 꽃다운 이내청춘

광부가의 가사가 적힌 유인물이었다. 종이에 묻어 있는 탄가루가 노인의 손가락에 묻었다. 병원은 사라졌다. 일부 직원의 책임이라고 하지만 규정은 지켜졌다. 환자들은 모두 병원을 옮겼다. 어디론가로, 어디론가로? 노인은 자신이 어디로 갔는지 기억나지 않았다. 하지만 문득 알 수 있었다. 자신은 그때 어디로도 가지 않았다.

어떤 풍경들, 그리고 기억의 파편들, 또는 작위적인 조롱들, 결국에는 비약의 논리들.

통유리로 된 현관문으로 빛이 쏟아져들어왔다. 빛이 닿은 모든 것들이 풍화되어 흩어졌다. 그는 과감하게 빛 속으로 발을 내딛었다. 빛이 먼지가 되어 그에게 내려앉았다. 마치 유골 가루같이 하얀 세계, 길은 계속 이어졌다. 그가 밟는 자리마다 하얀 세상은 검게 얼룩졌다.

노인은 병원 뒷산 어느 낙엽송 아래 섰다. 언제 기회가 되면 보러 가야지 했던 황금소나무를 떠올렸다. 낙엽송은 왜 황금소나무라 부르지 않을까. 검은 황금은 황금이 될 수 없는 것과는 다른 이유일까. 그는 이제 충분하다고 생각했다. 병원을 내려보았다. 모든 병실의 불이 꺼져 있었다. 지금은 언제의 병원일까. 자신의 병실을 찾았다. 밖에서 자신의 병실을 보는 것은 처음이었지만 그리 어렵지 않게 찾을 수 있었다. 창 안에서 누군가가 그를 마주보고 있었다. 이제 두렵지 않다. 평생 두려움에 떨며 살았던 자신이 초라하게 생각되었다. 속주머니에서 넥타이를 꺼내 나무에 묶었다. 한 번도 매보지 못한 넥타이를 처음으로 묶는 데 성공했다. 고리에 목을 넣었다. 의식이 사라질 때까지 창문 속의 눈은 오랫동안 그를 봐주었다. 그것은 어쩌면 끝내지 못할 애도같이 생각되었다.

죽음이 우리를 갈라놓을 때까지

남자는 미친놈으로 자라서 죄송하다고 소리쳤다. 맞고함을 지르던 아버지는 예상치 못한 말이었는지 주춤했다. 죄송하다니, 그 말은 사과일까. 어머니는 아버지의 시아에서 남자를 숨기려는 듯 두 사람 사이에 끼어들었다. 그 덕에 거울처럼 마주 보던 두 사람은 서로의 시선에서 도망칠 수 있었다. 현관 입구에 놓아둔 가방을 집었다. 어머니가 다급히 가방끈을 잡았다.

애가 오늘 왜 이래. 일단 이거 내려놔봐.

아버지는 잠시 주춤해 침묵한 것이 싸움에서의 기세가 꺾인 것처럼 느껴졌는지 목에 핏대를 세우며 다시 고함쳤다.

나가라고 해! 빨리 나가!

네 살 먹은 조카아이가 울면서 달려와 어머니의 다리에 매달렸다.

아, 당신은 좀 가만히 있어봐요. 이 양반이 애를 왜 이렇게 갈궈.

어머니는 기름을 다시 부으려는 아버지에게 퉁명스럽게 쏘았지만, 호전적인 아버지는 물러서지 않았다.

내가! 뭘!

하지만 미약하게나마 겸연쩍어하는 느낌을 남자는 놓치지 않았다.

죄송해요! 죄송하다고요. 제가 뭘 어떻게 해야 할까요. 맞아요, 아버지 말이 다 맞아요. 아버지는 잘못이 없어요. 제가 못나서, 제가 모자라서 그런 거예요. 단지 제가.

적어도 그 말은 거짓이 아니었다. 위선이나 위악도 아니었다. 남자는 아버지 생각에 어울리는 아들이 아니었다. 나름 이 싸움을 끝내고 싶었던 것일지도 모르겠다. 하지만 말을 멈출 순 없었다.

아들이 멍청이라 그래요. 맞아요. 아버지 말처럼 인간 구실 못 하는 놈이죠. 항상 말끝마다 붙이는 맨재기 같은 놈이라 그래요. 아니 제정신이 아니라 그런 거겠죠. 남들 다 평범하게 자는 잠도, 약을 먹지 않으면 못 자는 인간이죠. 대가리에 핏줄이 터질 것 같은 게 문제예요. 그래도 좀 뭘 한다고 하면, 해보겠다고 하면, 한 번이라도 응원을 해봐요. 그렇게 깎아내리지만 말고요.

남자의 목소리가 점점 커지며 애원처럼 변하다가 갑자기

차분해졌다. 고개를 떨구고 말했다. 눈을 마주칠 순 없었다.

이거 놓으세요, 어머니. 제가 나가면 돼요. 여기 있어봐야 싸움만 계속되겠죠. 서로 안 보이면 해결될 거예요.

마치 체념한 말투였다.

여기서 끝내요. 정말 너무 힘드네요. 서로 없다고 생각해요.

그 말을 들으며 아버지도 항상 생각해온 것처럼 나지막하게 대답했다.

난, 널 낳은 것을 한순간도 후회하지 않은 적이 없다.

지난 40년간 그들은 가족이라는 이름으로 서로 무수한 상처를 주고받았지만, 이날만은 지금까지와 달리 서로에게 지나치게 솔직했다. 솔직한 만큼 이해를 원하는 것이 아니라 상처를 주려는 의도가 강하다는 것도 어느 순간부터 모두 눈치채고 있었다. 그랬기 때문에 멈춰야 할 때를 놓쳤다. 어쩌면 그 덕에 부모 자식 간에 처음으로 속내를 이야기하는 것이기도 했다. 아니, 아버지는 항상 솔직했다. 가족 중 오로지 아버지만이.

여름이었다. 터미널에 내렸을 때는 늦지 않은 시간이었음에도 이미 해가 떨어졌다. 걸어갈까 생각하다가도 밤더위에 엄두가 나지 않았다. 택시에 올라 목적지를 말할 때마다 말투를 신경썼다. 서울에서는 사투리, 고향에서는 서울말처럼, 어디에서도 환영받지 못했다. 그가 어린 시절 자란 집이 아닌, 지금의 본가에 남자의 자리는 처음부터 없었다. 아니 그 이전에도 남자는 방을 가진 적이 없었다. 거실에서 자는 것보다 모텔에서 자는 것이 더 편할지 모른다. 빈집에 들어와 전기밥솥에서 밥을 푸고 냉장고에서 김치와 나물을 꺼냈다. 하루종일 먹은 것이 없었기 때문에 허기진 상태였다. 하지만 식욕은 없었다. 졸리지만 잠들지 못하는 것처럼. 밥을 떠놓고 제사를 지내는 것마냥 앉아 있었다. 얼마간의 시간이 흐르고 늦은 퇴근을 한 누나가 지친 얼굴로 들어왔다.

부모님은?

몰라.

옷을 갈아입고 나온 누나는 밥을 아주 조금 푸고 반찬을 한두 가지 더 꺼내서 남자 앞에 앉았다. 자기가 꺼낸 반찬에만 젓가락질했다. 치울 때도 서로 본인이 꺼낸 것만 다시 집어넣으면 될 것이다. 둘은 같이 자란 남매라고 생각할 수 없을 정도로 식성이 달랐다. 딱히 대화는 없었다. 남자는 떠놓은 밥을 어떻게 처리해야 할지 고민했다. 터미널에서 맥주라도 한 캔 사왔으면 좋았을 텐데. 가족 중 술을 먹는 사람은 없었다. 슈퍼는 꽤 먼 곳에 있었다. 어머니에게 부탁할까도 생각했다. 어머니는 남자가 술을 먹는 것을 좋아하지 않았다. 문이 열리며 조카가 떠들썩하게 소리를 지르며 들어왔다. 그 뒤로 아버지와 어머니가 따라 들어왔다. 덕분에 고민을 계속할 필요는 없었다. 차분하게 가라앉아 있던 공기가 갑자기 시끄러워졌다. 남자는 일어나 인사했고, 누나는 고개를 돌려 간단하게 목례만 했다. 아버지는 인사를 받는 둥 마는 둥 방으로 들어갔다. 어머니는 냉장고로 가서 남자도 누나도 먹을 생각 없는 반찬을 몇 개 더 꺼냈다. 옷을 갈아입은 아버지는 소파에 앉으며 텔레비전을 틀었다. 조카가 아버지에게 매달리며 만화 채널을 틀어달라고 조르기 시작했다. 자야 하는데 왜 텔레비전을 틀었냐고 어머니가 한마디했다. 그 장면은 마치 가족 같았다. 그래서 남자는 용기를 냈을지 모른다. 굳이 말을 꺼낸 의도는 아주 조금의 도움이라도 받을 수 있을까 기대를 했기 때문일 것이다.

지금까지 하던 거 다 정리하고, 지방직을 준비할까 해요.

아버지는 그 말을 듣고 시큰둥하게 대답했다.

지방직은 한 달만 공부해도 되지.

마치 남자의 의도를 알고 있다는 듯. 기대도 하지 말라는 의미 같았다.

아니 무슨 한 달이에요. 그럼 여기 몇 년째 떨어지는 사람들은 뭐예요.

그런 남자의 말이 어디가 마음에 들지 않았던 것일까. 아버지는 버럭 소리를 질렀다.

똥멍청이 놈들이지! 합격한 놈들도 다 모자란 놈들인데. 공부를 안 했으니 떨어지지, 했으면 떨어지겠냐.

아버지에게 삶은 투쟁이었다. 그가 볼 때 남자는 얼마나 나약한 인간일까. 아버지가 아들에게 바란 대답은 남자도 잘 알고 있었다. 자신 있습니다. 뭐 어려운 시험 아니잖아요. 일단 공부하면서 더 어려운 시험도 생각해볼 수 있겠죠. 아버지는 어릴 때부터 항상 자신감을 강조했다. 사내새끼가 배짱이 없어. 네댓 살 더 많은 고등학생 깡패들에게 돈을 뺏기고 집에 왔을 때도 뺑뜯기고 온 놈이 왜 얼굴이 멀쩡하냐, 거기 들이박을 용기도 없으니 돈이나 뺏기고 다니지, 라며 나무랐다. 노력이 중요하다 말하지만, 노력했다면 안 될 리 없으니 결국 중요한 것은 결과였다. 뭐 한 달은 모르겠지만 좀 해보려고요, 라는 말도 나오지 않았다. 평소라면 그냥 건성으로 듣고 넘어갔을 아버지의 말투를 참을 수 없었다. 아니 그보다 조금은 지원을 받을 수 있지 않을까 하는, 스스로 경멸해온 내면의 속물근성을 아버지에게 들킨 것 같았다. 숨겨야 했다. 그래서 더 통명스럽게 비아냥거리는 말투가 튀어나왔다.

그래요. 아들이 똥멍청이라 죄송하네요. 한 달 만에 합격도 못 할 거 그냥 안 할게요.

아버지는 그 말이 다 끝나기도 전에 목에 핏줄이 설 정도로 고함을 질렀다.

하지 마! 그래, 하지 마! 아무도 하라고 안 했어!

한쪽에서 이어지는 소란 속에서도 누나는 남자의 맞은편에서 아버지를 등지고 홀로 다른 세계에 있는 듯 평온하게 식사를 이어갔다. 소파에 앉아 소리를 지르는 아버지도, 가방을 잡고 서로 당기고 있는 어머니와 남자도, 어머니에게 덩달아 매달려 울고 있는 자신의 딸도, 그 무엇도 신경쓰지 않았다. 하지만 그 평온의 힘이었을까. 아수라장을 끝낸 것은 바로 누나였다. 누나는 아주 천천히 움직였다. 조용히 식탁에서 일어나 아무런 소리도 내지 않고 자신이 먹은 식기를 챙겼다. 자신이 꺼냈던 반찬의 뚜껑을 닫고 냉장고에 넣었다. 마지막에 밥그릇을 싱크대의 바구니에 놓을 때 달그락거리며 식기 부딪치는 소리가 유난히 컸다.

제가 같이 나가서 커피 한잔할게요.

누나의 말에 어머니는 꽉 쥐고 있던 가방끈을 슬며시 놓았다. 대치 상황을 끝내준 것에 감사하는 것도 같았다. 조카가 울며 매달렸을 때 끝내지 못했으니 그들 스스로는 이 상황을 어찌할 수 없다는 것을 알고 있었다.

*

어제는 비가 와서 나가지 않았다. 그제도 비가 왔다. 그끄저께에도. 오랫동안 비가 내렸다. 올해는 유난히 장마가 길었다. 이 비는 언제 그치는 것일까. 거짓말이다. 오늘은 흐리지만 비가 오지 않았다. 하지만 나가고 싶지 않았다. 반지하방의 창문은 높다. 빗줄기는 비스듬하게 흐른다. 빗물을 타고 시선이 떠다닌다. 원하지 않는 시선들이 침입한다. 암막커튼으로 창을 가린다. 남자를 찾는 것은 아니다. 그는 아직까지 누군가가 찾을 만한 존재였던 적이 없다. 하지만 숨어야 한다. 외출을 하지 않아도 살아가는 데 힘든 것은 없다. 삶에 필요한 것은 모두 배송받을 수 있다. 통화를 할 필요도 없다. 질문이나 대답은 필요 없다. 돈은 전화기에 들어 있다. 아니다 거짓말이다. 화면 속 숫자는 오래전부터 붉은색이다. 미래의 자신에게 빌렸다. 마이너스가 0이 되려면 어찌해야 할까. 남자가 할 수 있는 것은 없다. 그는 시선들에게 끌려갈지 모른다. 외출은 술과 담배를 사야 할 때만 필요하다. 오늘도 1인용 간이 욕조에 물을 받는다. 수건걸이에는 재떨이와 바구니를 건다. 바구니에는 담배와 맥주를 담는다. 물은 너무 뜨거워도 너무 차가워도 안 된다. 온도계는 믿을 수 없다. 왼손을 넣고 천천히 물을 만진다. 가득 차면 검고 깊은 욕조 속으로 미끄러지며 빠져들어간다. 욕조 밖으로 물이 흘러넘치며 쏟아진다.

남자는 매순간 양치를 한다. 변기에 앉아, 욕조에 물을 받으며, 욕조 속에서, 담배를 한 대 피우고 난 뒤, 맥주를 한 잔 마시고 난 후, 그리고 또 양치를 한다. 양치를 하며 습기로 뿌연 거울을 계속 닦는다. 잇몸이 모두 닳아 없어지길 바라는 듯. 치아 사이 치석이 사라진 자리가 뻥 뚫려 있다. 몇 년에 걸쳐 치석에 밀려 주저앉았던 잇몸은 언제 다시 살아날까. 정말 살아나긴 하는 것일까. 구멍난 자리에 다시 음식물이 끼고 굳어 이전처럼 그 자리를 차지하는 것은 아닐까. 치석이 잇몸보다 빨리 자라지 않도록 빈 공간을 혀로 훑는다. 무의미한 노력일지 모른다. 치석이 떨어져나간 자리가 깨진 단면처럼 날카롭다. 혀끝이 상처를 입는다. 싸구려 전동 칫솔은 약해진 잇몸을 굴삭기처럼 긁어댄다. 아픔은 느껴지지 않는다. 칫솔을 사랑니 뒤편으로 밀어넣는다. 사랑니를 뽑아야겠다. 하지만 과연 뽑을 결심을 할 수 있을까. 구역질이 올라온다. 양치할 때 구역질은 흔한 일이다. 하지만 조심스럽게 천천히 행해야 한다. 갑작스러운 구토는 심장을 오랫동안 뻐근하게 만든다. 양치질을 멈추고 왼손을 명치에 올린다. 심장을 움켜쥐려는 듯이. 한 번 또는 두 번 역류하려는 신물을 아주 천천히 삼킨다. 위액이 식도를 타고 오르내린다. 위액이 맞긴 할까. 거북하다. 사실 모든 것은 생각하기 나름이다. 정말 적응할 수 없는 것은 이런 사소한 것들이 아니다. 익숙해질 수 있는 것은 고통이 아니다. 익숙해졌다고 생각할 수 있는 것도. 아니다, 통각이 사라지면 인간은 살아갈 수 없다. 오랫동안 청소하지 않아 치석처럼 검누런 변기에 양칫물을 뱉는다. 붉고 흰 거품은 광고사진 속 딸기라테 같이 선명하다. 붉게 물든 칫솔을 다시 입에 넣는다. 비릿하다. 점점 더 세게. 마치 더 많은 피를 흘려야 한다는 듯이. 침이고인다 양칫물이 점점 붉어나 입속에 가득찬다. 변기에 얼굴을 가져간다. 몸을 숙이는 중 구토가 터져나온다. 결국 참지 못했다. 노력할 필요는 없다. 몸에 힘을 주면 더 괴롭다. 음식물이 순식간에 식도를 타고 올라와 변기에 쏟아진다. 변기 물, 양칫물, 토사물이 한 대 섞여 얼굴에 튄다. 입에는 치약의 향기와 섞인 토사물의 비릿한 냄새가 남았다. 들고 있던 컵으로 입을 헹군다. 변기 레버를 내리고 수도꼭지를 틀어 세수를 한다. 마모된 칫솔은 더이상 제 역할을 하지 못할 것 같다. 칫솔을 새것으로 갈고 치약을 짠다. 다시 양치를 시작한다. 토해낸 음식물이 아깝다. 이번달 식비도 부족한데. 사치스러운 양치다. 하지만 오늘은 더 토할 게 없겠지. 속이 비어버린 느낌은 오히려 개운하다. 식사를 다시 해야 할까. 아니다. 식사를 했다는 사실이 중요할 뿐. 위에 음식물이 있는가는 중요하지 않다. 어차피 양치를 할 때 다시 토할 것이 분명했다.

보름 전 치아 스케일링 시술을 받았다. 어림잡아 15년 만이다. 보험 적용이 된다는 이야기를 듣고 한번 받아야지 생각한 것도 벌써 5, 6년 전이다. 치석이 누렇고 검게 굳어갈수록 양치를 등한시했다. 장기 어딘가 문제가 있는지 목에서 역한 냄새가 올라오는 것을 스스로 느낄 수 있었다. 일단 스케일링을 받고 관리를 시작해야지, 식도염에 좋다는 배즙도 주문해서 먹어야지. 바보 같은 생각이라는 것을 알고 있었다. 단지 리셋 전에 노력하는 것은 부질없는 짓 같았다. 하지만 치과에 가는 일은 없었다. 시간이 흐를수록 치석이 심해질수록 스케일링 시술은 아플 게 분명했다. 그는 사소한 고통조차 감당할 자신이 없었다. 아버지가 항상 하던 말처럼 천성이 나약한 것일지도 몰랐다. 처음 스케일링을 받았을 때의 기억은 끔찍했다. 잘못된 방향으로 뚫고 나온 사랑니를 뽑았던 기억과 착각한 것

은 아닐까. 그렇다면 반대쪽에 살짝 삐져나온 매몰된 사랑니
는 어떻게 해야 할까. 속에서 썩어들어갈 신경과 그 사이에 끼
는 이물들과 함께 말이다. 해야 할 것과 하고 싶지 않은 것 사
이에서 아무것도 하지 않는 것을 선택해왔을 뿐이다. 하지만
보름 전, 남자가 치과를 찾아갈 결심을 한 것에 어떤 이유가 있
었던 것은 아니다. 주문했던 1인용 욕조가 도착하기로 한 배송
예정일이었고, 자신을 위한 하나의 의식이었을지도 모르겠다.

*

강의는 어디서 해?

누나는 시동을 걸며 목적지를 남자에게 확인했다. 누나가
강의에 대해 물은 것은 처음이었다. 아니 서로 사적인 질문을
한 것 자체가 언제인지 기억나지 않았다.

이번 주가 마지막이라고 했나? 이제 내려올 일 없겠네.

누나는 마치 오늘이 영영 마지막일지도 모른다는 투로 말했
다. 어쩌면 사실이었고, 조금은 부러워하는 것일지도 몰랐다.

이 시간에 문을 연 곳이 있을지 모르겠다. 여긴 다 일찍 닫
거든.

이미 자정을 넘기고 있었다. 이런 기분이라면 해안도로를
타고 가도 좋겠다고 생각했지만 남자는 말하지 않았다. 얻어
타는 입장이었다. 어차피 남자의 성격에 택시를 타더라도 해

안도로로 돌아서 가달라고 말하지는 않았을 것이다. 누나는 당연히 직선거리를 선택했다. 누나는 그런 사람이었다. 항상 효율적인 길을 선택하는 사람. 하지만 남자는 생각했다. 자신은 떠돌이 외지인이 되었고 누나는 이제 이곳에서 살아가는 사람이니 어쩔 수 없는 일일지 모른다고.

여자친구랑 헤어진 것 때문이야?

남자의 침묵 때문이었을까. 조금은 뜬금없는 질문이었다. 이 이야기에 네가 뒤늦게 등장해도 될까. 하지만 어떨 때는 직설적인 게 더 나을 수도 있다. 누군가는 더 감성적이고, 남자보다 더 이성적일 것이다. 각자의 파장이 맞는 것은 불가능하다. 아무리 배려한다 해도 결국은 받아들이는 사람 나름이다.

무슨 나이가 몇인데.

모호한 긍정이었을까.

우울은 전염되기도 하니까.

누나가 갑자기 그런 말을 한다는 것에 남자는 조금 놀랐다. 남자는 대화를 잠시 멈춰야 한다고 생각했다. 더 이어진다면 분명 서로에게 상처를 줄 것이다.

아냐, 뜬금없이 웬. 요즘 시간이 많아서 그런가봐.

도착한 곳은 아주 작은 모래사장이 있는 해변이었다. 이렇게 작은 해변에도 서치라이트가 파도를 비추고 있었다. 짧은 방파제가 있었고 끝에는 그리 크다고 할 수 없는 등대가 있었다. 지금까지 남자는 누나가 꿈을 꾸지 않는 사람이라고 생각해왔다. 하지만 그곳에 도착한 순간 자신이 오해하고 있었을지 모른다고 생각했다.

나도 여기 내려와서 많이 싸웠어.

누나가 먼저 말을 꺼냈다.

그래도 같이 살고 나서는 사이가 좋아 보이던데.

그래 보이는 거야. 애기 때문에 어쩔 수 없어.

조카는 아버지가 유일하게 이기지 못하는 사람이기도 했다. 조카에게만은 어떻게 그렇게까지 관대한 사람이 될 수 있을까.

내가 공부할 때 가장 힘들었던 게 뭔 줄 알아?

남자는 알고 있었다. 늘 지원받는 누나를 부러워하면서도. 아버지의 지원을 받게 되면 어떤 괴로움이 있는지. 남자가 보기에 누나는 단지 아주 조금 운이 없었을 뿐이었다. 남자와 달리 질문에 의문을 품는 사람이 아니라 질문을 해석하는 사람이었다.

아버지가 괴롭히지 않았다면 어땠을까.

남자의 질문에 누나는 잠시 침묵 후 대답했다.

잘 모르겠네.

누나는 아버지 탓을 하진 않았다. 보모가 된 지금 아이에게 대가 없는 돈을 쓴다는 것의 의미를 알게 된 것일까. 그것은 사랑일까, 의무일까 아니면 허무함일까. 누나의 말을 듣고 남자는 혼잣말처럼 중얼거렸다. 그 소리는 파도 소리보다 작았다.

난 감당하지 못했을 거야.

남자는 누나를 별로 좋아하지 않았다. 사내새끼가 기집애같이, 여자애가 선머슴같이. 상반되면서도 같은 욕을 먹고 자란 두 사람이었다. 공대로 진학한 누나와 인문계 진학 후 뒤늦게 미술로 방향을 잡은 남자. 남자는 나이를 먹을수록 누나를 보며 기계 같다고 생각했다. 둘은 오랫동안 사적인 대화를 하지 않았다. 대화를 멈추자 미움은 무관심으로 변해왔다. 남자는 자신의 기억에 남아 있는 오래전 누나와의 마지막 대화를 떠올렸다.

남자는 집안 사정을 고려해 대학에 진학하자마자 입대를 결정했다. 군에 있는 동안 누나가 졸업한다면 조금은 마음 편히 다닐 수 있을 것이라 생각했기 때문이었다. 하지만 누나는 남자가 군에 있는 2년 동안 휴학을 했다가 남자가 제대 후 복학했을 때 같이 복학했다. 그동안 누나가 무엇을 했는지는 모른다. 억울함 때문이었을까. 남자는 서운함을 표현했다. 그러자 누나는 어이없다는 듯 말했다.

군대는 니가 가고 싶어서 간 거잖아. 니가 선택한 걸로 남 핑계 대지 마.

그 말은 마치 아버지의 말투 같았지만 어느 지점에서는 사실이었다. 언젠가 갈 수밖에 없는 일이었지만. 가족 중 누구도 남자에게 군대에 가라고 이야기한 적 없었다. 대학에 적응을 하지 못했던 것도 사실이었다. 하지만 누나가 2년 동안 휴학할 줄 알았다면 서둘러 입대하진 않았을 것이다. 그 누구와도 상의하지 않고 가장 좋다 생각한 방법을 혼자서 취했던 결과였을 뿐이다. 누나도 자신의 삶이 있었을 것이다. 오히려 남자의 공부야말로 가족 중 누구도 관심이 없었다. 학교를 다니든, 휴학을 하든, 공단에서 알바를 하든, 신경쓰지 않았다. 하지만 그건 그거고 누나가 이기적이라 생각했다. 본인이 행한 희생에 대해 정당히 받아야 할 칭찬을 무위로 돌리는 발언이었다. 어린 나이에 다녀온 군생활 자체를 부정당하고 있는 듯 느끼게 만들었다. 그때부터 남자는 누나에게 말하는 것을 멈췄다. 어떤 말을 해도 서로 이해할 수 없을 것이다. 누나는 그 흔한 아르바이트 하나 한 적 없었지만, 하려는 일들은 아버지가 볼 때 투자할 만한 일들이라 지원을 아끼지 않았다. 남자는 누나가 권력 지향적이라 비아냥거렸다. 누나는 그 말을 칭찬으로 이해했다. 남자는 누나의 그런 점이 가장 싫었다. 하지만 항상 한 끗 차이로 시험에 떨어졌다. 남자는 대학을 그만두고 전공을 바꿨다. 그 전공은 아버지가 보기에 인간 구실 못 하는 일, 즉 사회의 낙오자가 되려는 노력이었다. 정신 좀 차리고 살아라, 는 말은 더이상 어떤 상처를 주기는커녕, 안녕하냐, 같은 인사말이 되었다. 가족과 사이좋기 위해 대화를 멈췄다. 어머니는 항상 여자애랑 남자애가 거꾸로 태어났다고 한탄했다. 남자도 오랫동안 무의식중에 그랬으면 가족 모두 행복했을지도 모르는데, 라고 생각했다. 남자가 여자로 태어나고, 누나가 남자로 태어났다면 행복했을까. 어차피 집에 그 정도 여유는 없었다. 결국 지원받는 것은 그가 아니었을 것이다.

누나는 남자를 미워하지 않았다. 남자는 그 사실을 알고 있었다. 누나는 오히려 진심으로 걱정하는 편에 가까웠다. 하지만 그 걱정의 표현 방식이 남자에게 상처를 주었을 뿐이다. 미움은 남자의 일방적인 감정이었다. 누나는 남자가 자신을 얼마나 미워하는지 알았을까. 짐작은 했을까. 설령 알았다 해도 크게 신경쓰지 않았을 것이다. 누나는 금욕적인 사람이었다. 술이나 담배는커녕 커피도 마시지 않았다. 네발짐승도 먹지 않았는데, 채식주의자로 오해받는 것은 싫다고 말했다. 그런 누나가 어느 날 아이를 가졌으니 결혼해야겠다고, 집에 통보했다는 이야기를 들었을 때는 조금 놀랐다. 결혼식은 올리지 않았고 혼인신고만 했다. 남들이 이 이야기를 들으면 누님이 의식이 있는 분이구나, 라고 말하기도 했는데. 단지 요식행위는 돈만 들고 번거롭다는 합리적 이유였다. 2년 전 조카가 두 살이 되었을 때. 누나는 고향에 직장을 구하며 남편과 떨어져 살게 되었다.

매형은? 연락은 해?

가족에 대해 처음으로 하는 질문이었다. 어쩌면 누나가 말해줄 수 있는 이야기는 남자도 이미 어머니를 통해 대략 들었을지 몰랐다. 누나는 그 점을 감안해서 대답했을 것이다.

난 아이가 필요하긴 했지만 남편이 필요했던 것은 아니야. 그리고 살아보니 알겠더라고 역시 남편은 필요 없다는 걸 말이야.

남자는 잘은 모르겠지만 이해할 수 있을 것도 같았다. 아이는 왜 필요했냐고 묻고 싶었지만 하지 않았다. 그때 생각과 지금 생각이 다를까 겁났던 것일까. 자연스럽게 문화관 근처에 도착할 때까지 둘은 아무 말 없었다.

이 근처에 잘 만한 곳이 있어?

모텔가지 뭐. 요 뒤가 옛날에 터미널이었잖아. 그래서 그런지 검색해보니 모텔이 많나보더라고.

뭐 니가 잘 알아서 하겠지.

남자는 의외로 누나와 자신이 통하는 부분이 있을지 모른다고 생각했다. 단지 너무나 오래 자신이 오해하고 있었을 뿐이라고. 그런 짧은 감상이야말로 다른 오해의 시작이라는 것 또한 알고 있었다. 방금 전 밤바다를 함께 걸었기 때문일 뿐이다. 바다에서 따라온 끈적끈적한 습기가 아직 목덜미에 들러붙어 있었다.

숙박 애플리케이션에서 가장 저렴한 숙소를 찾았다. 예약은 하지 않았다. 손님이 더 들어올 시간도 아니고 혼자라고 말하면 5천 원이라도 깎아줄지 모른다는 기대 때문이었다. 남자는 일부러 미로를 빙빙 돌듯이 골목을 걸었다. 목적지에 도착하고 싶지 않았다. 아니 최대한 천천히 도착하고 싶었다. 게임에서 미탐험 지역이 밝혀지듯 어둠 속에서 모텔이 하나둘 외관을 드러냈다. 어떤 곳은 마치 동화 속에나 나올 법한 성처럼 건물 외관을 꾸며놨는데, 그래서 더 싸구려 숙소로 보였다. 셋 중 둘은 간판의 불이 꺼져 있었다. 만실은 아닐 것이다. 지금 시간에 손님이 올 것이라는 기대를 끈 것이리라. 남자가 검색했던 숙소의 간판은 다행히 불이 켜져 있었다. 만약 불이 꺼져 있었다면 남자는 그 골목을 더 오랫동안 헤매었을 것이다. 오래된 건물이었지만, 붉은 벽돌 모양의 오래된 외관이 오히려 단정하게 느껴지기도 했다. 문을 열자, 지하창고 같은 을씨년스러운 로비에 한쪽 벽을 가득 채우고 있는 커다란 거울이 반겼다. 남자의 모습이 지나치게 작아 보였다. 엘리베이터는 버튼이 있어야 할 자리에 구멍이 뚫려 있었다. 카운터는 한 층 위에 있다는 안내 종이가 엘리베이터 문에 봉인지처럼 붙어 있었다. 계단은 나선형으로 길게 이어졌다. 남자는 카운터 창을 두드렸다. 안쪽에서 러닝셔츠만 입은 남자가 나왔다. 자고 있었던 건 아닌 것 같았다.

한 명이요.

방 하나 주세요가 아닌 한 명이라니, 남자는 말하고 나서도 의도를 들킨 것 같아 머쓱했다. 하지만 주인이 부른 가격은 검색했던 것과 같았다. 깎아달라고는 말하지 못했다. 남자에게 그런 넉살은 없었다. 주인은 키를 내주고 나서 뒤늦게 말의 의도를 눈치챈 것인지, 멈칫했다. 잠시 기다리라 말하고선 안쪽 방에 들어갔다 나온 남자의 손에는 뿌연 물이 들어 있는 작은 생수병이 들려 있었다. 주인 남자는 웃는 표정으로 내밀며 말했다.

식혜에요. 시원할 때 드세요.

물병을 받아들자, 한기가 전해졌다. 식혜는 한번 얼렸다가 녹인 것인지, 딱 먹기 좋은 상태였다.

잘 마실게요. 감사해요.

하지만 남자는 식혜를 좋아하지 않았다.

객실은 침대 하나로 꽉 차 있었다. 작은 탁자와 의자의 자리를 빼고 여유 공간은 없었다. 화장실 문을 열어보았다. 당연하게도 욕조는 없었다. 차라리 사우나에 갈 걸 그랬나, 라는 생각이 들었다. 따뜻한 물에 몸을 담그고 싶었다. 예전에 누군가 말했던 간이 욕조가 생각났다. 욕조를 주문해야겠다. 옷을 벗어서 옷걸이에 걸었다. 화장실에 들어가 거울을 봤다. 창백한 얼굴에 눈 주위만 검었다. 그 모습은 타인처럼 느껴졌다. 샤워기를 틀고 뜨거운 물이 나오길 기다리며 일회용 칫솔에 치약을 가득 짰다. 양치질을 대충했다. 거울에 습기가 차며 남자의 모습이 사라졌다. 남자는 입을 벌리고 샤워기에서 쏟아지는 물을 뒤집어썼다.

당연히 잠은 오지 않았다. 몇 시간 전의 싸움은 마치 몇 년 전의 데자뷔처럼 느껴지기도 했다. 천장에는 검은 그림자가 일렁였고, 암막커튼을 비집고 들어오는 달빛이 앙상한 손 같았다. 바닷가에서 내려보던 커다란 눈알 같은 달이 떠올랐다. 창밖에서 시선이 느껴졌다. 새삼스러운 일은 아니었다. 남자가 혼자 있을 때 종종 느끼는 감각이었다. 단지 오늘 조금 더 선명한 것은 낯선 잠자리 때문이리라. 아니 술을 먹지 않았기 때문이다. 결국 모든 문제는 잠에서 비롯된 것이다. 온전히 혼자가 되고 싶었다. 혼자가 되지 못하기 때문에 잠이 들지 못하는 것일지 모른다.

남자는 아주 어린 시절부터 수면장애를 겪었다.

방은 두 개였다. 누나가 중학교에 들어가면서 남자는 거실에서 자게 되었다. 말이 거실이었지 안방과 작은방 사이에서 주방과 이어진 좁은 통로였다. 남자는 선택해야 했다. 머리를 냉장고 옆에 둘지 입구 쪽을 향할지. 기분 탓일지도 모르지만, 머리를 입구 쪽으로 향하면 피가 쏠리는 것 같았다. 하늘에 떠 있는 달이 자신을 엿보는 것 같은 기분이 드는 것도 싫었다. 그렇다고 발끝에 있는 냉장고 소리가 사라지는 것도 아니었다. 잠들 수 없던 남자는 결국 머리를 냉장고 옆에 두고 이불을 뒤집어썼다. 지금까지 그 무엇도 침범할 수 없는 자신만의 안전한 장소 같았던 이불 속은 소리를 막아주지 못했다. 냉장고 소리는 나날이 커졌다. 언제나 학교에서는 졸았고, 밤에는 점점 말똥말똥해졌다. 결국 어머니에게 냉장고 때문에 잠을 잘 수가 없다고 말했다. 어머니는 참 별나다는 투로 남자를 대했다. 근처 광부들이 생활하는 사택에서는 방 하나에서 최소 네댓 명이 넘는 가족이 생활하던 시절이었다. 그럼 안방 한쪽에 이불을 깔고 자라고 했다. 이미 어딘가 잘못되어버린 것일까. 안방에서도 잠은 오지 않았다. 여전히 커튼 사이로 비집고 들어오는 달빛 그리고 문밖에서 울리는 냉장고 소리는 남자의 머릿속에서 사라지지 않았다. 남자는 밤새도록 이불을 뒤척였고, 다시 거실로 쫓겨났다. 유별난 건 남자라고 냉장고는 핑계라는 이야기를 들었다. 그는 잠드는 것을 포기했다. 하지만 30년이 넘도록 쉽게 잠들지 못하는 것이 불면증이라고 생각하진 않았다. 그때 누나가 말했던 것처럼 잠을 못 자는 것은 덜 피곤해서 그런 것이라고 생각했다. 피곤하면 졸릴 수밖에 없다고. 틀린 말은 아니었을지 모른다. 누나의 말처럼 자려는 의지가 부족했던 것일까. 하지만 남자는 피곤하면 할수록 잠들지 못했다. 그리고 꼭 깨어 있어야 할 때 잠이 들었다.

남자는 시계를 봤다. 이곳 편의점은 새벽에 문을 닫는 경우도 많았다. 더구나 평일이었다. 지도 애플리케이션에서 편의점을 검색했다. 모텔촌이라 열었을 확률도 있었다. 전화로 확인할 수도 있지만 얼굴도 모르는 사람과 통화하긴 싫었다. 조금 고민했지만 닫았으면 어쩔 수 없다는 생각을 하며 옷을 챙겨입고 밖으로 나갔다. 남자가 묵고 있는 모텔의 간판도 꺼져 있었다. 자신이 마지막 손님이었을까. 밤이었지만 여전히 더웠고 바람은 불쾌했다. 이번에도 남자는 직선거리를 선택하지 않았다. 최대한 늦게 실망하고 싶었기 때문일까. 반대 방향으로 조금 걷자 예전에 터미널이었던 건물이 나왔다. 버스가 드나들었던 승하차장은 방치되어 있었다. 사라진 것은 버스들만이 아니었다. 남아 있는 것은 돈이 될 것 같지 않은 것뿐이었다. 이런 위치에 새로 들어올 만한 것이 무엇이 있을까. 모두 새로운 터미널 근처로 가고 싶을 것이다. 입구에 차단막은커녕 사유지라 출입을 금한다는 간판조차 없었다. 남자는 공터를 가로질렀다. 으레 이런 곳은 길 잃은 아이들의 아지트가 되기 마련이기도 한데. 그마저도 없었다. 남자는 승강장에 걸터앉았다. 먼지 쌓인 벤치보다 시멘트가 더 깨끗하게 느껴졌던 것일까. 유리문에 비친 달이 무대 위 조명 같았다. 오래전 그곳을 오가던 사람들의 그림자가 하나둘 나타났다. 남자는 공터를 돌아봤다. 달빛은 남자의 시선을 따라 천천히 모이며 공터 중앙을 스포트라이트처럼 비췄다.

그곳에서 누나가 그림을 그리고 있었다. 아니다. 누나일 리가 없다. 그림을 그릴 리 없다. 누나는 그림을 그리지 못한다. 남자는 천천히 다가갔다. 이젤 위 캔버스에 누나의 얼굴이 완성되고 있었다. 예전에 본 적 있는 그림이다. 얼마 뒤 완성될 그 그림을 부엌칼로 찢은 것은 아버지였다. 아버지는 칼을 든 그대로 누나가 다니던 중학교에 달려가 미술 교사를 찾았다.

애한테 헛바람 집어넣지 말라고 충고했다. 그곳에서 예체능을 한다는 것은 호환, 마마보다 무서운 짓이었다. 차라리 남자처럼 나중에 나이를 먹고 시작했다면 어땠을까. 일반인이 이해하지 못하는 곳에서 타고난 재능은 그렇게 피기도 전에 잘려나갔다. 남자처럼 재능 없는 자들이 뒤늦게 노력하는 것이 예술일까. 누나가 그렸던 그림들은 남김없이 칼로 난도질당해 뒤뜰에서 태워졌다. 물감 때문이었을까. 그 연기는 유난히 검었다. 그림을 그리지 못하도록 누나의 오른손을 붕대로 묶었다. 단지 퍼포먼스였으리라. 잊지 못할 추억을 남겨주려는 의도였을 것이다. 오래 묶어둘 순 없었다. 밥도 먹어야 했고 공부도 해야 했으니까. 무릎 꿇은 누나 앞에서 아버지는 망치를 들고 있었다. 다시 그림을 그리면 손을 박살내겠다고 윽박지른 다음에야 손을 풀어줬다. 그후, 누나는 낙서도 하지 않았다. 그때의 누나는 어디론가 여행을 떠나서 아직 돌아오지 않았을지도 모른다. 그렇기 때문에, 눈앞의 사람이 누나일 리가 없었다. 남자는 그림을 그리는 여자의 손을 잡았다. 오른손은 붓과 함께 붕대로 묶여 있었다. 여자가 남자를 본다. 눈이 마주친다. 여자는 손부터 유리로 변해가며 부서지기 시작한다. 남자의 손이 유리에 깊이 베인다. 누나가 붉게 물들어간다. 완전히 부서지는 것을 보는 것이 두려웠다. 기억이 났다. 그림을 그렸어야 한 건 누나였다. 자신처럼 재능 없는 사람이 아니었다. 남자는 도망쳤다. 골목이 미로처럼 느껴졌다. 그가 지나간 자리에

붉은 얼룩이 꽃잎처럼 떨어지며 땅에 스며들었다.

　남자는 뛰는 것을 멈췄다. 낯설면서도 익숙한 그 간판을 제자리에 서서 멍하니 바라봤다. 그 간판이 자신을 현실로 꺼내준 것처럼 반가웠다. 얼마나 뛴 것일까. 숨을 고르고 지도를 열어 위치를 확인했다. 모텔 근처 편의점이었다. 떨리는 손으로 자몽향의 리큐어 소주 한 병에 싸구려 발포주 두 캔을 사서 모텔로 돌아왔다. 가끔 싸구려와 싸구려를 섞으면 뭔가 그럴듯한 것이 완성되기도 했는데. 가장 저렴한 가격으로 취할 수 있는 조합이었다. 가방에서 커다란 텀블러를 꺼냈다. 텀블러에 정확하게 리큐어를 반 부었다. 그리고 천천히 발포주를 채웠다. 거품이 떨어졌다 올라오며 자연스럽게 섞였다. 컵에 따르지 않고 텀블러를 들고 마시기 시작했다. 급하게 술을 사느라 안주를 사지 못했다. 다시 나가고 싶은 마음은 없었다. 안주 대신 담배를 물고 텔레비전을 켰다. 심야에는 음식 방송만 나오는 것일까. 세계 곳곳에서, 전국 어디선가에서, 주방처럼 꾸며 놓은 스튜디오에서 다들 무엇인가를 먹고 있었다. 허기가 올라와 채널을 돌렸다. 바다를 떠도는 거북이가 나오는 다큐멘터리 방송에 채널을 멈추고 1인용 욕조를 검색하기 시작했다. 천차만별인 가격의 다양한 욕조들. 간이 욕조의 크기를 확인한다. 좁은 욕실을 상상한다. 한뼘 한뼘 손으로 허공을 짚으며 어림잡아 가늠해본다. 남은 술을 다 마실 때까지 욕조를 고르진 못했다. 언제 잠들었는지도 알 수 없었다. 꿈속에서 테라스에 있는 욕조에 들어가 비가 쏟아지는 것을 보았다. 눈앞의 절벽이 깎여나가며 리조트들이 무너져내리고 그곳의 사람들이 바다 위로 소나기처럼 떨어졌다. 남자는 남의 일처럼 바라만 보았다. 달리 할 수 있는 일도 없었다. 눈을 감았다. 다른 꿈으로 가고 싶었다.

*

양치 이전에는 거짓말에 중독되어 있었다. 허황한 꿈들. 이루어질 수 있을 것 같은 장광설들. 사실 남자는 아무것도 아니었고. 어디로도 떠나지 못하는 사람이었다. 가고 싶다고 이야기했던 여행지들, 이루고 싶은 목표들. 그 어느 것도 진심이 아니었다. 그 어디도 가고 싶지 않았고 그 무엇도 할 생각이 없었다. 그의 삶은 오로지 상상 속에서만 존재했다. 아무런 노력도 하지 않으면서 마치 무엇인가를 열정적으로 하는 척 연기했다. 그런 척하는 태도만이 남자의 전부였다. 아무것도 아닌 하루들 그 속에 침전되었다. 남자가 가장 잘하는 것은 시간을 죽이는 것뿐이었다. 오래전 수챗구멍에 걸려 썩어가는 찌꺼기 같은 삶이었다. 연기하는 삶은 더 큰 거짓을 낳았고 좋은 사람인 척하는 태도는 점점 더 수렁에 빠져 마치 자신이 진짜 좋은 사람이 된 듯한 착각을 하게 만들었다. 어제보다 조금 더 좋은 사람으로 살아간다는 것. 그것은 단지 고통의 삶일 뿐이었다.

그조차 거짓이니 단 한 번도 어제보다 좋은 사람인 적이 없었다. 하지만 그마저 관두었을 때. 껍데기만 남아버렸다.

*

남자는 짐을 챙기고 나와 어제 술을 샀던 편의점에 들렀다. 낮에 본 편의점은 어젯밤과는 사뭇 다른 느낌이다. 커피를 뽑았다. 텀블러를 헹구지 않았지만 딱히 상관없었다. 빈속에 커피로 해장을 하자. 그 순간만큼은 정신이 선명해지는 것 같았다. 식혜를 두고 나온 것이 뒤늦게 생각났다. 아깝지는 않았다. 자신의 것이라 생각한 적이 없었기에. 오늘로 마지막인 수업. 매주 내려오던 고향도 이제 마지막이다. 수업 준비는 미리 해놓았던 터라 크게 걱정하진 않았다. 어차피 남자의 예술관은 중요하지 않았다. 수업이 끝나고 그동안 감사했다고 수강생들이 점심을 먹자고 권했다. 남자는 여러 명과 함께하는 식사 자리에서는 음식을 잘 먹지 못했다. 어차피 올라가려면 밥을 먹어야 했다. 굶는 것도 익숙하지만 굳이 거절하지 않았다. 어떤 음식을 좋아하냐는 말에 남자는 중식이라 대답했다. 짜장면 정도라면 어렵지 않게 먹을 수 있을 것 같았다. 음식은 많이 남았다. 이 정도 양이면 3, 4일은 반찬 걱정을 안 해도 될 텐데. 하지만 집이 가깝더라도 싸달라는 말을 할 수 있을 리 없었다. 남자는 문득 수강생 중에 자신보다 가난한 사람은 없을 거라는 생각을 했다. 반주 생각도 강하게 들었지만 말을 꺼내진 않았다. 술이 있으면 음식을 좀더 편하게 먹을 수 있을 것 같았다. 얻어먹는 자리에서 술을 시키는 것은 염치없게 느껴졌다. 더구나 식당에서 파는 술의 가격을 보고 자신의 돈이 아니더라도, 아니기 때문에, 더욱 말을 꺼내지 못했다. 어차피 고량주를 시키면 부담스러워할 것이고, 맥주를 시키자니 장시간 버스를 타야 할 것이 걱정되었다. 술은 집에서 혼자 마시는 것이 가장 편했다. 실수할 일도 없고 술을 이기지 못하면 그냥 잠들어버리면 그만이었다.

　터미널에 홀로 남겨지자 비로소 모든 일이 끝났다는 것이 실감됐다. 버스는 방금 출발해서 한 시간은 기다려야 했다. 미리 예매를 해서 시간을 맞출 수도 있었겠지만, 서두르고 싶지 않았다. 터미널 벤치에 앉아 어제 일을 생각했다. 식사 자리에서의 다툼, 작은 해변, 흔적만 남은 옛 터미널 그리고 따라오던 달빛, 붉은 시선, 부서진 유리. 한동안은 좀 쉬어야겠다고 생각했다. 그렇게 마음먹자 의외로 홀가분해졌다. 다음달에는 또 뭘 해먹고 살지 걱정하지 않기로 결심했다. 애써 숨겨오던 무게를 덜어버린 것 같았다. 지금 당장 방에 돌아갈 이유도 없었다. 이 도시에서 버스가 아닌 배를 타고 러시아로 떠날 수도 있으리라. 하지만 남자는 자신이 그러지 않으리라는 것을 안다. 어디로도 떠나지 못하는 인간이다. 홀로 남는다는 것이 자유와 동의어가 될 수도 있겠지만, 그것이 선택에 있어 실수라는 생각은 들지 않았다. 다만 인간이 결정할 수 있는 것은, 아니 남자가 결정해왔던 것은 사실상 그 무엇도 없었을 뿐이다.

*

 최근 몇 년의 삶은 무엇이었을까. 아무것도 아니었던 남자가 무엇인가가 되려 했던 노력들. 어쩌면 착각이다. 그는 노력한 적이 한 번도 없었다. 노력하는 척만 했을 뿐. 위선적이며 냉소적이지 않으려 노력했던 나날들, 비참한 기억들 그리고 서운했던 감정들. 그는 길을 잃은 지 너무나 오래되었다.
 너는 남자가 아무것도 하지 않기를 원했다. 그는 그렇게 했다. 결국 집 앞 편의점에서 야간 알바를 시작했다. 너는 그가 어떤 자리에 참석하는 것도 사람들을 만나는 것도 싫어했으니 그것이 이유가 될 수 있을까. 하지만 행복한 것도 있었다. 사람들이 계산을 하고 난 후 네가 태어난 연도의 동전을 모을 때. 부가 수입이 들어오면 너와 무엇을 먹을까 고민할 때. 그것이 나이에 비해 철없고 대책 없고 한심한 짓이었다는 것은 남자를 뺀 모든 사람이 알고 있었다. 네가 떠난 당일에도 그는 최저 시급의 알바를 빠지지 않았다. 밤새 들어온 물류를 정리하며 너를 증오했다. 그러지 않았다면 남자는 너를 찾아가 함께 파멸에 이르렀을지도 몰랐다. 그것은 누나가 언젠가 했던 말처럼 너 때문이 아니라 자신이 그러고 싶었기 때문에 벌어진 일들이라 생각하려 노력했다. 남자는 편의점 알바를 관두려는 노력도 하지 않았지만 다행히 얼마 지나지 않아 잘렸다. 퇴직금을 주지 않으려는 부당해고였지만 해고할 핑계는 만들기 나름이었다. 권리를 다투기는 너무나 지쳐 있었다. 아무것도 하고 싶지 않았다. 모든 상황은 네 핑계를 대고 안주했을 뿐이었다. 그렇게 단지 미쳐 있었기 때문일지도 몰랐다.

넌 대부분 자신의 불행에 대해 이야기했다. 남자가 자신의 불행에 대해 이야기하면, 그런 건 아무것도 아니라는 식으로 말을 돌리지 말라 했다. 너는 남자가 너를 이해하지 못한다고 했고, 그 말은 진실이었다. 남자는 너를 절대 이해할 수 없었다. 그렇다면 너는 남자를 이해하고 있었을까. 하지만 사실 그런 것은 중요하지 않았다. 어차피 모든 인간은 자신의 불행만을 중요하게 생각한다. 공감이라는 것은 가장 큰 거짓말이다. 남의 불행에 동의하는 경우는 그 불행이 나와 일치하거나 나에게 이득을 줄 때뿐이다. 자신이 특별하다 생각하는 사람에게 보편적 불행은 자신을 부정하고 공격하는 수단으로 인식될 뿐이다. 결국 모두 불행한 존재일 뿐 그 이상도 이하도 아니다. 공감해줄 생각 없이 바라기만 하고 타인을 만난다는 것은 필연적으로 파국으로 달려가는 길일 뿐이다. 남자는 스스로 불행했고, 인간을 믿지 않는다는 것을 너에게 들키고 싶지 않았다. 한때는, 행복할 수 있다는 착각에 빠진 적도 있었다. 행복에는 무한한 희생과 노력이 필요하다는 것을 모른 채. 게으른 인간이. 스스로의 거짓말에 속아 뭐라도 된 인간처럼 착각한 것이다.

너뿐 아니다. 남자가 만났던 모든 너는 그에게 죽고 싶다고 말했다. 그것은 결국 남자에게 문제가 있었던 것일지 모른다. 어떨 땐 가치 없는 삶이라 남자를 만나는 것처럼 느껴지게 했다. 그런 것까지 사랑이라 생각했던 적도 있었다. 하지만 떠나는 사람이 하나둘 늘어갈수록 남자는 확실히 알았다. 자신은 소모품이었다. 남자에게 남은 것은 필터에 검게 낀 죽음의 찌꺼기뿐이었다. 남자는 그들의 삶이 죽을 만큼 고통스럽지는 않았을 것이라 애써 폄훼했다. 하지만 그 사소한 절망들도 찌꺼기가 되어 남았을 때는 더이상 사소하지 않게 변한다. 그것이 결국 오랫동안 남을 공감이라는 것일지 모르겠다.

남자는 아무것도 할 수 없었다. 그리고 모든 네가 자신보다 훨씬 오래 살 것이라 생각했다. 아름다운 이별은 사별뿐이다. 그러니 가능하다면 죽음이 자신을 갈라놓을 수 있길 바랐다.

*

너희들이 모두 죽었으면 좋겠어.

아무도 대꾸가 없었다. 들었다는 티도 내지 않았다. 대답하라고 한 말이 아니라는 것을 모두 알고 있다. 하지만 거울은 굳이 대답해준다. 아마 가장 친절하기 때문일 것이다.

그런 생각을 하는 것은 자유야. 하지만 말로 꺼내지는 마. 네 아버지가 그랬던 것처럼.

난 솔직히 널 낳은 것을 후회한다.

그런 말을 들은 것이 처음은 아니었다. 우리는 술을 마시지도 않았고, 고성이 오간 것도 아니었다. 어딜 가고 있었을까. 늦은 저녁 시간 단둘이 걷고 있었고, 뜬금없는 타이밍에 아주 차분하게 꺼낸 말이었다. 그래서 남자에게 그 말은 정말 지금까지 들었던 어떤 말보다도 진심으로 느껴졌다. 그때는 상처를 주려는 의도가 없다는 것도 확실히 알 수 있었다.

그래서 넌 대답했지.

그래서 난 대답했지.

이해해요. 저라도 그럴 거예요.

남자의 부모는 단 한 번도 결혼을 독촉한 적이 없었다. 속으로는 아주 조금 기대했을지도 모른다. 하지만 가족을 불행하게 만드는 것이 누구였든 간에. 남자가 결혼을 할 수 있으리라고, 남과 살아갈 수 있으리라는 생각을 할 수 없었던 것일지도 모른다.

너는 우리를 선택했지만, 우리는 너를 선택한 적이 없어.

그래도 너희가 나를 좋아해줘서 고마워.

뭘, 우리 세계는 이 방이 전부라 어쩔 수 없는 일이야. 너를 좋아하지 않는다는 선택지는 없었어. 니가 어떤 인간이라도 말이야.

그런데 너무 아파서 이제 사랑니를 뽑아야 할 것 같아.

지금, 이어야만 하는 시간들이 있었다. 안개 낀 화장실. 손에 닿는 것은 습기뿐. 창밖에는 비, 가 내리는데. 제습기는 멈춘 지 오래다. 눅눅한 실내. 곰팡이 핀 벽지. 그럼에도 욕조에 끝없이 물을 받는다. 하나, 둘, 셋. 화장실 천장에서 물방울이 떨어진다. 깨진 거울엔 습기가 가득차 더이상 얼굴이 비치지 않는다. 욕조 물에 비친 검붉은 전구가 마치 달처럼 선명하다. 그속에서 남자는 끝없이 가라앉는다.

질병보고 2—코로나 레거시

규칙서(rule book)

소개

당신은 지금까지 겪어보지 못한 환경에서 살아남아야 합니다.

이 상황이 몇 달이 될지 혹은 몇 년이 될지 지금에서는 알 수 없습니다. 한 가지 확실한 것은 살아오면서 당신이 겪은 어떤 상황과도 다를 것이며 가이드라인도 정답도 없다는 것입니다. 혼란한 상황들이 그렇듯 때로는 비상식적 행위들이 오히려 도움이 될 수도 있습니다. 물론 당신의 가치관과 어긋나는 판단을 해야 할 때가 올 수도 있습니다. 당신이 그 상황과 쉽게 타협할 수 있길 바랍니다.

안내

가장 먼저 지금까지 쌓아온 모든 지식을 활용하여 1년을 버
텨야 합니다. 하지만 한 달을 버티는 것도 생각보다 쉽지 않을
겁니다. 환경은 시시각각 변할 것이고 당신이 할 수 있는 일은
제한적입니다. 매달 돌발적으로 발생하는 이벤트들은 당신이
예측은커녕 상상하기 어려운 것이며 모든 일에 대비해놓을 수
는 없습니다. 당신이 일어날 일을 미리 알 수 있다면 난이도를
선택할 수 있겠지만, 우리는 내일을 볼 수 없고 사건이 터졌을
때는 대부분 늦습니다.

그럼 행운을 빌겠습니다.

개요

매달 당신은 아무 행동이나 원하는 만큼 할 수 있습니다. 다
만 대부분의 행동에는 해당 행동을 위한 조건이 필요합니다.
더구나 사건 또는 뉴스는 당신의 행동에 제약을 가할 것입니
다. 사건은 대부분 당신에게 직접적으로 일어나는 일들을 나
타내며, 뉴스는 당장은 당신과 직접 연관이 없어 보이는 큰 변
화를 보여줍니다. 뉴스보다 당신에게 바로 영향을 주는 사건

이 더 치명적으로 느껴지겠지만, 뉴스는 반영구적으로 유지됩니다.

당신에게는 직업 선택의 자유가 있지만, 시작 직업을 자유롭게 선택할 수 없으며, 대부분의 좋은 직업은 전직이 어렵습니다. 지금까지 쌓아둔 자신의 능력을 믿으세요. 지금 당신에게 필요한 것은 강한 의지와 경험 그리고 당신이 믿고 있는 신의 축복입니다.

참조

코로나―코로나바이러스감염증19의 줄임말. 사스(SARS) 계열의 바이러스이다. 기존의 바이러스에 비해 전염성이 극단적으로 높고, 증상도 빠르게 나타나지만 정작 치사율은 낮다. 무엇보다 변이가 심해 대처가 어렵다.

레거시―유산이라는 뜻의 단어. 여기에서는 현재까지 남아 사용되고 있거나 현재의 체계에 영향을 미치는 과거의 체계를 뜻한다. 보드게임에서는 이전 플레이가 다음 플레이에 영향을 미치는 시스템을 말한다. 보드에 스티커를 붙이거나 글자를 쓰고 컴포넌트를 파괴하는 등 영구적인 변형이 이루어지기 때문에 거의 일회성 게임이 된다. 가장 유명한 것으로는 팬데믹 레거시 시리즈가 있다.

세상은 변했다. 그리고 이전으로는 돌아갈 수 없다.

준비

직업과 능력치 설정은 '던전&드래곤'에서 파생된 『크툴루의 부름』규칙을 따릅니다. 다만 능력치 설정 이후 게임 방식은 상당한 차이를 보입니다. 당신의 행동을 제약하는 규칙은 다른 방식으로 장애물이 될 것입니다.

당신이 지금까지 어떤 신을 믿고 있었든지, 지금부터는 '다이스갓'을 우선적으로 믿는 것을 추천합니다. 다이스갓은 언제나 지나칠 정도로 공정합니다. 그 말은 신의 기적 또한 공정하게 당신을 찾아갈 것이란 말을 의미합니다.

배경 설정

배경에서 시대와 장소는 결정되어 있습니다. 다만 장소의 경우 당신은 어디로든 이동할 수 있습니다. 다만 예를 들자면 극적인 우주개발 진행과 당신에게 합당한 능력이 있지 않은 이상 히아데스 성단의 알데바란으로 이동할 수는 없습니다.

시나리오의 배경이 되는 시대나 날짜: 2020년 1월
플레이의 배경이 되는 장소와 나라: 서울, 대한민국

특성치 만들기

개개인의 특성은 태어날 때 결정되는 면이 강합니다. 후천적으로 단련한 경우도 있지만 대부분은 선천적 능력에 비해 습득이 느리며, 후천적으로 재능을 뛰어넘으려면 상당한 시간과 노력이 필요합니다. 선천적 GIFT는 당신이 조금만 노력해도 더 큰 보답을 줄 것이며 노력하지 않더라도 노력으로 습득한 후천적 특성에 비해 좋은 효과를 보입니다. 다만 대부분의 사람들은 GIFT라 부를 수 있을 정도의 능력을 갖지 못하고 태어납니다. 또한 이 특성에 너무 의지하면 어떠한 이유로 그 특성이 손상되었을 때. 앞으로 살아갈 삶을 극복하기 어려워집니다.

특성치를 정할 때는 6면체 주사위를 2, 3개 굴립니다. 주사위로 얻은 결과에 5를 곱하면 특성치가 결정됩니다. 나올 수 있는 범위는 15~90입니다.

근력

3D6(6면체 주사위 3개)*: (6+6+5)×5=85

그야말로 처음부터 잭팟이 터졌습니다. 당신은 선천적으로 힘을 타고났습니다. 당신의 힘은 일반적인 상식을 넘어섭니다

---

* 앞으로 나올 주사위 수치는 집필중 실시간으로 굴린 것이며 임의로 정한 것이 아닙니다.

(앞서 설명한 GIFT까지는 아닙니다). 예를 들자면 당신은 지금까지 살면서 팔씨름을 진 적이 한두 번뿐입니다. 그 한두 번조차 운동중독자가 당신과의 팔씨름에서 진 후 당신을 이기기 위해 몇 달간 단련한 결과입니다. 그때 당신은 특별히 운동을 한 적이 없었던 상태였습니다. 만약이란 것은 없지만 당신이 힘을 쓰는 일을 하고 꾸준히 단련해왔다면 어땠을까요.

힘이 0이 된 캐릭터는 몸을 일으킬 수 없습니다.

건강

3D6: (2+3+6)×5=55

당신은 힘이 좋은 것에 비해 그리 건강한 편은 아닙니다. 그렇다고 허약하다고 보기에도 힘들군요. 당연하지만 운동능력과 건강은 별개의 문제입니다. 당신은 선천적으로 간이 안 좋습니다. 젊은 시절에는 애주가였지만 지금은 건강문제로 사실상 끊었습니다. 목과 어깨에 근육염증으로 추정되는 통증이 있지만, 딱히 신경쓸 여유는 없습니다.

건강이 0이 된 캐릭터는 죽습니다.

크기

2D6+6: {(6+3)+6}×5=75

당신은 꽤나 덩치가 큰 편입니다. 유년기에는 동년배들에게 거인 취급을 받기도 했습니다. 하지만 지금은 평균보다 조금 큰 정도이며, 딱히 거대하다는 인상을 주진 않습니다. 아니 오히려 덩치가 많이 줄어 키에 비해 작게 보기도 합니다. 하지만 당신 곁에 나란히 선 사람들은 생각보다 큰 당신의 덩치에 종종 놀라고는 합니다.

크기가 0이 된 캐릭터는 사라집니다. 어디로 가는 것일까요.

민첩성

3D6: (1+3+1)×5=25

앞서 이야기했던 것처럼 당신은 전형적인 힘(STR, strength) 캐릭터입니다. 하지만 운동능력이 좋은 사람 중에 이렇게 언밸런스하게 민첩성이 떨어지는 경우도 찾기 힘듭니다. 당신은 대부분의 정밀 작업을 어려워합니다. 순발력도 상당히 낮습니다. 그래서 당신은 가진 힘에 비해 힘을 적시에 사용하는 데에는 가끔 애를 먹습니다.

민첩성이 0이 되면 몸의 균형도 잡지 못하게 됩니다.

외모

3D6: (2+2+5)×5=45

당신은 지극히 평범하게 생겼습니다. 아니 정확하게 이야기하자면 평균보다 약간 못생긴 축에 들어갑니다. 하지만 눈에 띌 정도는 아니며 오히려 그러한 특성 덕에 외모로는 어떤 이

득도 불이익도 없다 봐야 할 것입니다.

외모가 0인 사람은 보는 것만으로도 혐오감이 듭니다. 단지 혐오에서 멈춘다면 좋겠지요.

지능

2D6+6: {(5+5)+6}×5=80

당신은 상당히 머리 회전이 뛰어납니다. 물론 이 지능이 교육 수준을 말하는 것은 아닙니다(교육은 아래에서 다시 설명합니다). 당신은 새로운 개념을 접하거나 흩어져 있는 정보를 이해하는 데 능숙합니다.

지능이 0인 캐릭터는 말도 생각도 할 수 없게 됩니다.

정신력

3D6: (2+1+1)×5=20

당신의 정신력은 당신의 낮은 민첩보다 절망적입니다. 아주 작은 자극에도 당신은 휴식이 필요할 정도입니다. 당신의 정신력은 지나치게 낮아 당신의 건강을 제대로 활용 못 하게 만들지도 모릅니다. 어쩌면 이 삶을 살아가는 데 가장 중요한 것은 'sanity', 즉 정신력일지 모릅니다. 불굴의 힘, 또는 극한의 사고. 모두 정신력을 빼고 생각할 수 없습니다.

정신력이 0인 캐릭터는 마법을 사용하지 못하는 것은 물론이고, 목적의식조차 없습니다.

교육

2D6+6: {(6+3)+6}×5=75

교육은 습득한 정보이지 지능적인 운용이 아닙니다. 당신은 석사과정 수료 후 논문 심사를 한 번 받았으나 통과하지 못했고, 다른 일 때문에 바빠 수료 상태로 오랜 시간이 지났습니다. 다행스럽게도 당신은 현재 당신의 지식을 활용할 정도의 교육은 받았습니다. 물론 교육을 활용할 정도의 지식을 갖춘 것일 수도 있죠. 만약 당신이 앞으로 처한 환경에서 당신의 지식이나 교육을 활용할 기회가 생긴다면 이는 당신에게 큰 도움을 줄 것입니다.

교육을 받은 적이 없는 캐릭터는 없습니다. 만약 교육이 0이라면 그는 신생아이거나 기억상실증 환자일 것입니다.

운

3D6: (1+4+4)×5=45

어쩌면 사는 데 가장 중요한 것은 운이 아닐까요. 당신의 운은 당신의 외모만큼이나 평범합니다. 아무도 당신을 보고 운이 좋은 사람이라 생각하지 않을 것이며, 그렇다고 저 친구는 운이 참 안 따라, 라는 식으로 이야기하지도 않을 것입니다. 물론 당신은 살아오며 본인의 노력에 비해 수완이 좋았던 것은 아닌가 생각한 적도 많습니다. 어쩌면 운이 없는 사람이라 조그마한 운에도 왜 나에게 이런 일이, 라고 어색해한 것은 아닐까요.

외부의 조건을 따라야 하는 경우 운에 기대야 할 때가 있습니다.

나이

15~89세 중에서 마음대로 선택합니다(주사위를 굴리지 않습니다).

42세(만 40세)

40~49세: 교육 향상 판정을 두 번하고 근력, 건강, 민첩에서 총 5점을 원하는 만큼 뺍니다. 외모에서 5점을 뺍니다.

교육 향상 판정: 36 실패, 07 실패

근력 선택: 85 − 5 = 80

외모: 45 − 5 = 40

직업 결정하기

당신의 직업은 작가(소설가)입니다. 다른 직업은 고를 수 없습니다.

작가는 기자와 달리 인간이 처한 상태, 특히 다양한 인간 감정을 정의하고 탐구하기 위해 글을 씁니다. 고독하게 일하고,

보상의 대부분은 자기만족입니다. 예전에는 작가일로 생계를 꾸리는 사람도 꽤 있었지만, 현대에서 작품활동만으로 생계를 유지하는 작가는 극소수입니다.

재력 선택 범위 9~30

선택 9: 가난

임대료가 가장 싼 집에서 삽니다. 가장 저렴한 대중교통을 이용하며 소유한 교통수단은 없습니다.

기능: 언어(모국어), 문학, 오컬트

기타 동료: 거울과 그림

능력치 요약

근력 80: 지금까지 당신은 팔씨름을 진 적이 한두 번 정도입니다.

건강 55: 평균보다 조금 건강합니다.

크기 75: 당신은 보기보다 덩치가 큰 편입니다.

민첩 25: 당신은 매우 느리고 둔합니다. 섬세한 조작도 어려워합니다.

외모 40: 당신은 평균보다 조금 떨어지는 외모를 가지고 있습니다.

지능 80: 당신은 이론적으로 재치 있으며, 어려운 개념도 어느 정도 관심을 가지면 이해할 수 있습니다.

정신력 20: 의지가 상당히 약합니다. 환경이나 타인의 영향을 크게 받습니다. 포기를 잘하는 편인데 실패가 두려워서가 아니라 할 의욕이 없는 경우가 더 많습니다.

교육 75: 대학원 석사과정을 수료했으나 학위를 따진 못했습니다.

당신은 직접적으로 드러나는 힘, 지능 등의 스탯은 좋지만, 각 능력을 활용할 때 윤활유가 되어주는 민첩, 정신력 등의 스탯이 극단적으로 낮습니다. 이러한 스탯 배분은 당신이 활약할 수 있는 판에서는 그 누구보다 뛰어난 모습을 보이겠지만, 유연하게 수비해야 하는 환경에서는 좋은 능력치조차 약점이 될 수 있습니다.

시작하기 전에

지금은 1월 1일입니다. 당신은 12월 31일까지 살아남아야 합니다. 매달 당신의 행동에 제약은 없습니다. 체력과 금전이 허락하는 한 당신은 무엇이든 할 수 있습니다. 행여 위법적인 행동도 가능합니다. 다만 그 경우 당신은 체포되거나 구금될 수 있으니 잘 생각하여 판단해야 합니다.

진행

1월

당신은 홍보관에 관리자로 출근하고 있습니다. 홍보관은 편찬중인 사전을 홍보하는 곳이며, 국가의 지원을 받는 곳입니다. 관리자라고는 하지만 그리 거창한 업무는 아닙니다. 독립적인 홍보관 건물이 있는 것도 아니고, 시청 건물 지하 시민청이라 이름 붙여진 공간에 폐쇄된 엘리베이터를 중앙에 끼고 팝업스토어처럼 애매하게 자리잡은 장소입니다. 당연히 관리실이 따로 있는 것도 아니며 공개된 전시실에 하루종일 오브제처럼 앉아 있다가 누군가 들어와 질문을 하면 답변하는 것이 전부입니다.

누가 봐도 요즘 말로 '꿀알바'라고 볼 수 있습니다. 계약직이지만 관리자 직급에 맞게 하는 일에 비해 급여도 나쁘지 않습니다. 다만 찾아오는 사람이 없는 날에는 지독하게 지루했습니다. 들어오는 사람은 없어도 지나는 사람은 많았고 다른 일을 할 수도 없었으니깐요. 한정된 사람들이 오가는 시민청 구석보다는 홍대역 환승 통로에 광고를 거는 게 더 이득이었겠지만, 지금 이 나라에서 홍보가 될 만한 자리는 모두 돈으로 움직인다는 것을 고려해야 합니다. 대형서점 평대가 거의 돈으로 움직인다는 사실을 아는 독자는 얼마나 될까요.

노트북을 꺼내서 다른 일을 할 수는 없었지만, 수첩을 두고 메모 정도는 가능했습니다. 소설 말고 시를 써야 하나 고민하기도 했죠. 하지만 시에 재능이 없다는 것은 스스로 알고 있었기 때문에 그냥 푸념에 가까웠습니다. 최소한의 재능이란 그 일을 계속할 수 있는 원동력인데. 당신은 더이상 시를 쓰는 것에 흥미를 느끼지 못했습니다.

창작 강의는 12월 초 신춘문예 시즌에 맞춰 한 타임 끝났고 1월 중순 시작할 예정이었습니다. 일요일에 하는 것이라 홍보관에 출근하는 것과는 큰 상관이 없었습니다. 1월에 코로나에 대한 소식을 들었을 것이지만, 딱히 큰 관심을 두진 않았습니다. 메르스가 그랬던 것처럼, 사스가 그랬던 것처럼 그렇게 몇 달 떠들썩하다 직접적인 피해 없이 지나갈 것이 분명했기 때문입니다. 다만 체감상의 문제보다도 사회적으로는 이슈가 되어 창작 강의 일정이 밀리기 시작했습니다. 정부 방역지침과 상관없이 수강생이 모이지 않았기 때문이었습니다.

정신력 굴림, 당신은 굴림에 성공했습니다. 저항에 성공하여 정신력이 감소하진 않습니다.

2월

주요 사건 및 뉴스

특정 종교에서 집단감염이 일어났습니다. 한국에서 코로나가 번성하기 시작했습니다. 창작 강의를 열었으나 수강생은 평소보다 절반도 안 되는 인원이 모였습니다. 당신은 홍보관에 나가고 있었기 때문에 수강생이 줄어 강의비가 반토막이 난 것은 큰 문제는 아니었습니다. 다만 아래에서 이야기할 그 일이 일어나기 전까진 말입니다.

중순이 지나 시민청을 폐쇄했습니다. 그에 따라 홍보관도 자연스럽게 문을 닫게 되었습니다. 일단은 일시적인 조치였습니다. 계약만료 기간도 마침 2월까지였기 때문에 남은 10일 정도는 계약대로 이행하고 이후 재개장할 때 다시 지원서를 내서 근무자를 뽑겠으니 그때 지원하라고 했습니다.

남은 기간 동안 본사 쪽에 출근을 하라는 논의가 오갔으나 그 안은 하루 만에 재택근무의 형식으로 바뀌었습니다. 방역 문제도 있었고, 결국 거기서 10일간 뭘 하기에도 서로 애매했기 때문이었습니다.

당신은 주말도 없이 일하는 것에 조금 지쳐 있었기 때문에 한두 달 쉬는 것은 오히려 다행이라 생각했습니다.

그렇게 당신의 직장이 사라졌습니다.

분명 코로나로 인한 직접적인 타격이었지만, 몇 달 뒤 실업급여를 신청할 때, 당신이 코로나로 인한 홍보관 폐쇄로 적은 부분은 코로나 이야기를 빼고 계약만료로 적으라고 실업급여 담당자에게 안내받습니다.

3월

당신은 무엇을 했을까요.

창작 수업을 했습니다. 주말에만 나가는 것이라 큰 어려움은 없었습니다. 그나마도 중간에 온라인수업으로 급하게 선회했습니다. 집에서 온라인수업을 할 여건이 되지 않았기 때문에 수강생들은 집에서 들었지만, 당신은 아카데미에 나갔습니다. 아니 그것은 핑계였습니다. 그렇게라도 나가지 않는다면 당신은 담배를 사러 나가는 것 이외에는 외출하지 않았을 테니깐요.

당신은 간이 욕조를 하나 샀습니다. 화장실에 작은 욕조가 들어가면 샤워할 공간도 나오지 않았지만, 욕조에 서서 씻으면 될 것이니 그리 중요한 문제는 아니었습니다. 하루종일 욕조에 들어가 나오지 않았습니다.

당신과 사는 고양이 중 거울은 욕조 위에 올라와 당신이 물에 빠진 것은 아닌지 지키고 앉아 보고 있기 시작했습니다.

당신은 물속으로 끝없이 끝없이 침전하기 시작했습니다.

당신은 욕조 물속으로 들어가 어디로 떠나려한 것일까요. 당신의 존재는 의지는 과연 아직 여기 있었던 것일까요.

당신은 정신력이 5 하락하여 15가 되었습니다.

당신은 건강이 5 하락하여 50이 되었습니다.

4월

당신은 출근하지 않은 지 두 달이 좀더 지났고 강의도 끝났지만, 아직 다음 강의 계획을 세우지 못했습니다. 평소라면 4월부터 여러 문학 행사도 있었겠지만, 어디서도 연락이 없었습니다. 그야 문학 행사들도 다들 연기되었으니깐요. 해외여행은 벌써 막혔고, 떠나려는 사람도 없었습니다.

당신은 어느 정도 바쁜 일이 정리되면 오키나와라도 다녀와야겠다고 생각했지만, 그것은 몇 년 전부터 고민한 생각의 버릇 중 하나일 뿐이며, 당신에게 여행이라는 것에 목돈을 쓸 심적 여유는 이전에도 없었습니다.

그 와중 여름호 마감이 언제였을까요. 아마 이번달 말이었을 것입니다. 당신은 소설을 씁니다. 욕조에 있지만 그래도 소설을 씁니다.

소설마저 쓰지 않는다면, 당신의 존재 의의는 어디에 있을까요.

당신은 소설을 열심히 쓰는 편은 아닙니다. 스스로 과작(寡作) 작가라고 말합니다. 하지만 과연 그럴까요. 반은 맞고 반은 핑계일 것입니다. 소설을 쓰기 위해 이런 삶을 선택했지만, 이 삶을 위해 소설 쓰기보다 다른 일을 더 많이 해왔습니다.

그래도 작년에는 조금 자리를 잡아가는지 수입이 나쁘지 않았습니다. 물론 글로 번 돈은 아니었습니다. 그래도 작가라는 타이틀로 번 돈이니 연관이 없는 것은 아니었지요.

작년에 수입이 조금 있었던 덕에 건강보험료가 월 2만 원 올랐습니다.

아직 지칠 시기는 아닙니다. 자영업을 하는 사람들은 당신보다 더 큰 고난 앞에 있을 것입니다. 엄밀히 말해 당신은 '로우 리스크 로우 리턴'입니다. 당신이 감당해야 하는 것은 월세, 공과금, 식비, 고양이 사료 정도겠지요. 당신은 몇 년째 가계부를 1원 단위까지 쓰고 있습니다. 가계부를 쓸 때마다 생각합니다. 가계부를 쓰는 사람들은 어떤 사람들일까.

분명 아주 부자이거나 아주 가난한 사람일 것이라 생각합니다. 아니 근거는 없습니다. 그냥 가계부를 쓰는 사람일지도 모르지요. 가계부는 소설이 될 수 없을까요. 소설이란 무엇일까요. 소설이란 단지 수명을 갉아먹는 저주가 아닌가 생각합니다. 오히려 코로나보다, 전염병보다 질병에 가까운 것은 아닐까요. 치유되기 위해 완성해야 하는 소설은 없을 겁니다. 오히려 그만두었을 때 당신은 치유될지 모릅니다.

당신은 그래도 마감을 해냅니다. 어쩌면 당신이 해야 할 유일한 일이었지만, 오히려 유일한 일이었기에 마감을 해낸 것에 스스로 대견함을 느낍니다. 세상에 중요한 것은 하나도 없을지 모릅니다.

어쩌면 마감마저도 어떤 가치가 있을까요. 가치 같은 건 없습니다.

당신의 최소한의 의무를 저버리진 않았지만, 앞으로도 그럴 수 있을지 어찌될지 모르는 일입니다.

당신은 불안정한 식습관으로 인해 체중이 줄었습니다. 크기 −5를 합니다. 크기가 70이 되었습니다.

5월
뉴스

먼 옛날 배나무가 많았다는 서울의 유명한 번화가의 클럽에서 집단감염이 발생했습니다. 여러 뉴스와 그에 따르는 소문으로 인해, 2월의 종교혐오에 이어, 다른 혐오들이 점차 퍼지기 시작합니다.

홍보관이 문을 닫고 두 달이 훌쩍 지나갔습니다. 당신은 홍보관에 나가기 시작할 때만 해도 해도 그만 안 해도 그만인 아르바이트라고 생각했습니다. 하지만 지금 상황에서 고정된 수입이 있는 일을 한다는 것이 얼마나 중요한 일인지 느끼기 시작했습니다.

아니 홍보관뿐 아닙니다. 대부분의 서비스업에서 인력을 줄이는 중, 편의점 아르바이트 인기가 치솟아 경쟁률이 엄청나다는 이야기도 들려왔습니다.

당신은 힘들었던 시기를 그리워합니다. 편의점 야간 알바

시절이 물류창고에서 일했던 시절이. 왜 지금 나는 월급을 받고 있지 않을까. 하루 벌어 하루를 산다는 것이 이렇게 불안정한 일이었나.

당신은 그동안 현실도피물을 좋아해왔습니다. 일각에서는 리셋증후군이라고도 부르는 그거 말입니다. 재부팅하면 새로운 스테이지가 시작될 거야. 또는 전생하니 다른 세계의 '먼치킨'이 되어 있는 이야기들. 어쩌면 이런 이야기의 시초는 무협지일지도 모르겠네요. 그러나 그게 뭐가 중요하겠어요.

현실도피에는 큰 용기가 필요합니다. 〈바닐라 스카이〉의 주인공이 눈을 뜨기 위해 빌딩에서 투신할 때. 진짜 세계를 믿고 떠난다는 것. 그 진짜 세계는 무엇일까요. 자신의 운명을 인정한다는 것. 그것은 단 하나의 진실을 추구하는 것일까요. 아니면 단지 도피일까요.

6월

직업이 따로 있고, 수업을 하는 것. 공공적 의미를 더 강하게 부여하는 작가들에게는 수강생이 줄어든 것이 큰 문제는 아니었겠지만, 모든 수입이 끊어진 상황에서 수강생이 서너 명으로 줄어버린 것은 치명적이었습니다. 당신은 다른 방법을 모색해야 합니다.

하지만 당신이 이 전염병 사태에서 할 수 있는 일은 없습니다. 당신은 방역전문가도 아니고, 당신이 할 수 있을 만한 경력 무관의 일들은 이미 포화상태가 되었습니다. 당신은 현실에서 크게 도움이 되는 일을 할 수 없습니다. 결국 문학이 예술인지 아닌지를 차치하고 봐도. 응원 이외에 무엇을 할 수 있을까요. 더구나 당신처럼 응원이나 위로보다 인간성의 치부를 우회하여 비난하는 글을 쓰는 사람은 더더욱 그렇습니다.

다행히 당신은 뉴스를 통한 최소한의 정보로 현상황을 파악할 정도의 지능과 교육수준을 가지고 있습니다. 그래서 더욱 절망적입니다. 당신이 할 수 있는 일은 없기 때문입니다. 행동은 있지만 행동을 사용할 곳이 없습니다.

당신은 자포자기하는 심정으로 공공근로를 검색합니다. 그리고 알게 된 것은 공공근로의 경쟁률이 엄청나며 이미 몇 개월 전에 마감되었다는 사실입니다. 아직 통장에 여유는 있지만 불안은 사람을 초조하게 만듭니다.

이미 지나간 지원사업들을 찾아봅니다. 내년에는, 내년에는 어떻게 될까요. 뭔가 변하는 게 있을까요.

당신은 아직 행동 횟수가 많이 남았지만, 모두 포기하고 이번달 턴을 종료합니다.

당신은 정신력 −5를 합니다. 정신력이 10이 되었습니다. 정신력이 더 줄어든다면 위험할 것입니다.

7월

주요 사건

당신의 그림이 요로결석에 걸렸습니다. 환경의 문제였을까요. 관심의 문제였을까요. 아니면 그 누구의 그 무엇의 잘못은 아닐까요.

사실 전조는 계속 있었습니다. 어느 순간, 몇 달 전부터 이불에 오줌을 싸기 시작했으니까요. 당신은 그저 화장실에 대한 불만이라 생각하고 화장실을 바꾸고 모래를 바꾸고 엉뚱한 곳에 신경을 써왔습니다. 이불에 오줌을 싸면 화내기도 하고 어르기도 했지요.

밤에 이불을 빨고 문에 이불을 걸어 말리곤 했습니다. 반지하방은 항상 습하고 그렇다고 야밤에 밖에 이불을 널 곳은 없었죠.

결국 혈뇨를 보고 나서야 당신은 병원에 데려갔습니다. 뭐든 피를 봐야 우리는 심각성을 느끼는 것이겠지요. 당신의 그림이 동물병원에서 요로결석 진단을 받고, 당신이 처음 한 말은 어려운 수술인가요? 완치는 가능한가요? 이런 말이 아니었습니다.

수술비는 얼마인가요?

생각하고 뱉은 말은 아닙니다.

당신의 그림은 마치 강아지처럼 사람을 좋아하는. 엑스레이

촬영대에서 주인이 없는 상황에서도 의사와 간호사에게 친근을 표현했다는 당신의 그림. 수술에 관련한 과정이나 예후보다 당신이 가장 먼저 뱉은 말은 금액이었습니다. 당신은 앞으로도 계속 당신의 절박했던 본심에 대해 죄책감을 느낄 것입니다.

당신은 **트라우마** 1을 얻습니다.

평소 다니던 병원에서는 개복수술을 하지 않아 다른 병원을 추천받습니다. 소개받은 병원에서 당신을 안심시킵니다.

그래도 세상에는 좋은 일이 일어나기도 합니다. 그것은 당신의 운이 그렇게 나쁘지 않기 때문일지 모릅니다.

당신은 지금까지 노력한 것에 비해 수완 좋게 살아왔다는 생각을 불현듯 합니다.

이제 당신의 고양이는 앞으로 처방 사료를 먹어야 합니다. 지금까지 먹던 사료보다 양이 적고 가격이 비쌉니다.

재력은 9에서 −3으로 6이 됩니다. 체감상 큰 폭의 감소가 있었지만, 이미 당신은 충분히 가난하여 수치상 큰 하락은 없어 보이게 느껴집니다.

8월

뉴스

다시 종교를 통한 집단감염이 발생합니다. 이번 교회는 종교의 모습을 취한 정치단체로 불리기도 합니다. 사람들의 종교에 대한 시선은 적대감에 가까워집니다. 종교와 성적 정체성에 이어 정치단체에 대한 혐오 역시 커져갑니다.

당신은 당분간 강의를 쉬기로 합니다. 타의적이면서도 자의적 선택입니다.

1일부터 비가 오기 시작했습니다. 아니 그전부터 왔을지도 모르지요. 하지만 큰 상관은 없었습니다. 당신은 집에서 나오지 않았으니깐요.

도보로 10분 거리인 도림천에서 침수로 인한 사망자가 나왔지만, 당신은 알지 못했습니다. 강남역이 잠겼다는 것도 뒤늦게 들었습니다. 당신은 상상합니다.

욕조에 물을 받고 거기에만 들어갔습니다. 집밖에는 비가 내리고 당신은 좁은 화장실 욕조에 들어가 잠이 들었습니다. 다리도 펼 수 없는 커다란 대야 같은 플라스틱 욕조. 반지하 창을 열지 않으니 밖에 비가 내리건 아니건 큰 상관은 없습니다. 당신의 집은 달동네에 있으니 침수될 걱정도 없습니다.

당신은 맥주를 마십니다. 점점 술을 이기기 힘듭니다. 목이 아프고 술을 마시고 나면 영원히 잠이 들 것 같습니다.

당신은 졸피뎀을 처방받았습니다. 아아, 모든 저주받은 작가들의 친구 졸피뎀. 축복받은 작가들도 졸피뎀을 좋아할까 궁금해집니다. 당신은 맥주잔을 욕조에 떨어뜨립니다. 맥주가 섞여 물이 차갑게 식습니다. 여름이라 상관없습니다.

졸피뎀 처방으로 당신의 정신력은 일시적으로 +10이 됩니다. 정신력이 20으로 회복됩니다.

어차피 맥주는 골목을 따라 폭포처럼 흘러가버릴 테니깐요.

아니 사실 대부분의 사람들은 욕조 속에 있습니다. 당신은 이미 욕조에서 침전하는 한 남자에 대한 이야기를 쓴 적 있습니다.

당신의 소설을 읽은 지인들은 당신의 정신건강을 걱정했지만, 사실 그 이야기는 픽션입니다. 소설에 너무 몰입한 것일 뿐. 걱정할 만한 상황일 리 없습니다. 그저 때로는 자의식과잉에 감정적으로 치우친 소설을 쓸 필요도 있으니깐요. 단지 하나의 문제가 있다면 당신은 공감을 바라지 않는다는 것이었습니다.

아아, 이기적인 사람들이여. 공감하기보다는 공감받기만을 바라는, 나약한 인간들이여. 독자가 아닌 소비자들이여. 문학을 포기한 상업출판사들이여. 이 모든 것은 내로남불, 내면의 속물근성으로 돌아와 스스로에게 적용됩니다.

'여튼', 대부분의 상황은 여튼으로 해결됩니다. 여튼만큼 마법의 단어가 있을까요. 여튼, 여튼, 여하튼 당신은 그리 존경받을 만한 사람이 아닙니다.

어쩌면, 이 사회에서의 낙오자. 건실한 사회구성원이 되지 못한. 행정복지로 신경쓸 가치도 없는 자리잡지 못한, 부양가

족도 없는 40대일 뿐이니깐요. 당신이 작가라는 것을 고려해도. 자리잡지 못한 40대는 포기하는 것이 사회적, 경제적으로 현명한 판단일 것입니다. 새롭게 만들어지는 청년정책들을 보며 부러워합니다. 청년을 응원하고 지원해야 할 세대의 사람이 부러워한다는 것. 그 사실에 부끄러움을 느끼진 못합니다. 부끄러움은 여유가 있어야 느낄 수 있는 것이죠.

지금 문을 열고 밖으로 나가 이 사회의 훌륭한 구성원이 되세요. 당신을 생각하고 걱정하는 사람은 어디에도 없습니다.

당신은 크기가 10 줄어들어 60이 됩니다. 당신은 목이 굽어 키가 줄고 꽤 말라보입니다.

외모가 5 하락하여 35가 되었습니다.

덩치가 줄어듦에 따라 힘도 10 줄어듭니다. 근력이 70이 되었습니다.

또한 건강의 문제로 민첩도 5 줄어들어 20이 됩니다. 당신의 낮은 민첩치를 생각하면 치명적입니다.

9월

시간은 무엇일까요. 지금은 언제일까요.

당신은 시공간에서 실종됩니다. 당신은 어디에도 전화하지 않고 전화가 오지도 않습니다.

당신은 꾸준히 소설을 써왔지만, 작품활동을 하고 있다고 말할 수 있을까요?

당신은 안 좋은 생각을 지울 수 없습니다.

전화기에 고양이 사진만 늘어갑니다.

당신은 캣그라스를 키우기 시작합니다. 반지하에 해가 들어올 리 없으니 낮에 내놓고 저녁에 들입니다. 높은 건물들 사이에 해가 드는 곳은 한정되어 있고 시시각각 변합니다. 당연한 결과지만 싹이 나지만 제대로 자라진 못합니다.

시들시들. 마치 당신의 삶 같습니다.

당신의 건강이 5 하락합니다. 건강이 45가 되었습니다.

당신은 건강보험료도 부담스러워 공단에 전화하여 코로나로 수입이 0에 가깝다 어필했습니다. 기존에 일했던 곳과 더이상 일하지 않는다는 해촉증명서를 내라 합니다.

당신은 그러면 아예 굶어죽으라는 말이냐고 되묻습니다. 그쪽에서도 딱히 해줄 말은 없습니다. 거기서 생각할 때 당신은 수입이 있었지만 프리랜서라 보기 힘든 것일지도 모릅니다. 보험, 택배, 배달 등. 프리랜서란 창을 놓지 않은 건실한 노동자를 말하는 것이지요. 당신은 작가로서의 삶에 해촉증명서를 내야 하는 것은 아닌가 고민합니다. 만약 절필이 아닌, 공단의 인정을 받기 위해 더이상 글을 쓰지 않겠다고 증명서를 낸다면, 그 증명은 어딜 통해 받아야 할까요. 혼자만의 서명으로도 가능할까요.

10월

당신은 더이상 미룰 수 없어 실업급여를 신청합니다. 아마 지금 신청해도 늦었으리라 생각합니다.

다음달에는 다음달에는 상황이 나아지겠지, 홍보관 문을 열겠지 하는 기대는 접어버립니다. 이제 돈은 거의 다 떨어져가고 실업급여는 마지막 희망입니다. 아니 이렇게 미뤄왔던 이유는 이걸 먼저 써버리면 미래가 없을 것이라는 걱정 때문이었을지도 모르겠습니다.

당장 한두 달 받고 홍보관이 열리더라도 이제 미루는 것이 이득이 없으니깐요. 오히려 왜 3월에 바로 신청하지 않았을까 후회하지만 지나간 시간을 담을 수는 없습니다.

아무도 그 누구도 올해가 이렇게 지나갈지 알 수 없었으니깐요.

대출받을 때는 실업자, 실업급여를 받을 때는 프리랜서. 프리랜서 지원금을 받으려고 하면 다시 실업자.

당신은 모든 것에 해당하면서 그 어디에도 해당되지 못합니다. 마치 어떤 경계에 위치한 듯한 기분을 느낍니다. 본인이 실업자라는 것을 증명하는 것은 어떻게 증명할 수 있는 것일까요. 오히려 일하고 있다는 것이 증명하기 쉬운 것 아닐까요.

창구의 상담원은 원론적인 이야기만 합니다. 당신은 터놓고 솔직히 상담하길 포기합니다. 차라리 주위의 조언을 듣습니다. 필요한 정보 이외의 말은 할 필요가 없습니다. 때로는 모르는 척 불리한 것은 숨겨야 할 필요도 있습니다.

실업급여를 받기 위해 앞으로 5개월간은 아르바이트도 해서는 안 됩니다. 어쩌다 단발성으로 하는 일은 가능하지만, 절차가 복잡해지고 실업급여에서 차감됩니다. 그렇다고 그나마의 경력이 단절되면 곤란하니 손해를 보더라도 아예 일을 하지 않을 수는 없습니다.

실업급여와 건강보험 금액 조정은 경력 단절을 지향하는 건 아닌가 생각합니다. 물론 우리 생각과 달리 예외 조항은 허점을 파고들어 악용하는 사람들이 많을 겁니다.

세상은 불안정합니다. 그리고 당신과 같은 아주 소수의 사람들을 위한 정책까지 만드는 것은 불가능합니다. 당신은 어떤 의미에서 소수자이며, 결코 연대할 수 없는 공통성 없는 길을 가고 있습니다. 여기서 할 수 있는 조언은 죽음으로 예술을 완성하거나 오래 살아남아 언급되는 것입니다.

점차 졸피뎀이 잘 듣지 않습니다. 불면증이 다시 찾아옵니다. 정신력이 5 하락하여 15가 되었습니다.

당신은 정상적인 사고를 하기 힘들어집니다. 지능이 10 하락합니다. 지능이 70이 되었습니다.

11월

그동안 멈춰왔던 행사들이 다시 진행됩니다. 상황이 좋아졌다거나 하는 이유는 아닙니다. 올해 안에 정산이 마무리되어야 할 일들 때문입니다.

하지만 당신은 실업급여를 받고 있기 때문에 하루 일당이 차감될 경우 손해를 보는 금액의 일들은 받아야 할지 말아야 할지 고민하게 됩니다.

앞서 말한 금전적인 이유 이외에도 한 번 일을 받지 않으면 다음에는 일이 들어오지 않습니다. 이는 거절한 게 괘씸해서라기보다는 아, 이 작가는 이제 이런 일은 안 하나 보다, 라고 생각하기 마련이지요. 어차피 비슷한 포지션의 작가는 널리고 널렸습니다. 베스트셀러를 쓰지 않은 이상 사람들은 당신이 어떤 사유의 소설을 쓰는지 관심 없습니다.

당신의 이력을 보고, 막연하게 아 이 사람은 이런 소설을 쓰겠지, 상상하고 판단하여 평가합니다. 때로는 침묵이 나을 수도 있지만, 스스로 영향력이 있다고 생각하는 부류의 사람들일수록 입이 가벼워 한마디 거듭니다. 그런 일을 겪으면 그 사람의 소설을 한 편이라도 읽었던 경우, 과거의 독서 행위 자체가 억울해지기도 합니다.

어차피 당신은 작가들 중에서도 경계에 위치한 사람이고 정책의 방향에서 벗어나 있는 사람입니다. 다만 최소한 아직 작가라 불릴 수 있다는 것이 누군가에게는 부러움일지 모르고, 본인에게는 상처일지 모르겠습니다.

12월

뉴스

중앙방역대책본부는 의료체계 붕괴에 대한 가능성을 말합니다.

크리스마스 전날 5인 이상 사적 모임 금지가 시행됩니다.

한 해가 끝나갑니다.

당신은 모아둔 돈을 거의 소진했습니다. 딱히 여행을 다녀온 것도 아니고 과소비를 한 것도 아니지만, 살아가는 데에는 돈이 듭니다. 그나마 올해는 저축해둔 돈이 있었습니다. 내년에는? 내년의 나가 알아서 해야 합니다.

당신의 한 해는 어떠했습니까.

12월에는 장편소설 마감이 있었습니다.

올해 당신은 일이 없었습니다.

장편 마감은 했습니까.

당신은 아무것도 하지 않았습니다.

결과

Devour. 우울이 당신을 삼켰습니다.

21년은 당신에게 사라진 한 해였습니다. 당신의 건강은 소폭 하락(55→45)했습니다 평균보다 낮아졌지만 아직 크게 걱정할 단계는 아닙니다. 힘도 하락(80→70)했지만 여전히 평균보다는 높습니다. 크기는 많이 줄었습니다(75→60). 오히려 살이 빠진 것은 도움이 될지도 모르겠습니다. 민첩(25→20)은 더 하락할 여지도 없었습니다. 술을 거의 마시지 못하고 안정제를 먹자 손을 떠는 것은 많이 줄었습니다. 그나마 다행이라 봐야 할까요. 외모는 마스크 때문에 피부가 뒤집어졌지만(40→35) 역설적으로 마스크가 많은 부분을 가려주는 것은 다행입니다. 지능 능력치에서 명석함은 줄었지만(80→70) 역시 미미한 수준입니다. 정신력(20→15)은 간신히 지금 상황을 버티고 있는 정도입니다. 이는 코로나의 타격을 크게 받았다기보다는 본래 능력치가 낮았기 때문에 벌어진 일입니다. 교육(75) 능력치의 변동은 없습니다.

고양이 두 마리 동료 자산은 그대로 유지됩니다. 재산 상황(9→6)은 하락했습니다. 하지만 아직 거리에 내몰릴 정도는 아닙니다.

당신은 게임에서 패배했지만, 승리하지 못했다고 말하기에도 어렵습니다.

어쩌면 말장난일지도 모르겠네요.

위의 변경된 능력치를 가지고 1월로 돌아가 다시 시작합니다.

2021년은 2022년이 됩니다.

올해는 작년보다 나은 결과가 있기를 바랍니다.

행운을 빕니다.

에필로그

이것을 소설의 플레이 방식이라 볼 수 있을까요. 어쩌면 애초에 다른 개념으로 세상을 이해하고 있었던 것은 아닐까요.

분명 시즌 2가 나온다면 같은 이야기를 다르게 말할 수도 있을 것입니다. 하지만 이 소설이 이미 '질병보고 2'였다는 것을 떠올려야 할지 모르겠습니다.

어쩌면 조금 더 시적이나 은유적으로 미학적으로 풀어낼 수도 있겠지요. 개념과 가치가 무너졌을 때. 우리는 어떤 판단을 할까요. 아직은 감당할 수 있기에, 개인으로 각자도생하여

이 상황을 견딜 뿐입니다.

우리가 무엇을 하든, 무엇을 할 수 있든. 이 질병을 치유할 수 있는 것은 아니고. 특히 성공하지 못한 가난한 예술가는 사회의 안전장치에서 완전히 벗어나 있다는 것을 느낀 시절입니다.

때로 어떤 작품은 그저 고통받기 위해 플레이하거나 보는 것도 있습니다. 이 어두운 던전을 빠져나갈 때까지. 당신의 정신력(sanity)이 온전하길 빌겠습니다.

무저갱의 악몽, 탈정脫井 의 상상력

고영직(문학평론가)

고어적 상상력과 'K지옥도'

"어차피 타인의 마음은 이해할 수 없다."

이태형의 첫 소설집『그랑기뇰』에 수록된 작품「감상주의」
에 나오는 문장이다. 이태형의 첫 소설집을 이해할 수 있는 핵
심 문장이다. 이태형은 첫 소설집에서 폭력으로 구조화된 세
계를 근본적으로 불신하는 작품들을 여럿 선보였다. 그가 채
택한 문학적 장치는 하드고어(Hard gore)적 상상력에 기반한
알레고리 수법이었다. 그는 사지 절단, 내장 노출 등 잔인한 묘
사가 전경화된 호러풍(風)의 고어적 상상력으로 이 세계의 무
자비한 폭력성을 드러낸다. 흥미로운 것은 작중 주인공이 대

체로 소년 화자로 설정되었다는 점이다. 이태형은 무방비 상태로 희생되는가 하면, 때로는 메신저 계급(중간계급)이 되어 폭력의 가해자가 되기도 하는 소년 화자를 통해 폭력적 질서의 잔혹성과 견고함을 드러낼 뿐만 아니라, 그 어디에서도 구원의 가능성을 찾을 길 없는 고립무원의 상태를 알레고리적으로 보여준다. 작품 속 현실은 결국 우리가 사는 세상의 축소판이었던 셈이다.

광산을 무대로 한 소설 「패치워크」는 이태형의 이러한 문제의식을 잘 보여주는 작품이다. 이번 소설집 『안녕, 지금 이 순간』에 수록된 「스위치백」 「검은 얼음 속에서」 「숨, 기다리는 죽음」 같은 작품처럼 탄광을 무대로 한 작품이어서 어떤 변화를 보이는지 파악해보면 좋을 것 같다. 하지만 이태형이 두 소설집에서 탄광촌을 다루는 시선은 사뭇 다르다. 피와 고름, 피의 비가 낭자한 「패치워크」 속 광산은 '붉은 옷'을 입은 침입자들이 새로운 권력자로 군림하는 세상이다. 이들은 족장이었던 소년의 아비를 비롯해 마을 사람들을 대량 학살했으며, '신의 사자'로 군림하며 사람들의 노동력을 착취하고 "검은 광물"을 마음껏 수탈한다. 이러한 작품 설정에서 볼 수 있듯이, 미국 정치철학자 낸시 프레이저가 명명한 식인 자본주의(cannibal capitalism)적 요소를 내장한 알레고리 설정이라고 볼 수 있다. 낸시 프레이저는 "착취의 밑바탕에는 수탈이 있으며, 수탈 덕분에 착취는 높은 이윤을 거둔다"*라고 주장한다. 그래서일까. 이태형이 그린 탄광에서 브라질 사진가 세바스치앙 살가두를 다룬 다큐멘터리영화〈제네시스: 세상의 소금〉(2014) 속 금광 장면이 연상된다. 한마디로 말해 잔혹한 고어적 상상력으로 구현한 우리 시대의 '지옥도'라고 할 수 있다.

「패치워크」가 문제작인 데에는 작중 난쟁이 소년이 마냥 폭력의 희생자로서 등장하지 않는다는 설정 덕분이다. 소년은 어느덧 중간 관리자가 되자 '신의 대리인'이 된 듯한 생각과 행동을 하고, '신의 사자'들이 죽자 땅속의 아이들이 지상으로 올라오지 못하도록 사다리를 걷어찬다. 이와 같은 작품 모티프는 다른 작품들, 즉「질병보고-병 속의 악마」와「물고기들」에서 비슷한 방식으로 반복된다. 나는 이 대목에서 영어가 식민제도를 운영하는 메신저 계급(중간계급)을 양산하는 교육기계가 되었다며 신랄하게 비판한 케냐 작가 응구기 와 씨옹오의『아이야 울지 마라(Weep Not, Child)』(1964)의 사례가 떠오른다. 그렇지만 이태형의 경우 다른 문학적 출구를 찾는 데에는 별반 관심이 없었던 것 같다. 왜냐하면 이태형의 첫소설집 속 지옥도는 어느 논자가〈오징어게임〉(2021),〈지옥〉(2021),〈지금 우리 학교는〉(2022) 같은 작품들을 거론하며 'K-지옥도' 장르(양성희)의 탄생이라고 명명한 것처럼 지옥도의 풍경을 적나라하게 드러내는 데 더 관심이 있는 것으로 파악되기 때문이다.

---

* 낸시 프레이저,『좌파의 길』, 장석준 옮김, 서해문집, 2023, 52쪽.

하지만 이태형은 『그랑기뇰』에서 이 세계의 폭력성을 불신하는 동시에, 구원과 연대의 가능성 또한 불신하는 듯한 태도를 여일하게 보여준다. 고립감은 커져가지만, 연대감은 점점 희미해져가는 지금 여기의 현실과도 무관하지 않을 것이다. 이 점에서 이태형이 첫 소설집에서 구현한 '출구 없음'이란 일종의 문학적 장치가 아닐까 한다. 발문을 쓴 시인 김현이 "인간을 혐오하는 가운데 인간에 대한 향수를 느끼고 있음"에 첫 소설집의 고유함이 있다고 말한 것 또한 그런 이유 때문이리라.

나는 이와 관련해 이태형이 만일 첫 소설집의 문제의식을 더 심화, 확장하고자 한다면, 멕시코 국경도시 티후아나 사례를 통해 오늘날 부(富)를 생산하는 도구로서 자본주의와 공모한 폭력이 어떻게 우리 삶의 일부가 되었는지를 성찰한 멕시코 철학자 사야크 발렌시아의 '고어 자본주의' 논의를 참조했으면 한다. 그는 "범죄 총생산이 적어도 전 세계 무역의 15퍼센트를 차지하리라 추정되는 상황에서 고어 자본주의가 세계 경제에 끼치는 영향은 자명하다"*고 주장한다. 이러한 현실에서 우리는 어떻게 '인간은 인간에 대해 인간적이어야 한다(Homo homini homo)'는 명제를 실천할 수 있을까.

---

* 사야크 발렌시아, 『고어 자본주의』, 최이슬기 옮김, 워크룸프레스, 2021, 21쪽.

멈추지 않는 무저갱의 현실과 악몽

이태형의 두번째 소설집 『안녕, 지금 이 순간』은 그의 첫 소설집을 기억하는 독자들이라면 다소 '순한 맛'이 느껴지는 소설집이라고 생각할지 모르겠다. 무엇보다 『안녕, 지금 이 순간』에는 분비물의 상상력이라 명명할 수 있는 피, 땀, 눈물, 뼈, 내장, 고름, 똥 같은 분비물이 전경화되어 나타나지 않기 때문이다. 「단지, 그는 피곤했을 뿐이에요」 같은 작품에서 특유의 점액질이 등장하지만, 예전의 고어적 상상력은 많이 퇴색했다.

소설집 『안녕, 지금 이 순간』의 작중인물들은 대부분 신경쇠약에 가까운 우울과 불안(또는 망상)을 공유하고 있고, 수면장애를 앓는가 하면, 리셋증후군(「죽음이 우리를 갈라놓을 때까지」, 「질병보고 2-코로나 레거시」)이라는 강박증에 시달린다. 한마디로 말해 소설 속 인물들은 첫 소설집 중 「질병보고-병 속의 악마」에서 그려진 것처럼 정신력(sanity)이 현저히 퇴화되었다. 그리고 첫 소설집에서 그랬듯이, 작중인물들은 작품집 곳곳에서 어떤 불유쾌한 '시선'을 느끼고 있다.

그럼에도 불구하고 소설집 『안녕, 지금 이 순간』은 첫 소설집과 사뭇 다른 분위기를 자아낸다. 특히 탄광촌에서 성장한 서사가 전개되고, 매직 리얼리즘과 자연주의 기법이 공존하는 글쓰기 전략을 구사하고 있다. 전작 소설집에서 구사한 특유의 환상 기법이란 실상 '헬조선'을 그리고자 한 작가의 의도였다. 폭력, 공포, 잔혹함이 난무하는 표제작 「그랑기뇰」 또한 이와 같은 고어적 장치를 통해 '악령'에 들린 '헬조선'의 현실을 말하고자 한 것이었다고 할 수 있다. 작가의 의도를 독자들이 얼마나 충실히 이해했느냐는 다른 문제겠지만.

그렇다면 먼저 탄광촌 이야기를 다룬 세 편의 소설을 보자. 「스위치백」 「검은 얼음 속에서」 「숨, 기다리는 죽음」은 연작소설은 아니지만 내용상 비슷한 계열의 이야기로 읽어도 무방하다. 「죽음이 우리를 갈라놓을 때까지」 또한 이 계열의 작품으로 간주할 수 있다. 이들 작품은 모두 '검은색' 이미지로 가득차 있으며, 이태형의 성장 서사와 직간접적으로 연관된 작품들이라는 인상이 짙다. 내용 또한 추락, 갱도 사고, 진폐증을 앓는 광부라는 '종말의 상상력'이 전경화된 작품들이다. 특히 「검은 얼음 속에서」와 「숨, 기다리는 죽음」이 그러하다. 두 작품에는 갱도 사고를 겪고 살아났지만, 이제는 '죽음 앞의 인간'(P. 아리에스)이 된 늙은 광부가 등장한다. 「검은 얼음 속에서」는 아버지와 마지막 작별하는 아들의 의례 과정이 지극히 건조하게 그려지고 있으며, 「숨, 기다리는 죽음」은 한때 '산업 영웅'으로 추앙받았지만 병원 이전 통보를 받고 갈 곳 없는 주인공이 자살을 거행하는 것으로 암시된다.

이태형 소설의 특장(特長)이 발휘되는 것은 바로 이 대목이다. 그는 「숨, 기다리는 죽음」에서 갱도 사고를 당해 고립된 상황에 놓인 광부의 공포와 불안한 심리 상태를 탁월하게 묘사한다. 이 폐허를 담담히 응시하려는 작가의 의도라고 해야 할까. 그는 주관적 감정을 철저히 배제하고, 자연주의적 묘사의한 극단의 경지에 이르고자 한다. 나는 갱도 사고 장면을 보며, 조지 오웰의 기념비적인 르포르타주 『위건 부두로 가는 길(The Road to Wigan Pier)』(1937)을 연상했다. 물론 이태형의 글쓰기는 광부들의 육체에 감각적인 존엄성과 매력을 부여한 조지 오웰의 글쓰기와는 사뭇 다르다. 관찰하고 탐구하고목격하는 여행자였던 조지 오웰의 글쓰기와는 달리, 이태형은작중인물들이 직면한 숨막힐 듯한 '무거운 공기'를 탁월하게그려내는 데 더 집중한다. 이태형은 그와 같은 치밀한 자연주의적 묘사에서 자신의 문학적 '출구'를 발견한 것이라고 할 수있다.

그런 점에서 작중인물들이 '리셋(reset)'에 대해 갈망하는것을 충분히 이해한다. 「죽음이 우리를 갈라놓을 때까지」와「질병보고 2-코로나 레거시」의 경우가 그렇다. 전자의 작품에서 작중 '나'는 아버지로부터 "난 솔직히 널 낳은 것을 후회한다"라는 말을 일상적으로 듣는 루저(loser) 신세이다. 아버지에게 삶은 투쟁이었지만, 나는 "사회의 낙오자"가 되기 위해"아무것도 하지 않는 것을 선택"한 삶을 산다. "커다란 눈알 같은 달"의 시선은 어디에나 있다. "남자는 스스로 불행했고, 인간을 믿지 않는다"는 진술에서 볼 수 있듯이, 차라리 도저한

냉소주의를 신뢰한다. 현실의 삶 어디에서도 출구를 찾을 수 없기 때문일 것이다.

　이것은 코로나 강점기 시절을 기록한 「질병보고 2-코로나 레거시」에서도 비슷한 사유와 인식으로 나타난다. 흥미 있는 점은 첫 소설집의 「질병보고-병 속의 악마」와는 다르게 소설가 소설의 형식을 취한 이 작품에서 게임 형식을 빌려 자의식의 과잉에 이르는 과정을 세부적으로 그린다는 점이다. 예를 들어 "당신은 그동안 현실도피물을 좋아해왔습니다. 일각에서는 리셋증후군이라고도 부르는 그거 말입니다"라든가, "당신처럼 응원이나 위로보다 인간성의 치부를 우회하여 비난하는 글을 쓰는 사람은 더더욱 그렇습니다"라는 진술이 그러하다. 여기에서 볼 수 있듯이, 작중인물들이 처한 상황은 저 '갱도'(坑道)에 갇힌 고립무원의 아버지의 삶과 크게 다르지 않은 것으로 묘사된다. 어쩌면 이태형은 저 아버지의 삶이 그러했듯이, 아들 세대인 작중인물들이 세상이라는 '막장'에서 지금 사투하고 있다는 점을 보여주려 했는지도 모른다.

　한편 「단지, 그는 피곤했을 뿐이에요」와 「그림 속의 화재」는 이태형 특유의 환각과 망각이라는 문학적 장치를 바탕으로 기괴(奇怪)함의 미학을 드러내는 작품들이다. 점액 괴물에 집착하는 목공예가 '우즈(Ooze)'가 커피 찌꺼기를 활용해 부조한 "부정형의 괴물"로 인한 한바탕 소동을 그린 「단지, 그는 피곤했을 뿐이에요」는 이번 소설집에서 첫 소설집의 세계와 가장 친연성이 높은 작품이다. 독자들은 이태형이 부조한 기괴함의 세계에서 왜 그리스 사람들이 괴물(怪物)을 '정의할 수 없음'이라고 정의했는지 이해할 수 있을 것이다. 마찬가지로 「그림 속의 화재」는 이태형 소설에서 간혹 등장하는 '거미(줄)'의 메타포와 연관되는 작품이다. 첫 소설집의 경우 「바바 예투」에서 "작게 쪼그라든 할망구"로 등장하는 의술사 주인공이 '주(蛛)'다. 주라는 이름은 '거미'를 뜻한다. 「그림 속의 화재」는 세상을 구하겠다는 과대망상에 사로잡힌 누군가가 쳐놓은 '거미줄'에 작중인물이 포획되어 버둥거리는 장면이 연상된다. 세상에는 우리가 이해할 수 없는 미지의 영역이 많다. 나는 어찌할 수 없이 작품 속 '지하도'에서 또다시 저 탄광의 갱도를 떠올린다. 그 지하도 안에는 '두려움의 공기'로 가득차 있다는 것은 말할 나위 없다. 이들 작품에서 보이듯이, 작가 이태형은 성장 시절을 보냈던 저 갱도의 세계를 벗어났지만, 아직도 여전히 갱도 언저리를 맴돌고 있는지도 모르겠다.

새로운 '배치'는 가능한가

소설집 『안녕, 지금 이 순간』에서 가장 눈에 띄는 점은 최근작일수록 기존의 위악(僞惡)적 글쓰기와 자기혐오의 감정에서 벗어나 새로운 창작의 경향을 보여주고자 한다는 점이다. 실제로 이태형은 말[馬]을 소재로 한 두 편의 소설 「승마교본」

과 「안녕, 지금이순간」에서 기존의 글쓰기와는 조금 다른 어조와 문체의 변화를 보인다. 뭐랄까, 문체에 '온기'가 있다고 해야 할까. 타자를 이해하려 하고, '말의 리듬'과 '사람의 리듬' 간 조화를 생각하는가 하면(「승마교본」), 퇴역마와 장애를 가진 말을 그냥 '고기' 취급하려는 세태에 대해 분노하는 감정을 감추지 않는다(「안녕, 지금이순간」). 이와 같은 어조의 변화가 기존에 구사해온 글쓰기 스타일과는 적잖이 다른 스타일로 표현된다는 점이 퍽 이채롭다. 다음 문장을 보라.

① 단지 하나의 문제가 있다면 당신은 공감을 바라지 않는다는 것이었습니다.
아아, 이기적인 사람들이여. 공감하기보다는 공감받기만을 바라는, 나약한 인간들이여. 독자가 아닌 소비자들이여. 문학을 포기한 상업출판사들이여. 이 모든 것은 내로남불, 내면의 속물근성으로 돌아와 스스로에게 적용됩니다.
'여튼', 대부분의 상황은 여튼으로 해결됩니다. 여튼 만큼 마법의 단어가 있을까요. 여튼, 여튼, 여하튼 당신은 그리 존경받을 만한 사람이 아닙니다.
―「질병보고 2―코로나 레거시」 중에서

② 연기하는 삶은 더 큰 거짓을 낳았고 좋은 사람인 척하는 태도는 점점 더 수렁에 빠져 마치 자신이 진짜 좋은 사람이

된 듯한 착각을 하게 만들었다. 어제보다 조금 더 좋은 사람으로 살아간다는 것. 그것은 단지 고통의 삶일 뿐이었다. 그조차 거짓이니 단 한 번도 어제보다 좋은 사람인 적이 없었다. 하지만 그마저 관두었을 때. 껍데기만 남아버렸다.

—「죽음이 우리를 갈라놓을 때까지」 중에서

③ 대부분의 인간은 선천적으로 이기적인 존재이다.

—「스위치백」 중에서

특히 ①에서 볼 수 있듯이, 이태형은 자신의 글쓰기에서 누군가의 공감을 굳이 바라지 않는 태도를 고수해왔다. 이런 태도는 작가의 전략이자 자존심일 수 있겠지만, 독자와의 소통 측면에서 어려움이 따르는 것 또한 엄연한 사실이다. 누구나 가는 길은 아니기 때문이다.

하지만 이태형은 말을 소재로 한 최근작에서 말의 처지를 '이해'하고자 하고, 말의 '리듬'을 생각하려는 일종의 애니미즘적 태도를 보여준다. 문청 시절 제주 승마장에서 겪은 작가의 경험이 앞으로 어떻게 스타일의 변화로 이어질지 궁금해지는 대목이다. 예를 들어 "쾌속비행은 주저앉은 채로 새끼를 찾으며 계속 울었다. 같은 마방에 있는 지금이순간도 덩달아 울음소리를 냈다. 동물은 제왕절개로 새끼를 낳으면 새끼를 낳았다고 생각 안 하고, 죽은 새끼라도 직접 낳으면 살아 있는 새끼를 낳았다고 생각한다고 했던가. 쾌속비행에게 새끼와 이별할 시간을 좀더 줘야 했던 것은 아닐까"(「안녕, 지금이순간」)라는 문장을 보라. 종교학자 그레이엄 하비가 애니미즘을 "주위의 존재들을 존중하면서 살아가려고 애쓰는 사람들(peoples)의 문화"*로 정의했듯이, 애니미즘은 포스트 코로나 시대에 인간과 비인간 존재들 간에 관계와 소통 측면에서 중시되어야 마땅한 삶의 태도가 될 것이다.

여하튼 이태형은 최근작에서 특유의 위악과 냉소로부터 조금씩 거리두기하는 글쓰기를 보여주는 듯하다. 나는 이러한 변화가 퍽 반갑다. 알지만 행하지 않는 것을 특징으로 하는 냉소주의로는 세상의 어떤 것도 바꿀 수 없기 때문이다. 그는 철학자 들뢰즈식으로 말하자면, 지금껏 경험한 소우주를 깨고 자발적으로 새로운 '배치'(agencement)를 적극적으로 고민하고 있는 것이 아닐까 싶다. 사물이나 현상 또는 환경과 시스템의 배치를 바꿈으로써 우리는 새로운 추진 동력을 얻을 수 있기 때문이다. 쉽게 말해 그는 '탈정'(脫井)의 상상력을 발휘하고 있는 것은 아닐까. 이 폐허를 담담히 응시하기 위하여. 인간뿐만 아니라 비인간 존재를 온전히 응시하려는 이태형의 새로운 글쓰기를 예감해도 되는 것일까.

물론 속단할 수 없겠지만, 그런 개연성은 엿보인다. 예를 들

---

* 유기쁨, 『애니미즘과 현대세계』, 눌민, 2023, 179쪽.

어 "현실적으로는 주인이 되는 것은 쉬운 길이고, 친구가 되는 것은 어려운 길이다"(「승마교본」)라든가, "단 한 명의 교감할 대상을 얻을 기회를 갖지 못한 말"(「안녕, 지금이순간」) 같은 표현들에서 나는 어떤 새로운 글쓰기를 예감하게 된다. 이태형의 글쓰기가 작품에서 새로운 배치를 낳는 표현을 얻었으면 한다.

작가의 말

말은 아름다운 동물이다.

가난한 작가는 말을 가질 수 없다.

아주 유명한 작가는 말을 얻을 수도 있을 것이다.

하지만 아직 말을 소유했다는 작가를 본 적은 없다.

그러니 작가의 말은 없는 것과 같다.

세상에는 없는 것을 쓰려는 사람이 있다.

다만 누구도 무에서 유를 창조할 수는 없다.

무중생유란 우리가 바라보는 것에 따라 달라질 뿐이다.

틈새에 머물러 사라진 과거의 환상에 대해 생각한다.

새벽에 깨어났을 때 거울을 본 적 있는가.

그곳에는 아무 것도 없다.

떨어뜨린 알약이 없어졌다.
정수기에서 물을 받는 중이었다.
악몽의 말이 숨겼을지 모른다.
침대도 아니고 냉장고 아래에 몽마가 있을까.
행여 유리가 먼저 찾을까 걱정한다.
아픈 집이 알약을 삼켰기를 바란다.

다시, 말에 대해 생각한다.
말은 잔혹하고 멋지다.
작가는 쓰는 사람이지 말하는 사람이 아니다.
말 많은 작가는 믿을 수 없다.
그러니 작가의 말은 없는 것이 낫다.

| 수록 작품 발표 지면 |

승마교본(2023년 아르코문학창작기금 발표지원 선정)

안녕, 지금이순간(2023 경기예술지원 기초예술창작지원 선정)

그림 속의 화재(2023 경기예술지원 기초예술창작지원 선정)

단지, 그는 피곤했을 뿐이에요(《오늘의 좋은 소설》, 2021년 가을)

스위치백(《학산문학》, 2020년 여름)

검은 얼음 속에서(《내일을여는작가》, 2020년 상반기)

숨, 기다리는 죽음(《작가와사회》, 2018년 봄.)

죽음이 우리를 갈라놓을 때까지(《실천문학》, 2019년 겨울)

질병보고2 – 코로나 레거시(2021년 코로나19, 예술로 기록 선정)

이태형

2012년 〈실천문학〉 신인상을 받으며 작품 활동을 시작했다.
단편소설집 『그랑기뇰』, 산문집 『혼자여서, 혼자여도 괜찮아』(공저) 등이 있다.

안녕, 지금 이 순간

초판 1쇄 인쇄 2023년 12월 12일
초판 1쇄 발행 2023년 12월 22일

지은이 이태형

편집 이경숙 정소리 | 디자인 윤종윤 이주영
마케팅 김선진 배희주 | 저작권 박지영 형소진 최은진 서연주 오서영
브랜딩 함유지 함근아 고보미 박민재 김희숙 박다솔 조다현 정승민 배진성
제작 강신은 김동욱 이순호 | 제작처 천광인쇄사

펴낸곳 (주)교유당 | 펴낸이 신정민
출판등록 2019년 5월 24일 제406-2019-000052호

주소 10881 경기도 파주시 회동길 210
문의전화 031.955.8891(마케팅), 031.955.2692(편집), 031.955.8855(팩스)
전자우편 gyoyudang@munhak.com
인스타그램 @gyoyu_books | 트위터 @gyoyu_books | 페이스북 @gyoyubooks

ISBN 979-11-92968-06-3 03810

이 책은 경기도, 경기문화재단의 지원을 받아 발간되었습니다.